世界野鳥攝影專輯II

Wild Birds Worldwide 2021
A Collection from Elite Family

飛羽

出版／中華民國雜誌事業協會 群英飛羽鳥類攝影團隊

目錄

Contents

目錄

推薦序

看了 2021 版的群英飛羽世界野鳥攝影專輯後，得知本專輯是集結了全國 150 位鳥類攝影師的精彩作品，拍攝地點遍佈全世界，這本專輯，不僅僅是攝影作品，他還包含了很多知性元素，深覺是值得推薦的好書。

這本書除精彩的鳥類攝影外，還有「鳥事知多少」單元，讓讀者能夠清楚明瞭甚麼是「臺灣特有種」？臺灣特有種鳥類有多少種？有哪些種？甚麼是「臺灣特有亞種」？臺灣特有亞種鳥類有多少種？有哪些種？何謂候鳥？何謂過境鳥？臺灣有哪些保育鳥類？何謂「迷鳥」？何謂「籠中逸鳥」？甚麼叫做「繫放」？為何要繫放？您知道拉脱維亞、波蘭、盧森堡的國鳥是哪種鳥嗎？您知道孟加拉、巴基斯坦的國鳥是甚麼鳥嗎？諸如此類，內容豐富、精彩易懂。

此外還有簡易的野外鳥類辨識單元，利用拍攝到的野鳥，擷取易辨的特徵，讓讀者一目瞭然，方便辨識，例如在野外如何分辨棕三趾鶉的雌雄？如何分辨黃頭扇尾鶯、棕扇尾鶯、黑頭鶲鶯、灰頭鶲鶯？兩隻鳥外型很相像的小鷺鳥，若眼球瞳孔呈◎同心圓狀的是黃小鷺的，呈㊀型的是栗小鷺；水鳥方面，若喙基肉紅色，尖端尖且微微上翹的是斑尾鷸，若嘴喙全黑，先端直且圓的是半蹼鷸……諸如此類，全部用照片圖解，非常簡明，對於愛鳥、賞鳥、拍攝鳥的人來説，助益非常大。

至於拍攝自世界各國的鳥類攝影作品，更是非常精彩。這本攝影專輯蒐集了在臺灣拍攝的 130 種鳥，國外拍攝的鳥種 113 種鳥，總計 243 種鳥；在臺灣鳥圖方面，包含了全部臺灣特有種的 30 種鳥，以及 23 種臺灣特有亞種鳥（全臺灣有 54 種臺灣特有亞種），以及其他水鳥、陸鳥、迷鳥、猛禽、瀕危的鳥種，珍貴非凡。在海外鳥圖方面，也是包羅萬象，在臺灣完全無法欣賞到的蜂鳥，這本專輯可以欣賞到 10 種蜂鳥：棕尾蜂鳥 / 巴西、紫鬚頭盔冠蜂鳥 / 哥倫比亞、叉扇尾蜂鳥 / 祕魯、虹鬚尖嘴蜂鳥 / 哥倫比亞、長嘴隱士蜂鳥 / 哥倫比亞、長尾蜂鳥 / 哥倫比亞、綠頂輝蜂鳥 / 哥斯大黎加、艾氏煌蜂鳥 / 美國加州、刀嘴蜂鳥 / 哥倫比亞、棕煌蜂鳥 / 加拿大，以及七種鶴：沙丘鶴、簑羽鶴、丹頂鶴、白頭鶴、白枕鶴、赤頸鶴、灰冠鶴，以及國外各種其他鳥種，真讓人大飽眼福，驚呼連連。

因鳥種名稱有的字非常生僻難讀，這本專輯所有的攝影作品，中文鳥名均附上注音符號，並附上拍攝時的相機設定數據，非常難得，可供學生、攝影新手作為學習的教材，也更方便大眾閱讀參考，互相觀摩與切磋。

更難得的是這本專輯首創附拍攝鳥點的地圖，每一張作品均在地圖上標示了拍攝地，難能可貴，值得收藏。

梁永斐

梁永斐館長

國立臺灣美術館

鳥事知多少？

1-1 名詞解釋

1	何謂臺灣特有種鳥？	◆特有種的定義：是指在某一地區經長期演化形成適應當地環境的物種，該種僅分布、生長於某一特定地區內，其他地區則不見其生長及分布，因此為該地區的獨特資源。 ◆臺灣特有種是指這個物種的自然生活區域只在臺灣地區，只有在臺灣才能看見牠們。 ◆全臺灣有 30 種臺灣特有種鳥。
2	何謂臺灣特有亞種鳥？	◆特有亞種定義：因地理阻隔而造成形態上略有差異的同種分群。 同種但不同亞種的個體，仍可交配繁殖，一代代繁衍，一般來説，特有種比特有亞種形成需要較長時間的隔離分化。 ◆臺灣特有亞種：是這種生物在其他地區也有分佈，但臺灣地區的這種生物已經產生一些特有的遺傳特徵，和其他地區的不太一樣了，形成臺灣特有的亞種。 ◆全臺灣有 54 種臺灣特有亞種鳥
3	留鳥	◆留鳥是臺灣本地的鳥種，長年居住在此地，是一年四季可見，活動在同一地區鳥類，這些鳥類是其他國家在野外看不到的。
4	迷鳥	◆迷鳥是不該在本地出現的稀有鳥類，牠們大部份因為各種突發因素而離開既定的飛行路線，例如幼鳥迷失方向、氣候風向變化等。每年夏天颱風來臨前後，最容易在金山、野柳或沿海地區發現迷鳥。
5	候鳥	◆候鳥是隨著季節變化飛來臺灣度冬、過境或繁殖的鳥類。 牠們大部份來自西伯利亞、中國東北和日本北海道。 代表性的冬候鳥有雁鴨和鷸（鴴）類；夏候鳥則由華南一帶飛至，代表性的鳥類有人們熟悉的杜鵑。過境鳥是冬候鳥在遷移途中在臺灣作短暫休息，並覓食補充體力後再飛往南洋或紐澳地區的鳥類。 ◆冬候鳥：如鷺科、雁鴨科、鷸科、鴴科、鷗科等水鳥，因北方冬天嚴寒，所以南遷至臺灣度冬約半年時間，因此冬季和春季正是賞鳥族最佳時機。 ◆夏候鳥：屬燕鴴之類，冬季在南洋群島活動，再於夏季飛來臺灣河口沙洲繁殖稱之。
6	過境鳥	◆過境鳥是冬候鳥在遷移途中在臺灣作短暫休息，並覓食補充體力後再飛往南洋或紐澳地區的鳥類。過境鳥比較有名氣的是每年白露季節的紅尾伯勞和十月間的猛禽、如灰面鵟鷹或赤腹鷹等。 ◆過境鳥：意謂僅在臺灣稍事休息停留，再往南遷移。如鷸科、鴴科的水鳥及灰面鵟，在冬季南遷，春季北返時，經過臺灣只作短暫停留。
7	逸鳥（籠中逸鳥）	◆逸鳥是由外地引進的籠中飼鳥；由於人們的疏忽被逃脱或有意放生，而在野外四竄，帶給本地鳥類生存壓力並影響生態，造成許多衝擊和改變。像埃及聖䴉便是令人頭痛的一種逸鳥。

8	猛禽	◆猛禽是擁有強有力的腳爪用來攫取、獵殺生物的生態行為。(一般鳥類均是以嘴喙獵捕) ◆猛禽包括:鷹ㄧㄥ、隼ㄓㄨㄣˇ、鵰ㄉㄧㄠ、鴟(ㄔ)、鵟ㄎㄨㄤˊ、鳶ㄩㄢ、鷲ㄐㄧㄡˋ、鷂ㄧㄠˋ、鶚ㄜˋ、鴞ㄒㄧㄠ、鵂鶹ㄒㄧㄡ ㄌㄧㄡˊ 等次級生態類群,均為掠食肉食性鳥類。在生態系統中,猛禽個體數量較其他類群少,但是卻處於食物鏈的頂層,扮演了十分重要的角色。
9	何謂繫放	◆繫放,亦稱「鳥類環誌」或「鳥類繫放」。 ◆鳥類標記 / 繫放 / 環志 (Bird Banding/Ringing) 是指類以不傷害鳥類之方式捕捉之後,進行基本數據的測量搜集,並於腳上或其他身體部位安裝可茲辨別個體之標記後(例如套上人工製作的標有唯一編碼的腳環、頸環、翅環、翅旗等標誌物),再放歸野外,用以搜集研究鳥類遷徙路線,繁殖,分類數據等。
10	繫放的簡史	◆類似鳥類繫放的工作最早見於《呂氏春秋》的記載,當時有宮女以彩帛繫於燕足,以觀察其來年是否飛回。 ◆現代繫放開始於 1899 年,丹麥鳥類學者 Mortensen 是最早使用繫放方法研究鳥類遷徙的人,他最早把 162 個印有系統環號的鋁環套在椋鳥的腳上,此後還對鸛、鴨等鳥類進行了繫放,不久由 Mortensen 開創的繫放方法得到了歐洲鳥類學界的認可。 ◆德國於 1903 年在波羅的海沿岸設立了世界上第一個由官方主持的繫放站,此後,英國、捷克、荷蘭、瑞典、丹麥、挪威、俄國、美國、日本也相繼設立了繫放機構。
11	繫放的意義	◆繫放,能收集、彙整與分析鳥類資料,獲得重要訊息。 ◆繫放過程中搜集的關於鳥類度量衡、生物樣品和關於遷徙、生活史的重要資料是鳥類分類研究的基礎性數據。通過繫放方法可以獲得關於鳥類的生活史很多信息,如牠們的壽命、活動範圍、繁殖能力等,因此現代的鳥類繫放研究並不局限於有遷徙行為的候鳥,對留鳥的繫放同樣能夠幫助人們獲得很多珍貴的資料。 ◆遷徙研究是鳥類繫放最重要的目的。 鳥類的遷徙還有很多問題仍困擾著人類,牠們從何處來到何處去,在遷徙途中有什麼樣的行為,牠們依靠什麼來指引遷徙的方向,是什麼因素造成牠們不辭勞苦地南北東西往返,要解答這些問題,繫放是最經濟最有效的方法之一。 除了上述意義,繫放還能檢測鳥類種群數量,研究鳥類行為,其在鳥類學研究中的重要意義是不言而喻的。 ◆例如 1995 年,北韓於繁殖地繫放了第一隻黑面琵鷺後,至今全球已約有 140 餘隻黑面琵鷺陸續為各國所繫放,繫放個體除藉由各類通訊設備追蹤其遷徙路徑及活動範圍外,也可由其腳上所圈套之色環和字環,用肉眼觀察及辨識個體並回報其動向,所得結果可幫助我們瞭解黑面琵鷺的行為和現況,協助相關單位進行保育措施。

鳥事知多少？

1-2 臺灣特有種鳥類有哪些

臺灣特有種：指的是這個物種的自然生活區域只在臺灣地區，只有在臺灣才能看見牠們。

30 種臺灣特有種鳥類列表

	中文鳥名	英文鳥名	學名
1	臺灣山鷓鴣（深山竹雞）	Taiwan Partridge	Arborophila crudigularis
2	藍腹鷴	Swinhoe's Pheasant	Lophura swinhoii
3	臺灣紫嘯鶇	Taiwan Whistling-Thrush	Myophonus insularis
4	白耳畫眉	White-eared Sibia	Heterophasia auricularis
5	臺灣藍鵲	Taiwan Blue Magpie	Urocissa caerulea
6	黃胸藪眉（藪鳥）	Steere's Liocichla	Liocichla steerii
7	烏頭翁	Styan's Bulbul	Pycnonotus taivanus
8	黃山雀	Taiwan Yellow Tit	Machlolophus holsti
9	黑長尾雉（帝雉）	Mikado Pheasant	Syrmaticus mikado
10	栗背林鴝	Collared Bush-Robin	Tarsiger johnstoniae
11	臺灣噪眉（金翼白眉）	White-whiskered Laughingthrush	Trochalopteron morrisonianum
12	紋翼畫眉	Taiwan Barwing	Actinodura morrisoniana
13	冠羽畫眉	Taiwan Yuhina	Yuhina brunneiceps
14	火冠戴菊鳥	Flamecrest	Regulus goodfellowi
15	臺灣叢樹鶯	Taiwan Bush Warbler	Locustella alishanensis
16	臺灣擬啄木（五色鳥）	Taiwan Barbet	Psilopogon nuchalis
17	臺灣畫眉	Taiwan Hwamei	Garrulax taewanus
18	臺灣白喉噪眉（白喉笑鶇）	Rufous-crowned Laughingthrush	Ianthocincla ruficeps
19	大彎嘴	Black-necklaced Scimitar-Babbler	Megapomatorhinus erythrocnemis
20	小彎嘴	Taiwan Scimitar-Babbler	Pomatorhinus musicus
21	臺灣鷦眉（小鹵蛋）	Taiwan Cupwing	Pnoepyga formosana
22	褐頭花翼	Taiwan Fulvetta	Fulvetta formosana
23	棕噪眉（竹鳥）	Rusty Laughingthrush	Ianthocincla poecilorhyncha
24	臺灣朱雀（酒紅朱雀）	Taiwan Rosefinch	Carpodacus formosanus
25	繡眼畫眉	Morrison's Fulvetta	Alcippe morrisonia
26	臺灣竹雞	Taiwan Bamboo-Partridge	Bambusicola sonorivox
27	赤腹山雀	Chestnut-bellied Tit	Sittiparus castaneoventris
27	白頭鶇	Taiwan Thrush	Turdus niveiceps
29	小翼鶇	Taiwan Shortwing	Brachypteryx goodfellowi
30	灰鷽	Gray-headed Bullfinch	Pyrrhula erythaca

鳥事知多少？

1-3 臺灣特有亞種鳥類有哪些

臺灣特有亞種：指的是這種生物其他地區也有分佈，但臺灣地區的這種生物已經產生一些特有的遺傳特徵，和其他地區的不太一樣了，形成臺灣特有的亞種。

54 種臺灣特有亞種鳥類如下表

	中文鳥名	英文鳥名	學名
1	環頸雉	Ring-necked Pheasant	Phasianus colchicus
2	大冠鷲	Crested Serpent-Eagle	Spilornis cheela
3	松雀鷹	Besra	Accipiter virgatus
4	鳳頭蒼鷹	Crested Goshawk	Accipiter trivirgatus
5	灰腳秧雞	Slaty-legged Crake	Rallina eurizonoides
6	灰胸秧雞	Slaty-breasted Rail	Lewinia striata
7	棕三趾鶉	Barred Buttonquail	Turnix suscitator
8	金背鳩	Oriental Turtle-Dove	Streptopelia orientalis
9	紅頭綠鳩	Whistling Green-Pigeon	Treron formosae
10	草鴞	Australasian Grass-Owl	Tyto longimembris
11	黃嘴角鴞	Mountain Scops-Owl	Otus spilocephalus
12	蘭嶼角鴞	Ryukyu Scops-Owl	Otus elegans
13	領角鴞	Collared Scops-Owl	Otus lettia
14	鵂鶹	Collared Owl	Glaucidium brodiei
15	東方灰林鴞	Himalayan Owl	Strix nivicola
16	臺灣夜鷹	Savanna Nightjar	Caprimulgus affinis
17	灰喉針尾雨燕	Silver-backed Needletail	Hirundapus cochinchinese
18	小雨燕	House Swift	Apus nipalensis
19	大赤啄木	White-backed Woodpecker	Dendrocopos leucotos
20	朱鸝	Maroon Oriole	Oriolus traillii
21	大卷尾	Black Drongo	Dicrurus macrocercus
22	小卷尾	Bronzed Drongo	Dicrurus aeneus
23	黑枕藍鶲	Black-naped Monarch	Hypothymis azurea
24	樹鵲	Grey Treepie	Dendrocitta formosae
25	松鴉	Eurasian Jay	Garrulus glandarius

26	星鴉	Eurasian Nutcracker	Nucifraga caryocatactes
27	茶腹鳾	Eurasian Nuthatch	Sitta europaea formosana
28	鷦鷯	Eurasian Wren	Troglodytes troglodytes
29	白環鸚嘴鵯	Collared Finchbill	Spizixos semitorques
30	白頭翁	Light-vented Bulbul	Pycnonotus sinensis
31	紅嘴黑鵯	Black Bulbul	Hypsipetes leucocephalus
32	棕耳鵯	Brown-eared Bulbul	Hypsipetes amaurotis
33	小鶯	Brownish-flanked Bush-warbler	Horornis fortipes
34	深山鶯	Yellowish-bellied Bush-warbler	Horornis acanthizoide
35	斑紋鷦鶯	Striated Prinia	Prinia criniger
36	褐頭鷦鶯	Plain Prinia	Prinia inornata
37	黃頭扇尾鶯	Golden-headed Cisticola	Cisticola exills
38	黃羽鸚嘴	Golden Parrotbill	Suthora verreauxi
39	粉紅鸚嘴	Vinous-throated Parrotbill	Sinosuthora webbiana
40	山紅頭	Rufous-capped Babbler	Cyanoderma ruficeps
41	頭烏線	Dusky Fulvetta	Schoeniparus brunnea
42	青背山雀	Green-backed Tit	Parus monticolus
43	煤山雀	Coal Tit	Periparus ater
44	黃胸青鶲	Snowy-browed Fiycatcher	Ficedula hyperythra
45	黃腹琉璃	Vivid Niltava	Niltava vivida
46	白尾鴝	White-tailed Robin	Cinclidium leucurum
47	白眉林鴝	White-browed Rush-Robin	Tarsiger indicus
48	鉛色水鶇	Plumbeous Redstart	Phoenicurus fuliginosus
49	小剪尾	Little Forktail	Enicurus scouleri
50	八哥	Crested Myna	Acridotheres cristatellus
51	紅胸啄花鳥	Fire-breasted Flowerpecker	Dicaeum ignipectum
52	綠啄花	Plain Flowerpecker	Dicaeum minullum
53	岩鷚	Alpine Accentor	Prunella collaris
54	褐鷽	Brown Bullfinch	Pyrrhula nipalensis

鳥事知多少？

1-4 臺灣瀕臨絕種、珍貴稀有、其他應予保護之野生動物（鳥類）有哪些？

根據我國政府於民國七十八年公佈，並於八十三年修正的野生動物保育法規定：保育類野生動物所指的是瀕臨絕種，珍貴稀有及其他應予保育等三大類的野生動物。

所謂的瀕臨絕種動物，是指族群量降至危險標準，其生存已面臨危機之野生動物。珍貴稀有動物是指各地特有或族群量量稀少之野生動物。其他應予保護之野生動物則是指族群量雖未達稀有標準，但其生存已面臨危機之野生動物。

保育類野生動物名錄 Schedule of Protected Species（依據野生動物保育法規定，保育類野生動物未經主管機關許可， 不得騷擾、虐待、獵捕、買賣、交換、非法持有、宰殺或加工。）

鳥類篇

一、臺灣第 I 級：瀕臨絕種保育鳥類

赫氏角鷹（熊鷹）、草鴞、山麻雀、黑面琵鷺、遺鷗、黑嘴端鳳頭燕鷗、白腹軍艦鳥、粉嘴鰹鳥、卷羽鵜鶘、短尾信天翁、黑腳信天翁、洪氏環企鵝

二、臺灣第 II 級：珍貴稀有保育鳥類

黃鸝、林鵰、鴛鴦、花臉鴨（巴鴨）、水雉（雉尾水雉）、彩鷸、唐白鷺、黑頭白䴉、小剪尾、日本松雀鷹、北雀鷹、赤腹鷹、鳳頭蒼鷹、松雀鷹、灰面鵟鷹、鵟、灰澤鵟、花澤鵟、澤鵟（東方澤鵟）、黑翅鳶、黑鳶、魚鷹、東方蜂鷹、大冠鷲、燕隼、紅隼、遊隼、短耳鴞、長耳鴞、鵂鶹、黃魚鴞、褐鷹鴞、領角鴞、蘭嶼角鴞（優雅角鴞）、黃嘴角鴞、東方角鴞、灰林鴞、褐林鴞、藍胸鶉、藍腹鷴、環頸雉、黑長尾雉（帝雉）、花翅山椒鳥、野鵐（繡眼鵐）、紫綬帶、朱鸝、黃山雀、赤腹山雀、仙八色鶇（八色鳥）、烏頭翁、八哥、臺灣白喉噪眉（白喉笑鶇）、棕噪眉（竹鳥）、臺灣畫眉、白頭鶇、大赤啄木、綠啄木、琵嘴鷸、青頭潛鴨、金鵐、紅頭綠鳩；玄燕鷗、白眉燕鷗、黑嘴鷗、紅燕鷗（粉紅燕鷗）、蒼燕鷗、小燕鷗、鳳頭燕鷗、斑嘴環企鵝。

三、第 III 級：其他應予保育之野生鳥類

燕鴴、半蹼鷸、白腰杓鷸（大杓鷸）、麻鷺、鉛色水鶇、臺灣山鷓鴣（深山竹雞）、臺灣藍鵲、紅尾伯勞、白眉林鴝、黃腹琉璃、煤山雀、青背山雀、臺灣戴菊（火冠戴菊鳥）、飯島柳鶯（艾吉柳鶯）、紋翼畫眉、白尾鴝、林三趾鶉、臺灣朱雀、長尾鳩、紅腰杓鷸、栗背林鴝、黃胸藪眉、白耳畫眉、黑頭文鳥、冠羽畫眉、岩鷚、董雞、黑尾鷸、大濱鷸、紅腹濱鷸。

（資料來源：玉山國家公園網站）

鳥事知多少？

1-5 臺灣的外來鳥入侵造成的危害和移除方式

一、外來種的危害

入侵種基因汙染最嚴重致使使灣原生種滅絕。

根據國際自然保育聯盟（IUCN）對於外來種的定義是，由於人類活動，而出現在其自然分布與可能擴散範圍之外的物種；外來種進一步在自然或半自然生態系中，建立穩定繁衍的族群，甚至會改變或威脅原生地的生物多樣性。

根據農委會特生中心資料，外來鳥種多半是由於寵物用途被引進至一地區後，因為人為棄養、放生或自行逸逃至野外而產生。這些遭人為棄養、放生或自行逸逃至野外的鳥，進入野生環境，約僅 1% 有機會存活。不過，一旦外來鳥種適應當地野外狀況，進一步發展成外來入侵種，將對當地的許多層面帶來負面衝擊，包括會使基因雜交，改變本土基因庫；外來種入侵，期間可能會掠食、危害原生種生命，更可能帶入原生地的傳染病或寄生蟲，造成無抵抗力的原生種受感染，也會造成公共衛生的隱憂。不論從生態保育、公共衛生或經濟發展的觀點，防範外來入侵種都有其必要性。被引進後擴散，威脅原生物種。

臺灣大學森林環境暨資源學系教授、生物多樣性研究中心主任袁孝維認為，放生外來種，99% 都是放死，但問題出現在不死的那個 1%，牠可能是很強的，一旦活下來影響很大。入侵種一旦強，和本土物種雜交造成基因汙染，最嚴重可能導致臺灣原生種消失。

二、如何移除外來種？

林務局長期監控外來鳥種在臺灣的分布狀況和生態習性，並確認其已因族群快速增加而有影響本土生態風險後，即決定積極移除，也逐步研究及改良因地制宜的各種移除方法。

例如 2019 年起林務局掌握外來入侵鳥埃及聖䴉，研究確認其習性、繁殖巢位，分析各種移除方法的成效後，明確設定「生殖控制」及「成鳥移除」兩項策略，並委託專業廠商進行生殖控制，移除所有發現巢區的鳥蛋及雛鳥；並搭配陷阱、架網等方式捕捉巢區成鳥。更進一步與警政單位協商，在符合槍枝管制等法規的前提下，採用國外普遍實施的射擊移除方式，使用合法的十字弓、魚箭槍、獵弓及空氣槍，並委請原住民獵人夥伴使用其持有之合法自製獵槍，提升移除效率。

又如織布鳥，在入侵他地之後，通常因取食農作物的種子而造成農業上的損失，或因築巢時需大量的植物葉片當材料，造成入侵地植物死亡。目前在臺灣的野外紀錄較少，危害現況不明，列為外來物種，林務局勒令「見巢即拆，見鳥即捕」，以免大量繁殖。（以上資料摘錄自行政院農業委員會特生中心）

三、臺灣的外來鳥有哪些？

	鳥名（中文）	學名
1	紅色吸蜜鸚鵡	Eos bornea
2	橙頰梅花雀	Estrilda melpoda
3	橫斑梅花雀	Estrilda astrild
4	紅冠臘嘴	Paroaria coronata
5	紅嘴藍鵲	Urocissa erythrorhyncha
6	非洲金織雀	Ploceus subaureus
7	黑頭織雀	Ploceus cucullatus
8	黃額絲雀	Serinus mozambicus
9	綠頭鴨	Anas platyrhynchos（公鳥）
10	綠頭鴨	Anas platyrhynchos(母鳥）
11	彩虹吸蜜鸚鵡	Trichoglossus haematodus
12	紅領綠鸚鵡	Psittacula krameri
13	埃及聖䴉	Threskiornis aethiopicus
14	葵花鳳頭鸚鵡	Cacatua galerita
15	白鳳頭鸚鵡	Cacatua alba
16	戈芬氏鳳頭鸚鵡	Cacatua goffiniana
17	白頭文鳥	Lonchura maja
18	野鴿	Columba livia
19	灰喜鵲	Cyanopica cyanus
20	黑喉噪眉	Garrulax chinensis
21	灰頭椋鳥	Sturnia malabarica
22	葡萄胸椋鳥	Acridotheres burmannicus
23	白腰鵲鴝	Copsychus malabaricus（母鳥）
24	針尾維達雀	Vidua macroura（公鳥）
25	針尾維達雀	Vidua macroura（母鳥）
26	輝椋鳥	Aplonis panayensis
27	九官鳥	Gracula religiosa
28	林八哥	Acridotheres fuscus
29	白尾八哥	Acridotheres javanicus
30	白腰鵲鴝	Copsychus malabaricus（公鳥）
31	「非」環頸雉臺灣特有亞種	Phasianus colchicus formosanus 之外的亞種
32	斑馬鳩	Geopelis striata
33	大陸畫眉	Garrulax canorus
34	白頰噪眉	Garrulax sannio
35	家八哥	Acridotheres tristis
36	「非」黑頭文鳥臺灣原生亞種	Lonchura atricapilla formosana 之外的亞種
37	白喉文鳥	Euodice malabarica
38	喜鵲	Pica pica
39	紅耳鵯	Pycnonotus jocosus
40	黑領椋鳥	Gracupica nigricollis
41	鵲鴝	Copsychus saularis
42	爪哇雀	Padda oryzivora

整理自外來鳥種監測網 https://sites.google.com/site/taiwanaisstop/wai-lai-niao-zhong-jie-shao

鳥事知多少？

1-6 世界各國國鳥（國鳥是國家的一種象徵）。

世界各國國鳥列表

（一）亞洲	
國家	備註
中華民國臺灣國鳥：臺灣藍鵲（Urocissa caerulea）	
日本國鳥：綠雉（Phasianus versicolor）	日語：kiji（キジ）日本 1947 年將綠雉定為國鳥
韓國國鳥：朝鮮喜鵲（Pica sericea）	喜鵲
馬來西亞國鳥：馬來犀鳥（Buceros rhinoceros）	
新加坡國鳥：黃腰太陽鳥（Aethopyga siparaja）	
泰國國鳥：戴氏火背鷴（Lophura diardi）	
印度尼西亞國鳥：爪哇鷹鵰（Spizaetus bartelsi）	
斯里蘭卡國鳥：錫蘭野雞（Gallus lafayetti）	錫蘭野雞（黑尾原雞）是斯里蘭卡特有種鳥而被定為國鳥
巴布亞新幾布亞：極樂鳥	極樂鳥生活在崇山峻岭中，當地傳說極樂鳥住在天國極樂世界，因此又名"天堂鳥"。極樂鳥是巴布亞紐幾內亞獨立、自由的象徵。牠們把極樂鳥印在國旗上，刻在國徽上
孟加拉國鳥：鵲鴝（Copsychus saularis）	
不丹國鳥：渡鴉（Corvus corax）	
印度國鳥：雄性藍孔雀（Pavo cristatus）	在印度傳說中，天神迦爾迪蓋耶騎著孔雀雲遊四方，耆那教神祖的交通工具也是孔雀，印度教大神因陀羅封牠為鳥王。印度政府於 1963 年 1 月宣布藍孔雀為國鳥
伊朗國鳥：夜鶯（Luscinia megarhynchos）和藍孔雀	★兩者都不是官方公布的國鳥
伊拉克國鳥：石雞（Alectoris chukar）	希伯來語: Doochifat（דוכיפת）
以色列國鳥：戴勝（Upupa epops major）	
約旦國鳥：沙色朱雀（Carpodacus synoicus）	
哈薩克斯坦國鳥：金雕（Aquila chrysaetos）	
緬甸國鳥：灰孔雀雉（Polyplectron bicalcaratum）	
尼泊爾國鳥：棕尾虹雉（Lophophorus impejanus）	
巴林國鳥：白頰鵯（Pycnonotus leucogenys）	
巴基斯坦國鳥：石雞（Alectoris chukar）為國鳥	石雞（Alectoris chukar）為國鳥 游隼（Falco peregrinus）為國家軍隊鳥
菲律賓國鳥：食猿鵰（Pithecophaga jefferyi）	菲律賓國鳥：食猿雕
土耳其國鳥：白眉歌鶇（Turdus iliacus）	
阿拉伯聯合酋長國國鳥：游隼（Falco peregrinus）	

（二）歐洲	
國家	備註
英國 - 歐亞鴝（Erithacus rubecula）	歐亞鴝被稱作 " 上帝之鳥 "，是英國人最熟悉、最喜歡的一種小鳥，因此，1960 年英國國民投票將其選定為國鳥
挪威 - 白喉河烏（Cinclus cinclus）	河烏多棲息在海拔較高的山地河谷和山間溪流，平常很難一睹其芳容
芬蘭 - 大天鵝（Cygnus cygnus）	
法國 - 高盧雄雞（Gallus gallus）	法國、肯亞國鳥：公雞
奧地利 - 金雕（Aquila chrysaetos）	
比利時 - 紅隼（Falco tinninculus）	紅隼分布廣，遍布世界，是農林益鳥，比利時人特別喜歡牠，把牠定為國鳥加以保護
丹麥 - 疣鼻天鵝（Cygnus olor）	丹麥人對此引以為自豪，稱天鵝是「自豪而美麗的鳥」。
愛沙尼亞 - 家燕（Hirundo rustica）	家燕最喜歡與人類伴住，是人們最熟悉、最受歡迎的益鳥
喬治亞 - 雉雞（Phasianus colchicus）	
德國 - 白鸛（Ciconia ciconia）	自古以來白鸛就被認為是上帝派來的 " 天使 "，白鸛築巢被看成是吉祥的象徵。為此，德國人民把美麗的白鸛選為自己的國鳥
匈牙利 - 大鴇（Otis tarda）	非正式的國鳥 馬札爾民族象徵鳥為神鷹（Turul）或獵隼。
愛爾蘭 - 蠣鷸	鷦鷯（Troglodytes troglodytes）和 歐亞鴝（Erithacus rubecula）均僅為候選鳥 愛爾蘭國鳥：蠣鷸
拉脫維亞 - 白鶺鴒（Motacilla alba）	
立陶宛 - 白鸛（Ciconia ciconia）	
盧森堡 - 戴菊（Regulus regulus）	戴菊鶯分布廣泛，歌聲動聽，體態輕巧，惹人喜愛
波蘭 - 白尾海雕（Haliaeetus albicilla）	伊拉克、波蘭、阿爾巴尼亞、埃及、尚比亞國鳥：雄鷹
羅馬尼亞 - 白鵜鶘（Pelecanus onocrotalus）	僅為推薦國鳥
瑞典 - 黑鶇（Turdus merula）	烏鶇（黑鶇）鳴聲婉轉動聽，還能模仿其他鳥類的叫聲，有 " 百舌 " 的美名
白俄羅斯 - 黑鸛（Ciconia nigra）	
馬爾他 - 藍磯鶇（Monticola solitarius）	
荷蘭國鳥：白琵鷺	
冰島 - 矛隼 (Gyrfalcon)	★冰島海鸚佔據了全球海鸚的 60% Puffin 雖然不是冰島的國鳥，但是由於大多數人都稱 Puffin 為「國鳥」，所以在約定俗成的情況之下，Puffin 絕大多屬時候也會被稱為冰島國鳥 ★矛隼是一種中型猛禽，冰島有白色型矛隼，數量極少，非常珍貴

（三）非洲	
國家	備註
南非 - 藍蓑羽鶴（Anthropoides paradisea）	藍蓑羽鶴體形獨特優美，外表安詳而自信。尤其是當牠偶爾像芭蕾舞演員那樣旋轉著翩翩起舞，或是快樂地"高歌"時，就更能充分地展示出超凡脫俗的特色
坦尚尼亞 - 灰冠鶴（Balearica regulorum）	非官方公布的國鳥
安哥拉 - 紅冠蕉鵑（Tauraco erythrolophus）	
波札那 - 紫胸佛法僧（Coracias caudata）或牛背鷺（Bubulcus ibis）	
甘比亞 - 未定，但有提議為藍腹佛法僧（Coracias cyanogaster）及距翅雁（plectropterus gambensis）	
肯亞 - 原雞（Gallus gallus）或黑冕鶴（Balearica pavonina），非官方。	
賴索托 - 禿鸛（Geronticus calvus）	
賴比瑞亞 - 非洲羽須鵯（Pycnonotus barbatus）	
馬拉威 - 斑尾咬鵑（Apaloderma vittatum）	
模里西斯 - 渡渡鳥（Raphus cucullatus）	渡渡鳥是模里西斯特有的，也是模里西斯的象徵。但由於人們的大肆獵殺，導致牠於 1690 年前後滅絕。在模里西斯的國徽、錢幣、紀念品、藝術品、廣告牌上，都能看到牠的形象。這些都在提醒人們，要熱愛和保護瀕臨滅絕的野生動植物，不要讓牠們再重演多多鳥的悲劇
納米比亞 - 紅胸黑鵙（Laniarius atrococcineus）	
奈及利亞 - 黑冕鶴（Balearica pavonina）	
盧安達 - 灰冠鶴（Balearica regulorum）	非官方公布的國鳥
聖多美普林西比 - 非洲灰鸚鵡（Psittacus erithacus）及黑鳶（Milvus migrans）	
塞席爾 - 斯瑟馬島小鸚鵡（Coracopsis nigra barklyi）	
蘇丹 - 蛇鷲（Sagittarius serpentarius）	
南蘇丹 - 吼海雕（Haliaeetus vocifer）	
史瓦帝尼 - 紫冠蕉鵑（Tauraco porphyreolophus）	
烏干達 - 灰冠鶴（Balearica regulorum）	灰冠鶴
尚比亞 - 吼海雕（Haliaeetus vocifer）	
辛巴威 - 吼海雕（Haliaeetus vocifer）	

（四）美洲	
國家	備註
美國 - 白頭海鵰（Haliaeetus leucocephalus）	美國 1782 年，為了保護本國特有的白頭海雕（又名：白頭鷹），使之不致絕種，通過了一項法令，把白頭海雕定為美國的國鳥
加拿大 - 灰噪鴉（Perisoreus canadensis）	
哥斯大黎加 - 王鷲（Sarcoramphus papa）	
哥倫比亞 - 安第斯神鷹（Vultur gryphus）	
厄瓜多 - 安第斯神鷹（Vultur gryphus）	厄瓜多國鳥：美洲鷲
古巴 - 古巴咬鵑（Priotelus temnurus）	古巴咬鵑
巴西 - 棕腹鶇（Turdus rufiventris）	
蓋亞那 - 麝雉（Opisthocomus hoazin）	
安地卡及巴布達 - 麗色軍艦鳥（Fregata magnificens）	
阿根廷 - 棕灶鳥（Furnarius rufus）	棕灶鳥在阿根廷分布極為普遍，其巢非常獨特，像是個麵包烤爐，故有 " 麵包師 " 之美名，深受阿根廷人民喜愛。
巴哈馬 - 加勒比海紅鸛（Phoenicopterus ruber）	巴哈馬國鳥：美洲紅鶴（火烈鳥）
貝里斯 - 彩虹巨嘴鳥（Ramphastos sulfuratus）	
玻利維亞 - 安地斯神鷹（Vultur gryphus）	
智利 - 安第斯神鷹（Vultur gryphus）	智利國鳥：安第斯神鷹
多米尼克 - 帝王亞馬遜鸚鵡（Amazona imperialis）	
多米尼加 - 棕櫚鵖（Dulus dominicus）	
薩爾瓦多 - 綠眉翠鴗（Eumomota superciliosa）	綠眉翠鴗為一種中小型且色彩鮮艷的翠鴗。其命名源自於眉毛的綠松石色。為眾人常見的鳥類，並已被選為薩爾瓦多及尼加拉瓜的國鳥
尼加拉瓜 - 綠眉翠鴗（Eumomota superciliosa）	
格蘭納達 - 格瑞那達棕翅鳩（Leptotila wellsi）	
瓜地馬拉 - 鳳尾綠咬鵑（Pharomachrus mocinno）	鳳尾綠咬鵑羽毛為綠色，頭部為黃色，胸為紅色，十分美麗，是咬鵑目中羽毛最美麗的一種。瓜地馬拉於 1879 年將其定為國鳥
海地 - 伊斯帕尼奧拉咬鵑（Temnotrogon roseigaster）	
宏都拉斯 - 黃頸亞馬遜鸚鵡（Amazona auropalliata）	
牙買加 - 紅嘴長尾蜂鳥（Trochilus polytmus）	
墨西哥 - 金雕（Aquila chrysaetos）	墨西哥國鳥：金雕。非官方公布的國鳥
巴拿馬 - 角雕（Harpia harpyja）	
巴拉圭 - 裸喉鐘雀（Procnias nudicollis）	
多巴哥 - 棕臀稚冠雉（Ortalis ruficauda）	

烏拉圭 - 鳳頭距翅麥雞（Vanellus chilensis）	
秘魯 - 安第斯冠傘鳥（Rupicola peruviana）	
聖克里斯多福及尼維斯 - 褐鵜鶘（Pelecanus occidentalis）	
聖露西亞 - 聖露西亞亞馬遜鸚鵡（Amazona versicolor）	
聖文森及格瑞那丁 - 聖文森亞馬遜鸚鵡（Amazona guildingii）	
特立尼達 - 美洲紅䴉（Eudocimus ruber）	美洲紅䴉（學名：Eudocimus ruber ）羽色鮮紅，牠們總是成群的在沙灘、鹹水湖、紅樹林和沼澤里覓食，並一起在沼澤中的大樹上過夜，因此十分顯眼
委內瑞拉 - 擬黃鸝（Icterus icterus）	委內瑞拉國鳥：金黃擬鸝
巴貝多國鳥：美洲白鵜鶘	

（五）大洋洲	
國家	備註
澳大利亞 - 鴯鶓（Dromaius novaehollandiae） ◆鴯鶓僅分布於澳洲，是國徽上的動物之一，也譯作澳洲駝鳥	澳大利亞是一個有著三種國鳥的國家（均非官方公布）。 ★鴯鶓，非官方公布的國鳥，出現在澳大利亞國徽上。 ★琴鳥：集形態華麗和鳴聲優美於一身，舞姿優美，歌聲悅耳，讓人讚嘆不已，牠象徵美麗、機智、真誠和吉祥，深受人們的愛戴。 ★笑鳥：生活在澳大利亞的森林中，牠精明能幹，忠於愛情，笑口常開，樂觀開朗，因此澳大利亞把這種"笑星鳥"作為國鳥而寵牠、愛牠，象徵著澳大利亞人民生活歡樂、幸福。
紐西蘭 - 奇異鳥（Apteryx australis）	奇異鳥其貌不揚，紐西蘭人卻視若珍寶，將牠定為國鳥，作為國徽、硬幣的標誌。 ★奇異鳥的生存歷史已有上千萬年，為數已不多，通常只能在動物園裡才能見到牠，由此可見，幾維鳥之珍貴
巴布亞紐幾內亞 - 紅羽天堂鳥（Paradisaea raggiana）	
斐濟 - 綠領吸蜜鸚鵡（Phigys solitarius）	
帛琉 - 帕島果鳩（Ptilinopus pelewensis）	
薩摩亞 - 齒鳩（Didunculus strigirostris）	
湯加 - 太平洋皇鳩（Ducula pacifica）	
安圭拉 - 鳴哀鴿（Zenaida aurita）	但當地人常誤稱為歐斑鳩

鳥事知多少？

1-7 鳥類之最

1	全世界鳥類數量知多少？全世界鳥類有被記錄到的，大約在 9200~1.2 萬種
2	臺灣鳥類數量知多少？ ★臺灣在世界動物地理分區上屬於東洋區和舊北區的交會地帶，有 87 科 674 種鳥類曾被記錄，包括：留鳥、候鳥、過境鳥、迷鳥……等等
3	猛禽的遷徙 ★猛禽的遷徙大多在白天進行，這樣有利於牠們隨時捕食獵物、利用陽光下的上升氣流節省體力以及利用地面特徵導航；大多數體形較大的猛禽是單獨遷飛的，體形較小的猛禽也有成對遷飛和結群遷飛的。 ★猛禽開始遷飛的時間與其食性密切相關，以昆蟲、食蟲鳥類為獵物的猛禽開始遷徙的時間較早，以鼠類、野兔、有蹄類動物等為食者，開始遷徙的時間較晚。 * 根據繫放研究顯示，絕大多數遷徙的猛禽都是南北向遷徙的，最長的遷徙旅程可以達到 16,000 公里，平均遷徙旅程也達到 4000 公里。
4	★世界上最長壽的鳥：大型鸚鵡可以活到 100 年左右。 ★在英國利物浦有一隻名叫詹米的亞馬遜鸚鵡，生於 1870 年 12 月 3 日，卒於 1975 年 11 月 5 日，享年 104 歲，不愧為鳥中「老壽星」。
5	世界上學話最多的鳥：非洲灰鸚鵡，牠學會 800 多個單詞
6	世界上壽命最長的環志海鳥（即套腳環後繫放）：王信天翁，60 餘年
7	世界上壽命最長的籠養鳥：葵花鳳頭鸚鵡，80 餘年
8	世界上產卵最少的鳥類：信天翁每年只產一枚卵，是產卵最少的鳥。信天翁也是孵化期最長的鳥（一般需要 75 ～ 82 天），世界上最晚性成熟的鳥類是信天翁，其雛鳥達到性成熟的過程是鳥類中最長的，需 9 ～ 12 年
9	世界上翼展最寬的鳥是阿根廷巨鷹：7 公尺（為漂泊信天翁翼展長的兩倍多），最重可達 72 公斤（漂泊信天翁翼展 3.63 米）
10	世界上最小的猛禽：婆羅洲隼，體長 15 厘米，體重 35 克
11	世界上衝刺速度最快的猛禽：游隼，在俯衝抓獵物是能達到 180 千米 / 小時
12	世界上飛行速度最快的鳥：尖尾雨燕平時飛行的速度為 170 千米 / 小時，最快時可達 352.5 千米 / 小時，堪稱飛得最快的鳥
13	世界上飛得最慢的鳥：小丘鷸，8 千米 / 小時
14	世界上飛行最高的鳥類：大天鵝、高山兀鷲是飛得最高的鳥類，都能飛越世界屋脊——珠穆朗瑪峰，飛行高度達 9000 米以上。
15	世界上飛行最遠的鳥類：北極燕鷗是飛得最遠的鳥類。牠是體形中等的鳥類，習慣於過白晝生活，所以被人們稱為白晝鳥。北極燕鷗每年往返於兩極之間，飛行距離達 4 萬多公里。因為牠總是 生活在太陽不落的地方，人們又稱牠「白晝鳥」
16	世界上水平飛行最快的鳥：歐絨鴨，76 千米 / 小時

17	世界上體形最大的鳥：世界上體形最大的現生鳥類是生活在非洲和阿拉伯地區的非洲駝鳥，牠的身高達 2 ～ 3 米，體重 56 千克左右，最重的可達 75 千克。但牠不能飛翔。牠的卵重約 1.5 千克，長 17.8 厘米，大約等於 30-40 個雞蛋的總重量，是現今最大的鳥卵。
18	世界上羽毛最長的鳥：天堂大麗鵑（又稱彩咬鵑、鳳尾綠咬鵑、長尾冠咬鵑），尾羽是牠體長的 2 倍多
19	世界上尾羽最長的鳥類：日本用人工雜交培育成的長尾雞，尾羽的長度十分驚人，一般長達 6 ～ 7 米長，最長的記錄為 1974 年培育出的一隻，為 12.5 米。如果讓牠站在四層樓房的陽台上，牠的尾羽則可以一直拖到底樓的地面上，因此也是世界上最長的鳥類羽毛。
20	世界上窩卵數最多的鳥：灰山鶉，每窩 15 ～ 19 枚
21	世界上雄鳥和雌鳥體重相差最大的鳥類：大鴇。牠們在鳥類中雄鳥和雌鳥體重差別最大，雄鳥體重為 11 ～ 12 千克，而雌鳥只有 5 ～ 6 千克。
22	世界上一次飛行時間最長的鳥：北美金斑鴴，以 90 公里小時的速度飛 35 小時，越過 2000 多公里的海面
24	世界上最小、體重最輕的鳥：吸蜜蜂鳥。身長只有 5-6 公分，體重最輕只有 1.6 公克
25	世界上最小的巢：吸蜜蜂鳥的巢，只有頂針大小
26	世界上振翅頻率最高的鳥：角蜂鳥，90 次 / 秒。蜂鳥體型小，能夠以快速拍打翅膀的方式而懸停在空中，也是世界上唯一可以向後飛的鳥。
27	世界上振翅頻率最慢的鳥：大禿鷲，滑翔數小時不拍翅
28	世界上嘴峰最長的鳥類：生活在南美洲的巨嘴鳥是嘴峰最長的鳥類，牠的嘴峰的長度為 1 米左右。
29	世界上最長鳥喙：澳洲鵜鶘，長 47 厘米
30	世界上最大的飛鳥：生活在非洲東南部的柯利鳥，翅長 2.56 米，體重達 18 千克左右，是世界上能飛行的鳥中體重最大者
31	世界上最大的鳥巢：白頭海雕的巢，長 6 米，寬 2.9 米
32	世界上最複雜的鳥巢：非洲織布鳥的巢，牠同時也是最大的公共巢，有 300 多個巢室
33	世界上最寬鳥喙：鯨頭鸛，寬 12 厘米
34	世界上最擅長效鳴的鳥：濕地葦鶯，能模仿 60 多種鳥鳴
35	世界上跑得最快的鳥：鴕鳥，72 千米 / 小時。現存的兩種鴕鳥：雄鳥最大身長皆可達 275 公分，雌鳥最大也可達 190 公分；雄鳥最重達 156.8 公斤，雌鳥體重平均值約為 104 公斤。雄鳥最高達 2.8 公尺，而雌鳥最高達 2 公尺
36	史上規模最大的鳥類群體活動：1866 年在加拿大安大略南部曾記錄到長約 483 公里，寬約 1.6 公里的大規模鳥群，估計裡頭有超過 35 億隻旅鴿，整個鳥群共花了 14 個小時才完全通過。
37	現存數量最多的野生鳥類：紅嘴奎利亞雀。雖然沒有確切的數據，但在糧食豐沛的豐年，數量可能超過 1 百萬隻，有時甚至可達到估計 15 億隻的驚人數字。

數種常見普鳥　簡易辨識

（簡易辨識單元為群英鳥類辨識委員張俊德製作，並無償提供給本專輯）

鳥類部位名稱（一）

鳥類部位名稱（二）

鳥類部位名稱（三）

有種說法是：
栗背的白眉較明顯

頭頂藍黑

翅有紅斑

頭頂藍中帶黃褐

母鳥
兩種母鳥極相似，不易區別

飛羽顏色不同

喉藍黑、胸黃褐
中間夾有紅色橫帶

喉、胸黃褐

栗背林鴝 · Collared Bush Robin

白眉林鴝 · White-bowed Bush Robin

鶲科

黃尾鴝（北紅尾鴝） · Daurian Redstart

頭頂銀白

臉黑

翅黑

全身褐

胸、腹橘黃

共同特徵：
①翅有白斑
②尾羽外側黃紅色

雌 ♀ Female

雄 ♂ Male

鶲科／黃尾鴝雌雄

前胸暗紅褐
斑紋不明顯
頭後無冠羽
虹膜橘紅
體型小，
略大於鴿子
跗蹠細長如竹筷
腳趾長，中趾突出
松雀鷹（雄）．Besra

頭後有小冠羽
虹膜偏橘黃
縱斑暗紅褐
翅肩整塊紅褐
體型較大
尾下覆羽明顯
稱為擬白腰
跗蹠粗、腳趾粗
鳳頭蒼鷹（雄）．Crested Goshawk

鳳頭蒼鷹與松雀鷹

（公鳥體型較小）。。鳳頭蒼鷹。。（母鳥體型較大）
頭鼠灰
頭灰帶褐
腹面底色較灰白
紋路較細密
腹面底色較不灰白
紋路較不密
（有時還有水滴斑）
尾下覆羽較不膨鬆明顯
尾下覆羽明顯
育雛時公鷹負責覓食，
母鷹負責臥巢與餵食。

鳳頭蒼鷹／雌雄

翅上覆羽末端白
胸腹灰白
無白眉線
白腹鶇 · Pale Thrush
白眉明顯
翅上覆羽末端白
胸腹橘黃
胸腹橘黃
赤胸鶇 · Brown Thrush
白眉鶇 · Eyebrowed Thrush

鶇科 辨識（一）

灰背赤腹鶇 · Grey-backed Thrush
赤腹鶇 · Brown Thrush
背鉛灰色
喉 · 上胸白底黑斑
背黃褐色
胸、脇紅褐色
腹部中央白

鶇科 辨識（二）

暗紅色斑紋 集中
且與腹部白色界線明顯

紅尾鶇 · Naumann's Thrush

斑紋相同、顏色不同

脇下無斑紋

赤頸鶇 · Red-throated Thrush

斑點鶇 · Dusky Thrush

鶇科 辨識（三）

黑鶇 · Blackbird

羽色黑中帶褐

腹黑

烏灰鶇（雄） · Japanese Thrush

羽色藍黑

腹白有斑點

脇下微黃褐

烏灰鶇（雄幼）

鶇科 辨識（四）

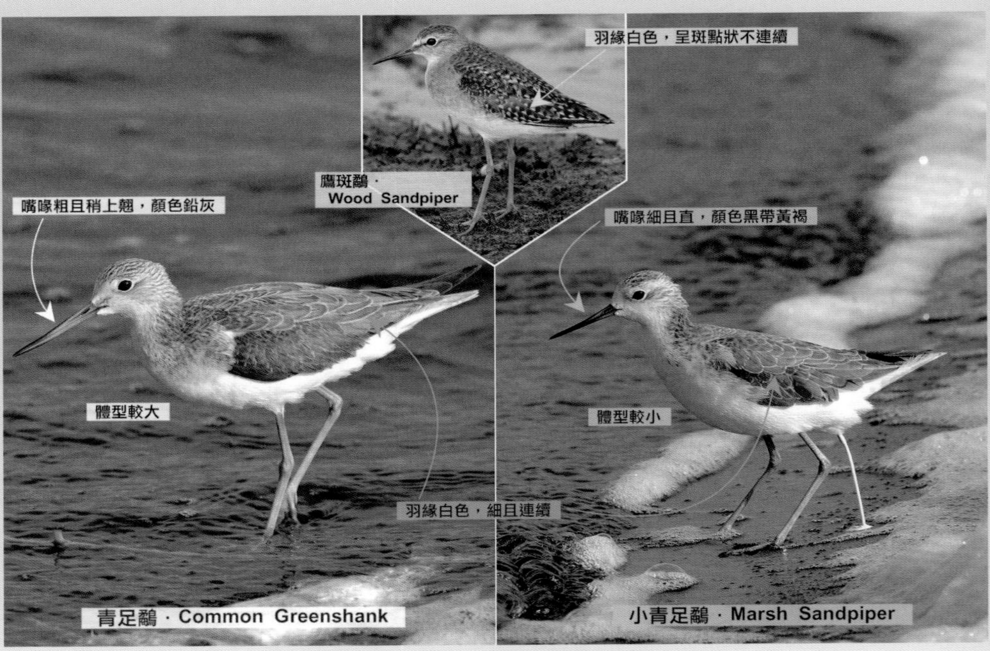

鷸科／青足鷸小青足鷸鷹斑鷸 辨識

鷸科／斑尾鷸半蹼鷸 辨識

鷸科 辨識（一）

赤足鷸（冬羽・幼）

鷹斑鷸

赤足鷸（夏羽・成）

鷸科 辨識（二）

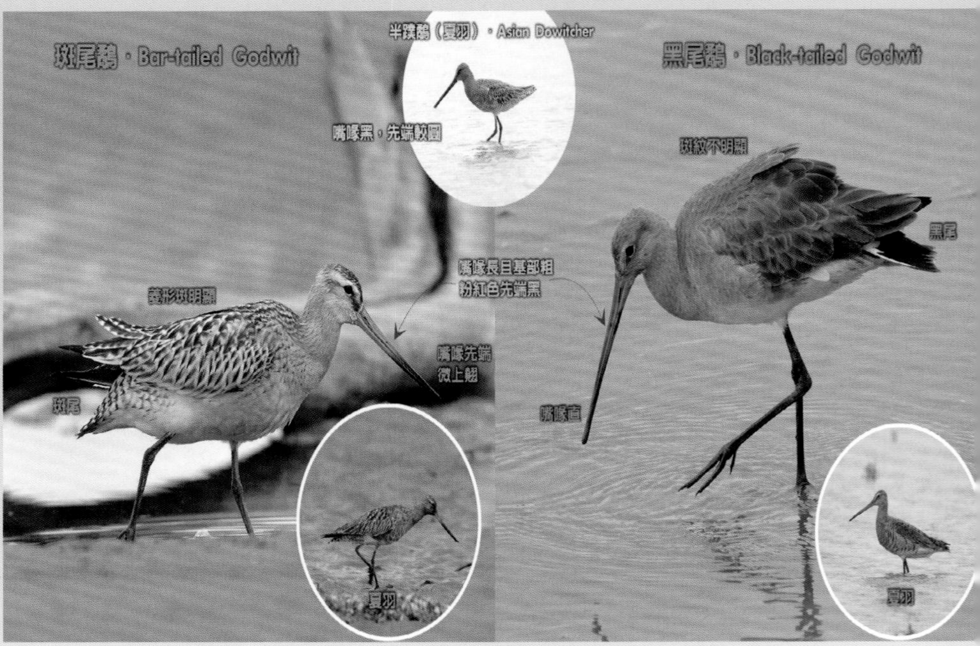

鷸科 辨識（三）

鷸科 辨識（四）

幼冬羽

夏羽

翻石鷸

鷸／翻石鷸／夏冬羽

鷸科

鷸科區別：
喙長短均有，形細長
脖子較長且延伸度高

斑尾鷸（夏羽）

東方環頸鴴（夏羽）

鴴科區別：
喙較短，形似鴿喙
脖子較短伸不長

鷹斑鷸

長趾濱鷸（夏羽）

金斑鴴（冬羽）

小環頸鴴（夏羽）

鴴科

鷸鴴科 辨識（一）

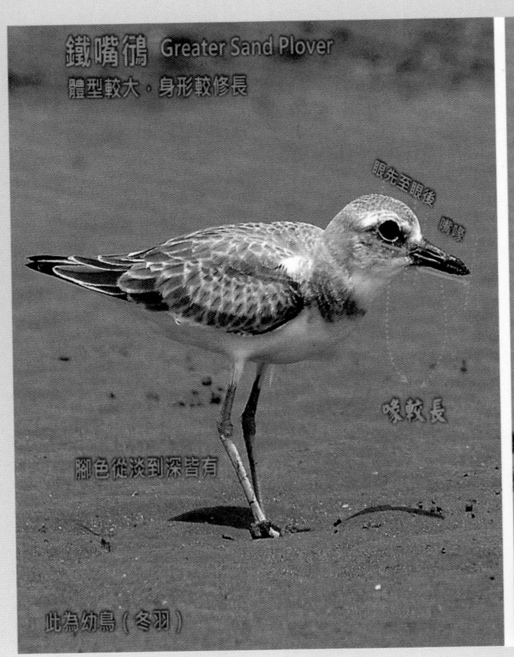

鷸鴴科 辨識（二）

東方環頸鴴（雄‧夏）

後白頸環連續

後白頸環不連續

前頸環連續

金色眼眶
前黑頸環連續

前黑頸環不連續

小環頸鴴

鐵嘴鴴

東方環頸鴴

鴴科 辨識（一）

鶯／扇尾鶯 辨識

鳴聲彷彿『氣死你得賠』

頭鼠灰色

胸較白

灰頭鷦鶯 · Yellow-bellied Prinia

頭褐色

胸較黃

褐頭鷦鶯 · Tawny-flanked Prinia

鶯／鷦鶯 辨識

鷺科

栗小鷺
瞳孔呈一字形
羽色偏栗紅

瞳孔呈圓形
羽色偏黃（帶紅）
黃小鷺

鷺科／黃小鷺／栗小鷺

雄 ♂
棕三趾鶉
Barred Buttonquail
雌 ♀
體型較公鳥稍大、顏色較濃
頭黃褐，斑紋淡
頭黑，白點明顯
喉非黑
喉黑
腳趾三
（一般鳥類為四趾）
公鳥育雛

棕三趾鶉／雌雄

赤頸鶇 · Red-throated Thrush
藍喉歌鴝 · Bluethroat
紅喉歌鴝 · Rubythroat

鶇與鴝

群英世界野鳥

海外篇

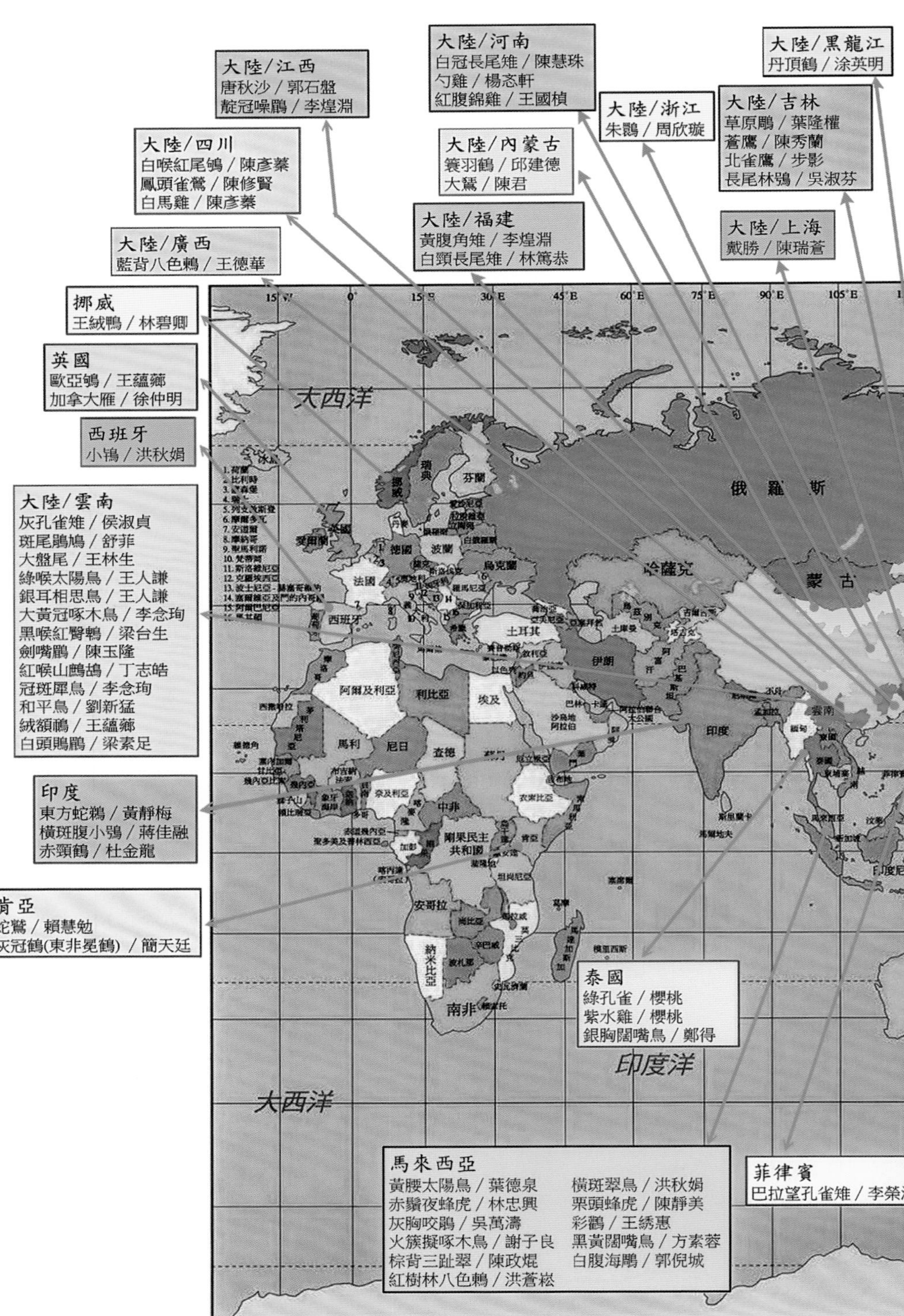

大陸/江西
唐秋沙 / 郭石盤
靛冠噪鶥 / 李煌淵
大陸/河南
白冠長尾雉 / 陳慧珠
勺雞 / 楊忞軒
紅腹錦雞 / 王國楨
大陸/黑龍江
丹頂鶴 / 涂英明
大陸/四川
白喉紅尾鴝 / 陳彥蓁
鳳頭雀鶯 / 陳修賢
白馬雞 / 陳彥蓁
大陸/浙江
朱鷺 / 周欣璇
大陸/吉林
草原鵰 / 葉隆權
蒼鷹 / 陳秀蘭
北雀鷹 / 步影
長尾林鴞 / 吳淑芬
大陸/內蒙古
蓑羽鶴 / 邱建德
大鵟 / 陳君
大陸/福建
黃腹角雉 / 李煌淵
白頸長尾雉 / 林篤恭
大陸/上海
戴勝 / 陳瑞蒼
大陸/廣西
藍背八色鶇 / 王德華
挪威
王絨鴨 / 林碧卿
英國
歐亞鴝 / 王蘊薌
加拿大雁 / 徐仲明
西班牙
小鴇 / 洪秋娟
大陸/雲南
灰孔雀雉 / 侯淑貞
斑尾鵑鳩 / 舒菲
大盤尾 / 王林生
綠喉太陽鳥 / 王人謙
銀耳相思鳥 / 王人謙
大黃冠啄木鳥 / 李念珣
黑喉紅臀鵯 / 梁台生
劍嘴鶥 / 陳玉隆
紅喉山鷓鴣 / 丁志皓
冠斑犀鳥 / 李念珣
和平鳥 / 劉新猛
絨額鳾 / 王蘊薌
白頭鵙鶥 / 梁素足
印度
東方蛇鵜 / 黃靜梅
橫斑腹小鴞 / 蔣佳融
赤頸鶴 / 杜金龍
肯亞
蛇鷲 / 賴慧勉
灰冠鶴(東非冕鶴) / 簡天廷
大西洋
印度洋
泰國
綠孔雀 / 櫻桃
紫水雞 / 櫻桃
銀胸闊嘴鳥 / 鄭得
大西洋
馬來西亞
黃腰太陽鳥 / 葉德泉
赤鬚夜蜂虎 / 林忠興
灰胸咬鵑 / 吳萬濤
火簇擬啄木鳥 / 謝子良
棕背三趾翠 / 陳政焜
紅樹林八色鶇 / 洪蒼崧
橫斑翠鳥 / 洪秋娟
栗頭蜂虎 / 陳靜美
彩鸛 / 王綉惠
黑黃闊嘴鳥 / 方素蓉
白腹海鵰 / 郭倪城
菲律賓
巴拉望孔雀雉 / 李

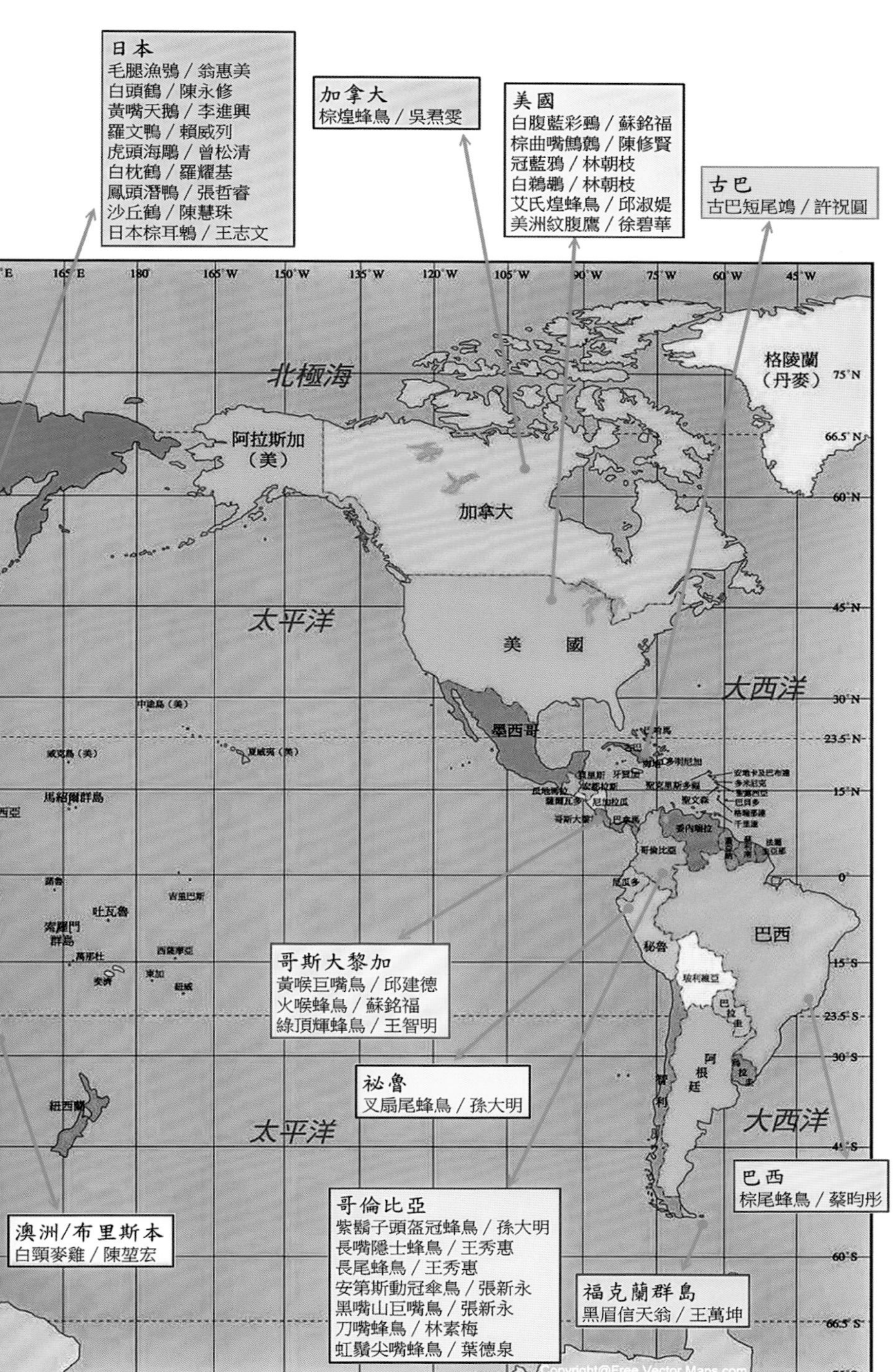
日本
毛腿漁鴞／翁惠美
白頭鶴／陳永修
黃嘴天鵝／李進興
羅文鴨／賴威列
虎頭海鵰／曾松清
白枕鶴／羅耀基
鳳頭潛鴨／張哲睿
沙丘鶴／陳慧珠
日本棕耳鵯／王志文
加拿大
棕煌蜂鳥／吳君雯
美國
白腹藍彩鵐／蘇銘福
棕曲嘴鷦鷯／陳修賢
冠藍鴉／林朝枝
白鵜鶘／林朝枝
艾氏煌蜂鳥／邱淑媞
美洲紋腹鷹／徐碧華
古巴
古巴短尾鴗／許祝圓
北極海
阿拉斯加
（美）
加拿大
格陵蘭
（丹麥）
太平洋
美　國
大西洋
墨西哥
中途島（美）
夏威夷（美）
馬紹爾群島
吐瓦魯
索羅門
群島
萬那杜
西薩摩亞
東加
斐濟
紐西蘭
哥倫比亞
委內瑞拉
厄瓜多
秘魯
巴西
玻利維亞
巴拉圭
阿根廷
智利
烏拉圭
哥斯大黎加
黃喉巨嘴鳥／邱建德
火喉蜂鳥／蘇銘福
綠頂輝蜂鳥／王智明
祕魯
叉扇尾蜂鳥／孫大明
太平洋
大西洋
巴西
棕尾蜂鳥／蔡昀彤
澳洲/布里斯本
白頸麥雞／陳堃宏
哥倫比亞
紫鬍子頭盔冠蜂鳥／孫大明
長嘴隱士蜂鳥／王秀惠
長尾蜂鳥／王秀惠
安第斯動冠傘鳥／張新永
黑嘴山巨嘴鳥／張新永
刀嘴蜂鳥／林素梅
虹鬚尖嘴蜂鳥／葉德泉
福克蘭群島
黑眉信天翁／王萬坤
Copyright@Free Vector Maps.com

拍攝

櫻桃

cherry

舞蝶迷香徑 翩翩逐晚風

綠孔雀

Pavo muticus

英文鳥名 Green Peafowl

別　　名 爪哇孔雀

鳥類習性 綠孔雀雄鳥身體長約 2.2 米 (包括長約 1.5 米的尾屏)，羽色鮮艷，以翠綠、青藍、紫褐色為主，多帶有金屬光澤；尾上覆羽延長成尾屏，上面具有五色金翠錢紋，開屏時候尤為艷麗；雌鳥沒有尾屏，羽色也較遜色。其尾屏可以起到保護色的作用。

拍攝心得 從臺灣飛了 2260 公里到泰國曼谷，再搭車彎彎繞繞的 700 公里山路，來到泰國北部的帕堯府，為的是一睹綠孔雀的絕代風華。終於雄孔雀踏花旖旎而來，牠是百鳥之王，展現無限風情。見證了古詩：芳情雀艷若翠仙，飛鳳玉凰下凡來。繡羅衣裳照暮春，蹙金孔雀銀麒麟。

風華絕代
beauty beyond time

相　　機	Canon 1DX II	曝光偏差	0
光　　圈	5	鏡　　頭	500mm
曝光時間	1/400 秒	拍攝年月	2019.02.12
ISO感光度	400	拍攝地點	泰國帕堯府

拍攝

李煌淵

繽紛飛羽，心嚮往之。

靛冠噪鶥

Garrulax courtoisi

英文鳥名 Blue-crowned laughingthrush

別　　名 藍冠噪鶥

鳥類習性 靛冠噪鶥身長 23-25cm，是噪鶥中極少數羽色艷麗的鳥類。牠們體態修長，頂冠藍灰色，特徵為具黑色的眼罩和鮮黃色的喉。上體褐色，尾端黑色而具白色邊緣，腹部及尾下覆羽皮黃色而漸變成白色。活動於常綠樹林和濃密灌叢，於地面雜物中取食，喜食昆蟲，也吃些蚯蚓、野生草莓、野杉樹籽等。是分布於江西省婺源自然保護區的獨立群體。

拍攝心得 靛冠噪鶥只分布於中國大陸，分布地區也僅侷限於江西婺源一些小小的山村。屬全面遷徙的候鳥，為中國大陸的特有種。全球活動範圍約為 320 平方公里。該物種的保護狀況在 2007 年被評為極危全球僅存不到四百隻。

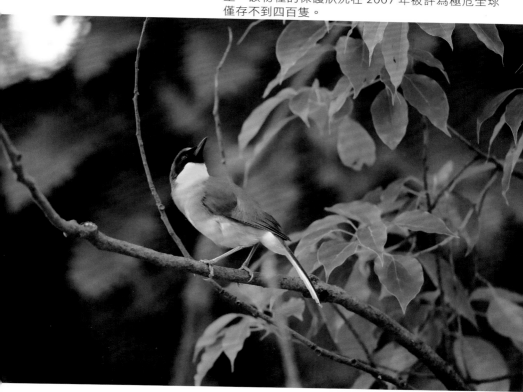

珍稀噪鶥
Precious laughingthrush

相　　機	Canon 1DX II	曝光偏差	+0.3
光　　圈	4	鏡　　頭	600mm
曝光時間	1/800 秒	拍攝年月	2017.06.07
ISO感光度	6400	拍攝地點	大陸江西婺源

拍攝

李煌淵

隨興、隨緣。

黃ㄏㄨㄤˊ腹ㄈㄨˋ角ㄐㄧㄠˇ雉ㄓˋ

Tragopan caboti

英文鳥名 Yellow-billed Tragopan

別　　名 角雞、功曹鳥、吐綬鳥

鳥類習性 主要棲息於海拔 800-1400 公尺的亞熱帶山地常綠闊葉林和針葉闊葉林混合林中。性好隱蔽，善於奔走，常在茂密的林下灌叢和草叢中活動，非迫不得已，一般不起飛。常成 5-9 隻的小群活動。主要以蕨類及植物的莖、葉、花、果實和種子為食，也吃昆蟲如白蟻和毛蟲等少量動物性食物，尤其是繁殖季節。繁殖期有翠藍色及朱紅色組成的艷麗肉裙及翠藍色肉角，於發情時向雌鳥展示。

拍攝心得 大陸特有種。孵化率低，天敵危害嚴重，加之人為干擾，使種群數量不斷下降。主要分布於浙江，在福建、廣東、湖南、江西亦有分布。於福建三明山區拍攝時，等候三天方才現蹤。

艷麗角雞

相　　機	Canon 1DX II	曝光偏差	-0.7
光　　圈	3.2	鏡　　頭	400mm
曝光時間	1/160 秒	拍攝年月	2018.04.25
ISO感光度	1600	拍攝地點	大陸福建三明

大ㄉㄚˋ盤ㄆㄢˊ尾ㄨㄟˇ

Dicrurus paradiseus

英文鳥名　Greater Racket-tailed Drongo

別　　名　帶劍鳥

拍攝

王林生

Linsen Wang

有志者事竟成

類習性

息於中海拔以下的開
常綠樹林、落葉林、
林邊緣、次生林、竹
、茶園以及農耕地。
於尾羽延長，在細長
羽軸之後有片狀羽
，在飛行時宛如有 2
小鳥或是蜜蜂跟隨其
。以昆蟲為主食，除
在空中追捕昆蟲之
，也會在地面和樹木
枝葉之間尋找昆蟲。
常會跟隨猴群，伺機
捉被猴群驚起的獵
。

攝心得

見大盤尾忍不住要喊
一聲山哥，造型活像
灣四、五零年代年輕
的流行潮流，那個年
的少年ㄟ會把自己打
得油頭粉面，穿著緊
花襯衫喇叭褲，吊兒
鐺地趴七仔，天不怕
不怕，只有我黑狗兄
大！

頂的黑狗兄

ung handsome man on the
p of the mountain

相　機	Canon 5D4	曝光偏差	0
光　圈	6.3	鏡　頭	150-600mm
曝光時間	1/100 秒	拍攝年月	2019.01.04
ISO感光度	1600	拍攝地點	大陸雲南

拍攝

陳慧珠

完整捕捉大自然生態之美

白冠長尾雉

Syrmaticus reevesii

英文鳥名 Reeves's Pheasant

別　　名 長尾雉、山雉、山雞

鳥類習性 白冠長尾雉屬于雞形目，雉科，是一種森林益鳥。喜歡在中低山地區，海拔不超過 2000 米，及不低於 300 米活動。善走能飛，體形優雅及艷麗獨特的羽色，極具觀賞價值。也是中國特有種二級保護動物。雌鳥沒有雄鳥漂亮，雄鳥尾巴的長度也是所有鳥類中最長的一種。

拍攝心得 喜歡透過鏡頭把千變萬化美麗瞬間的鳥類記錄下來，也喜歡按下快門瞬間的快感，攝影豐富了我的人生，真是樂趣無窮，飛羽攝影也讓人領略到生態之美！

優雅
Elegant

相　　機	Nikon D500	曝光偏差	-3
光　　圈	6.3	鏡　　頭	Tamron A022
曝光時間	1/250 秒	拍攝年月	2018.10.31
ISO感光度	3200	拍攝地點	大陸河南

拍攝

許祝圓

想飛

古ㄍㄨˇ巴ㄅㄚ短ㄉㄨㄢˇ尾ㄨㄟˇ鴗ㄌㄧˋ

Todus multicolor

英文鳥名 Cuban Tody

別　　名 雜色短尾鴗

鳥類習性 古巴短尾鴗體長 11cm 佛法僧目短尾鴗科，喙紅色細直，頭至後頸至背部到尾羽為綠色，胸腹部為白色，體側為淡粉紅色，喉部羽毛為紅色。分佈於古巴及 Island of pines。喜棲息於冠叢林的河谷及山坡林地。領域性極強烈，會驅趕其他侵入領域的雜色短尾鴗，經常停棲在不高的細枝頭上捕食獵物。吱吱的叫聲短促響亮，翅膀也會發出短促連續的嗡嗡聲，能輕易辨別牠的方位。

拍攝心得 可愛奪目的古巴短尾鴗是我朝思暮想多年，想望親眼目睹的寶貝之一，我想牠也感受到了我的愛慕之情，古巴行第一隻跳出來的鳥兒居然就是牠，令我激動不已。感恩牠對我的愛讓我如願圓夢。

彩虹
Rainbow

相　　機	SONY	曝光偏差	+1
光　　圈	6.3	鏡　　頭	200-600mm
曝光時間	1/400 秒	拍攝年月	2020.03.19
ISO感光度	500	拍攝地點	古巴

拍攝

蔡昀彤

快樂～是人生中
最為偉大的事業

棕尾蜂鳥

Amazilia Tzacatl

英文鳥名 Rufous-tailed Hummingbird

別　　名

鳥類習性 棕尾蜂鳥分布於中南美洲，偏好寬闊的環境，如灌叢、次生林邊緣、花園及果園。以多種的花蜜為食，會守衛在花叢旁邊並建立其領域，以維護食物資源及進行求偶。繁殖期在各地區有所不同，幾乎一整年都有繁殖，雌鳥每次生兩顆蛋，並獨自負責孵蛋及育雛的工作。

拍攝心得 為鳥拍攝為鳥忙。

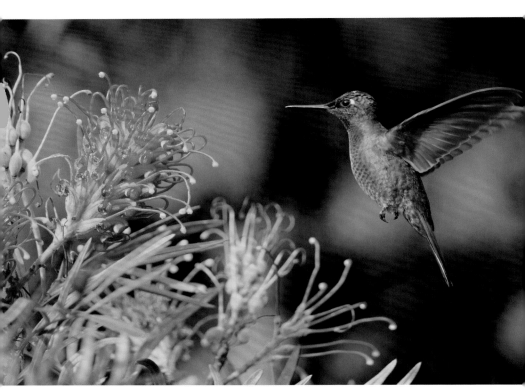

快樂用餐
Happy dining

相　　機	Sony A580	曝光偏差	0
光　　圈	5.6	鏡　　頭	70-400mm
曝光時間	1/800 秒	拍攝年月	2013.09.03
ISO感光度	800	拍攝地點	巴西

拍攝

孫大明

Tom Sun

不入虎穴焉得虎子

紫鬍子頭盔冠蜂鳥

Oxypogon guerinii

英文鳥名 Purple-Bearded Buffy Helmetcrest

別　　名 紫鬍蜂鳥

鳥類習性 紫鬍蜂鳥是生活於極高海拔地區，只生存在哥倫比亞的安第斯山脈中部的帕拉莫及內華達州德爾魯伊斯（Nevado Del Ruiz）一帶，海拔在 4150 公尺至 5400 公尺地區。 該物種的種群分佈非常有限，可能只有一千隻，2014 年 7 月該物種被 IUCN 紅色名錄列為易危物種。

拍攝心得 一大早冒著高山反應症狀的挑戰，進入了 Los Nevados National Natural Park，在 4300 公尺的高海拔，我目睹到了留著英式龐克頭，蓄著紫色長鬍鬚，經過一夜的高山寒冷，牠全身舒展在日出暖陽下曬日光浴，突然振翅的一霎那真有萬夫莫敵的風采。

君臨天下
Uno

相　　機	Nikon D5	曝光偏差	+0.3
光　　圈	5.6	鏡　　頭	500mm
曝光時間	1/500 秒	拍攝年月	2020.03.01
ISO感光度	500	拍攝地點	哥倫比亞

拍攝

孫大明

Tom Sun

花中選花、越選越花，
撥雲見日、追根究底，
鞭辟入里、棄而不捨。

叉ㄔㄚ扇ㄕㄢˋ尾ㄨㄟˇ蜂ㄈㄥ鳥ㄋㄧㄠˇ

Loddigesia mirabilis

英文鳥名 Marvelous Spatuletail

別　　名 叉拍尾蜂鳥

鳥類習性 這是秘魯的獨特鳥種，尾部僅有四根羽毛。雄鳥尾部外側有兩根長長像扇狀又像球拍狀的尾羽，這兩根尾羽在末端有很大的藍紫色圓盤。頸部有明亮的綠松石色斑紋，白色的腹部上有一條黑線。由於人類的活動造成棲息地不斷的縮小，加上該蜂鳥的族群數量極少，2006 年，美國鳥類保護協會就將其列為保育類動物，並列為 IUCN（國際自然保護聯盟）紅色名錄的瀕危物種之中。

拍攝心得 叉扇尾蜂鳥是我拍過世界上最美、最奇妙，最珍稀也是最難拍的蜂鳥。牠們的體型很小，在鏡頭中尋找、定位，並能夠追焦相當不容易。

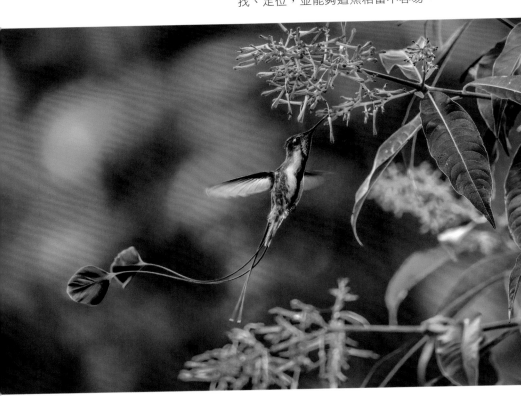

蜂姿綽約
The Ultimate

相　　機	Nikon D5	曝光偏差	0
光　　圈	5.6	鏡　　頭	800mm
曝光時間	1/640 秒	拍攝年月	2017.11.24
ISO感光度	18,000	拍攝地點	祕魯里奧烏特庫地區的森林邊緣

拍攝

葉德泉

當沒有藉口拍不好相片的那刻，就是拍得出好相片的開始。

虹鬚尖嘴蜂鳥

Chalcostigma herrani

英文鳥名　Rainbow-bearded Thornbill

別　　名　彩虹蜂鳥

鳥類習性　範圍從高達 4 千米的安第斯山直到赤道區域的亞馬遜河熱帶雨林，有的生活在乾旱的灌木叢林，也有生活在潮濕的沼澤地區。蜂鳥的代謝率是所有動物中最快的，它們的心跳能達到每分鐘 100 到 1000 下，蜂鳥每天消耗的食物遠超過他們自身的體重，為了獲取巨量的食物，它們每天必須採食數百朵花。

拍攝心得　到了哥國的一家高海拔的溫泉酒店，這隻蜂鳥是這家的主打，趁鳥導給我們休息 30 鐘時間獨自帶著相機去花園晃晃，感覺看到了靈活的小精靈，就跑來跑去的追，牠突然停在了這花叢，擺了幾個姿勢給我拍，宛如模特兒，甚至飛到我前面近到無法對焦，那種緊張是無法言語表達的。

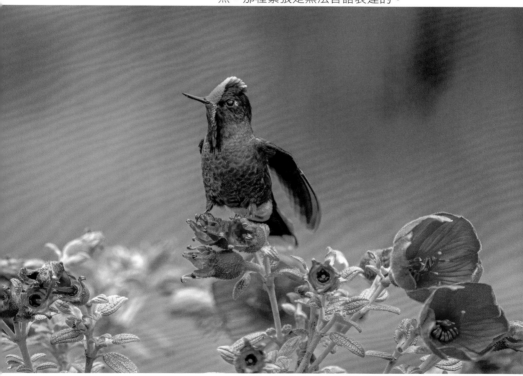

唯我獨尊
I'm the King

相　　機	Nikon D850	曝光偏差	0
光　　圈	5.6	鏡　　頭	500mm
曝光時間	1/800 秒	拍攝年月	2020.03.01
ISO感光度	1250	拍攝地點	哥倫比亞

拍攝

葉德泉

當沒有藉口拍不好相片的那刻，就是拍得出好相片的開始。

黃ㄏㄨㄤˊ腰ㄧㄠ太ㄊㄞˋ陽ㄧㄤˊ鳥ㄋㄧㄠˇ

Aethopyga siparaja

英文鳥名 Crimson Sunbird

別　　名 太陽鳥

鳥類習性 常單獨或成對活動，有時也集成小群。喜歡在林緣和疏林地帶喬木上以及花叢與枝葉間活動和覓食，也在灌叢枝葉間攀爬，時而緊緊地抓住花枝，迅速地將嘴像蜜蜂一樣伸入花朵，然後又伸到另一花朵，時而又在花朵前飛翔，或快速飛開又飛回，個性活潑，行動極為靈巧、敏捷。黃腰太陽鳥嗜食花蜜，由於它們常在花朵中活動，就起了給花傳粉的作用。

拍攝心得 靈活的小精靈，不好拍而且常常會在逆光下，吃花蜜時動作多，野拍飛來飛去我們也跑來跑去。

爭妍鬥豔
Beauty Compete

相　　機	Nikon D800	曝光偏差	0
光　　圈	2.8	鏡　　頭	400mm
曝光時間	1/640 秒	拍攝年月	2016.03.15
ISO感光度	900	拍攝地點	馬來西亞沙巴

拍攝

王秀惠

不忘初心

長嘴隱士蜂鳥

Phaethornis longirostris

英文鳥名 Long-billed Hermit

別　　名

鳥類習性 雄性蜂鳥可以憑借其特殊進化的尖利嘴喙將對手刺傷。研究表明雄性蜂鳥在成年後，它們的喙相較於雌性蜂鳥會變得更尖更長。這也是雄性蜂鳥解決領地爭端的方式。當有雌性蜂鳥在附近時，雄性蜂鳥只有將這片領地的其它競爭者驅逐出境後，才能向其求愛。因此，蜂鳥會按照規矩在空中先進行壹場精彩的“面部擊劍”賽，勝者在賽後為它的心上人跳壹小段舞蹈，而戰敗壹方的喉嚨則會被對方刺破。目前還沒有發現其它鳥類像蜂鳥這樣用喙將對手刺傷。

拍攝心得 難得不是忙碌於覓食，而是在枝頭上和伙伴打鬧的模樣，快拍一張留個紀念。

長嘴隱士蜂鳥
Long-billed Hermit

相　　機	Nikon D850	曝光偏差	0
光　　圈	5.6	鏡　　頭	500mm
曝光時間	1/500 秒	拍攝年月	2020.02.27
ISO感光度	4500	拍攝地點	哥倫比亞

拍攝

王秀惠

不忘初心

長尾蜂鳥

Aglaiocercus Kingii

英文鳥名 Long-tailed Sylph

別　　名 蜂鳥

鳥類習性 蜂鳥科有兩個亞科，隱蜂鳥亞科和蜂鳥亞科，長尾蜂鳥是蜂鳥亞科，蜂鳥亞科呈紅、橙、藍、綠金屬光澤的虹彩羽毛。虹彩主要集中於雄鳥的頭部、上體和下體，一些雄鳥還有如鮮明喉斑、羽冠、細長尾羽等靚麗羽飾。蜂鳥其他鳥類一樣，沒有發達的嗅覺系統，而主要依賴視覺，蜂鳥對 325-360 納米的紫外光敏感，方便牠們尋找一些有紫外色譜的花朵。雄鳥的羽毛色彩可被雌鳥和同種競爭者用來評估其領導力、地位以及辨別種類。

拍攝心得 長長的尾巴色彩實在耀眼，一下就吸引了我的目光。不禁再次讚嘆造物者的創意，用相機耐心地追逐，想留住牠帥帥的模樣。

長尾蜂鳥
Long-tailed Sylph

相　　機	Nikon D850	曝光偏差	0
光　　圈	6.3	鏡　　頭	500mm
曝光時間	1/640 秒	拍攝年月	2020.02.28
ISO感光度	1100	拍攝地點	哥倫比亞

拍攝

張新永

安第斯動冠傘鳥

Rupicola peruvianus

英文鳥名 Andean Cock-of-the-rock

別　　名

鳥類習性 安第斯動冠傘鳥，蓋丘亞語『Tunki』，分布於南美洲安地斯山脈雲霧林內，海拔 500-2400 米之間活動。身長約 32cm，兩性異形，雄鳥有大的碟型鳥冠、緋紅或鮮橙色身羽、尾羽飛羽黑色、肩羽淡灰色，雌鳥羽色暗褐，較雄性晦暗。以果實、昆蟲為食，一夫多妻制，完全交配後鳥巢由雌性負責。

拍攝心得 祕魯國鳥的象徵，該國一行動支付軟體就叫「tunki」，形象曾出現在委內瑞拉硬幣上。

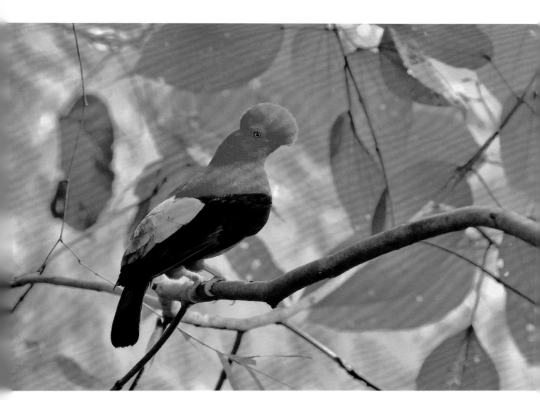

艷麗的祕魯國鳥
Showy Peruvian National Bird

相機	Canon 1DX II	曝光偏差	
光圈	8	鏡頭	100-400mm
曝光時間	1/100 秒	拍攝年月	2020.02.22
ISO感光度	800	拍攝地點	哥倫比亞

拍攝

張新永

黑嘴山巨嘴鳥

Andigena nigrirostris

英文鳥名 Black-billed Mountain-Toucan

別　　名

鳥類習性 外型略像犀鳥，屬中型攀禽，嘴喙大、嘴長約體長三分之一、嘴邊緣有鋸齒、眼周半圈黃色、半圈天藍色、黑色頭頂、白色胸脯…全身多彩而協調。分布於哥倫比亞、厄瓜多爾、委內瑞拉。以樹洞為巢，產 2-4 枚蛋，兩性共同孵化，雛鳥晚成性，留巢 40-50 天，雜食性，果實、種子、昆蟲、小鳥蛋和雛鳥。

共築愛巢

Build a love nest together

相　　機	Sony A9	曝光偏差	
光　　圈	4	鏡　　頭	600mm
曝光時間	1/500 秒	拍攝年月	2020.02.28
ISO感光度	1000	拍攝地點	哥倫比亞

拍攝

邱建德

攝影樂活人生

黃喉巨嘴鳥

Ramphastos ambiguus

英文鳥名　Black-mandibled Toucan

別　　名

鳥類習性　體長 47~61 公分，分布於南美洲（包括哥倫比亞、委內瑞拉、蓋亞那、蘇利南、厄瓜多、秘魯、玻利維亞、巴拉圭、巴西、智利、阿根廷、烏拉圭以及馬爾維納斯群島），主要分佈在南美洲熱帶森林中，尤以亞馬遜河口一帶為多。主要棲息於低地雨林中，有時會出現在鄰近有稀疏樹木的空曠地上。在海拔 1,700 米以上的地方很少看到牠們的身影。主要以果實、種子、昆蟲、鳥卵和雛雞等為食。以樹洞營巢。

心之所向
Heart direction

相　　機	Sony A9	曝光偏差	0
光　　圈	6.3	鏡　　頭	100-400mm
曝光時間	1/1250 秒	拍攝年月	2019.02
ISO感光度	6400	拍攝地點	哥斯大黎加

拍攝

洪秋娟

活在當下，愛在即時。

小鴇

Tetrax tetrax

英文鳥名 Little Bustard

別　　名

鳥類習性 單種型的小鴇分布於中東與中亞，中國寧夏甘肅少數出現，雄鳥繁殖季具黑色翎頦白色條紋於頸前呈Ｖ字型，棲息於平原草地開闊麥田，常成群活動，公鳥求偶時拍翅跳躍旋轉吸引母鳥，母鳥多躲藏於草叢非常少見！

拍攝心得 春天的西班牙草原清晨只有零度天未亮就要躲進單人偽裝屋等待求偶中的小鴇雄鳥路過，長相抱歉的小鴇只有在繁殖期雄鳥才有特別的羽色，為吸引草叢中母鳥的青睞從地上跳起來的樣子特別可愛！

為愛而跳

Jumping for love

相　　機	Canon 1DX II	曝光偏差	+2/3
光　　圈	6.3	鏡　　頭	600mm
曝光時間	1/2500 秒	拍攝年月	2019.05.13
ISO感光度	2000	拍攝地點	西班牙

拍攝

蘇銘福

火喉蜂鳥

Panterpe insignis

英文鳥名 Fiery-throated Hummingbird

別　　名

鳥類習性 火喉蜂鳥是雨燕目蜂鳥科火喉蜂鳥屬。色彩鮮明有寶石般的閃亮羽毛，大多分部於中南美洲。

拍攝心得 在蜂鳥種眾多的哥斯大黎加，能看到色彩鮮豔的火喉蜂鳥展翅，彷佛置身在童話世界中。

展翅
Wingspan

相　　機	Sony A7R3	曝光偏差	0
光　　圈	5.6	鏡　　頭	100-400mm
曝光時間	1/800 秒	拍攝年月	2019.10
ISO感光度	400	拍攝地點	哥斯大黎加

拍攝

蘇銘福

白腹藍彩鵐

Passerina amoeba

英文鳥名 Lazuli Bunting

別　　名

鳥類習性 白腹藍彩鵐是雀形目，美洲雀科，彩鵐屬的鳥類，喜歡在小山丘而且靠溪邊的樹林裡唱歌，每年於四月到六月繁殖季時比較常出現，加上生性怕羞，所以比較難捕捉到它們的蹤跡。

拍攝心得 清晨聽此鳥類高歌，心情舒暢無比。

高歌一曲
Sing a song

相　機	Nikon D5	曝光偏差	0
光　圈	5.6	鏡　頭	500mm
曝光時間	1/600 秒	拍攝年月	2020.06
ISO感光度	250	拍攝地點	美國

拍攝

陳修賢

捕捉霎那，耐心等待。

棕曲嘴鷦鷯

Campylorhynchus brunneicapillus

英文鳥名 Cactus wren

別　　名

鳥類習性 棕曲嘴鷦鷯（是曲嘴鷦鷯屬下的一種鳥類，原產於美國西南部到墨西哥中部的地區內，是亞利桑那州的州鳥。它是一種大型的鷦鷯，體長在 18 ～ 23 公分（7.1 ～ 9.1 英寸）間，沒有明顯的兩性異形特徵。普遍出現於仙人掌植群、乾旱的山丘及谷地環境，以昆蟲為食。一年四季皆發出尖銳快速的 cha-cha 聲。巢大，為鬆散的圓型，開口於側邊，築於仙人掌或有刺的灌叢中，有保護的作用，卵白色，巢亦用來棲息。

拍攝心得 拍到美麗的鳥，一切辛苦都值得。

思
Think

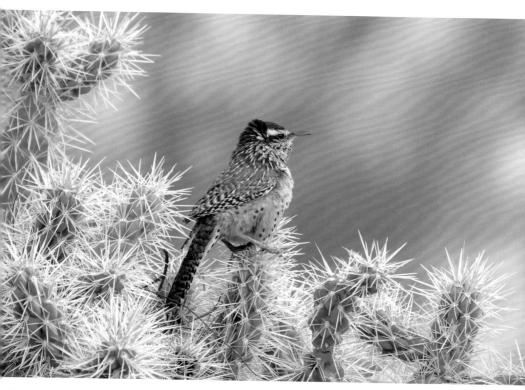

相　　機	Nikon D800	曝光偏差	-1.3
光　　圈	5.6	鏡　　頭	80-400mm
曝光時間	1/800 秒	拍攝年月	2015.11.05
ISO感光度	560	拍攝地點	美國

拍攝

陳修賢

捕捉霎那，耐心等待。

鳳頭雀鶯

Lophobasileus elegans

英文鳥名 Crested Tit-warbler

別　　名

鳥類習性 小型鳥類。體長 9-10 厘米，雄鳥呈毛茸茸的紫色和絳紫色，頂冠淡紫灰色，額及鳳頭白色，尾全藍。雌鳥喉及上胸白，至臀部漸變成淡紫色，耳羽灰，一道黑線將灰色頭頂及近白色的鳳頭與偏粉色的枕部及上背隔開。與花彩雀鶯的區別在鳳頭顯著，尾無白色，頭頂灰色。叫聲輕柔的唧唧叫聲及尖似鷦鷯的吱叫。夏季棲於冷杉林及林線以上的灌叢，可至海拔 4300 米。冬季下至海拔 2800-3900 米的亞高山林帶。結小群並與其他種類混群。是中國的特有物種。分佈於青海、甘肅、四川、西藏等地。

拍攝心得 美景需要有體力，耐力加運氣。

企盼
Look forward

相　　機	Nikon D5	曝光偏差	-0.3
光　　圈	4.5	鏡　　頭	600mm
曝光時間	1/1250 秒	拍攝年月	2019.11.07
ISO感光度	4000	拍攝地點	川西

拍攝

陳彥蓁

要有收穫，必先付出。

白ㄅㄞˊ馬ㄇㄚˇ雞ㄐㄧ

Crossoptilon crossoptilon

英文鳥名 White Eared-pheasant

別　　名 雪雉

鳥類習性 棲息於海拔 3000-4000 米的高山和亞高山針葉林和針闊葉混交林帶，僅見於中國西藏東部、甘肅、青海南部、雲南和四川西部。上下體羽色為純白色，羽毛蓬鬆粗大，目測觀察頗有哺乳動物皮毛的質感；翅上覆羽尾上覆羽均沾藍灰色，次級飛羽藍黑色；尾羽基部白色至端部逐漸過渡為藍黑色。整體給人感覺自頭而尾從雙腿以後開始逐漸過渡為藍黑色。虹膜橘黃色；喙淺粉色；腳紅色。

拍攝心得 雖有點艱辛，看到成果，就忘了過程。

高原白鳥
Plateau Shiratori

相　　機	Nikon D5	曝光偏差	-1/3
光　　圈	5.6	鏡　　頭	600mm
曝光時間	1/200 秒	拍攝年月	2019.11.06
ISO感光度	800	拍攝地點	中國大陸

拍攝

陳彥蓁

喜悅是要付出，
等待是必須。

白ㄅㄞˊ喉ㄏㄡˊ紅ㄏㄨㄥˊ尾ㄨㄟˇ鴝ㄑㄩˊ

Phoenicurus schisticeps

英文鳥名 White-throated Redstart

別　名

鳥類習性 習性：耐寒性的紅尾鴝，棲於高海拔。性懼生而孤僻。炫耀時，雄鳥從突出棲處作高空翱翔，兩翼顫抖以顯示其醒目的白色翼斑。有時在動物屍體上覓食昆蟲。雌鳥冬季往較低海拔處遷移，但雄鳥仍留居高海拔，有時在雪中找食。叫聲：叫聲包括微弱的 lik 及較生硬的 tek 聲。鳴聲為短促清晰的哨音 tit-tit-titer 接以突發的似喘息短促音，於突出的棲木上或炫耀飛行時鳴唱。

拍攝心得 冒著高原反應風險，忍著寒風，一切都值得。

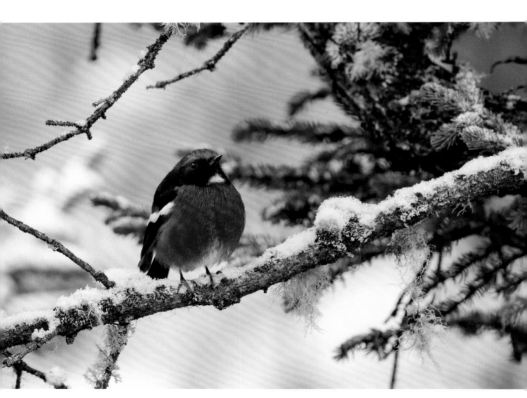

白喉紅尾鴝
White-throated Redstart

相　　機	Nikon D850	曝光偏差	0
光　　圈	4.5	鏡　　頭	500mm
曝光時間	1/400 秒	拍攝年月	2019.11.06
ISO感光度	2500	拍攝地點	中國大陸

拍攝

王人謙

徜徉於飛羽與光共譜之美

綠喉太陽鳥

Aethopyga nipalensis

英文鳥名　Green-tailed Sunbird

別　　名

鳥類習性　綠喉太陽鳥全長約 10~14 公分。雄鳥羽色鮮豔，有金屬綠、黑、暗紅、橄欖綠、鮮黃、紅與黃綠等顏色；雌鳥則較為單調，只有橄欖綠、淡灰綠及淡黃等顏色。一般棲息海拔 1500-2500 公尺之間的闊葉林、混交林、山間竹林或耕地附近的樹叢間。常單獨或成對活動，有時也成分散的小群。喜食花蜜，多在花朵盛開的樹上活動和覓食，也吃昆蟲。常突然現身，揮動閃亮、反光又鮮豔的雙翅，會逗留在有喜愛食用的花叢中一段時間！

享用大自然的豐富
Enjoying nature's abundance

相　　機	Canon 1DX II	曝光偏差	-2/3
光　　圈	4	鏡　　頭	600mm
曝光時間	1/800 秒	拍攝年月	2019.12
ISO感光度	2500	拍攝地點	大陸雲南

拍攝

王人謙

徜徉於飛羽與光共譜之美

銀耳相思鳥

Leiothrix argentauris

英文鳥名 Silver-eared Mesia

別　　名 黃嘴玉

鳥類習性 銀耳相思鳥為畫眉科相思鳥屬，體長 14~18 公分。主要棲息于海拔 2000 公尺以下的常綠闊葉林、竹林和林緣灌叢地帶。常單獨或成對活動，有時亦成群，特別是秋冬季節，性情活潑，常在林下灌木層或竹叢間以及林間空地上跳躍，很少靜棲於樹上，也不遠飛，人常常可以靠得很近。顏色極為鮮豔、醒目，非常容易識別。雌鳥和雄鳥基本相似，但尾上和尾下覆羽多為橙黃色。主要以幼蟲昆蟲為食，也吃草子、植物果實和種子、穀粒、玉米等農作物。常常一群出現也不太怕人，吃飽喝足後下午時分一定會洗個澡！

洗澡了！
Splashing time!

相　　機	Canon 1DX II	曝光偏差	-2/3
光　　圈	4	鏡　　頭	600mm
曝光時間	1/500 秒	拍攝年月	2019.12
ISO感光度	4000	拍攝地點	大陸雲南

拍攝

王蘊薌

Wang Yuen Hsiang

霎那間的永恆

絨ㄖㄨㄥˊ額ㄜˊ鳾ㄕ

Sitta frontalis

英文鳥名 Velvet-fronted Nuthatch

別　　名

鳥類習性 色彩鮮豔體小（12 厘米），紅紅的嘴兒，前額天鵝絨黑色，頭後，背及尾紫羅蘭色，初級飛羽具亮藍色閃輝。常在樹幹上捕捉昆蟲，有趣的行走方式，在垂直甚至倒轉的樹幹表面上行走，牠依然如履平地。

拍攝心得 鏡頭對向天空，捕捉枝頭上跳躍的精靈，心中隨著跳躍有著美麗的心情。

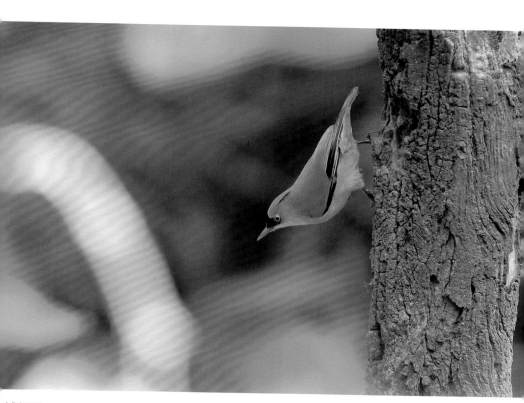

絨額鳾
Velvet-fronted Nuthatch

相　　機	Canon 7D II	曝光偏差	0
光　　圈	5	鏡　　頭	300mm
曝光時間	1/50 秒	拍攝年月	2018.01.11
ISO感光度	640	拍攝地點	大陸

拍攝

王蘊薌

Wang Yuen Hsiang

霎那間的永恆

歐ㄡ 亞ㄧㄚˋ 鴝ㄑㄩˊ

Erithacus rubecula

英文鳥名 European Robin

別　　名

鳥類習性 英國國鳥歐亞鴝又名知更鳥，精緻又漂亮的鳥兒，從臉部至胸部是橙紅色，下腹部是白色。從春天到秋天，身材都是美美的，秋末為了過冬，增加對寒冷的抵抗力，歐亞鴝會開始儲備脂肪，把自己吃成球狀，仍是一坨色彩鮮豔的毛球。

拍攝心得 愛唱歌的鳥兒，婉轉如笛的鳴聲，美麗的樂章，讓生命更精彩快樂！

歐亞鴝
European Robin

相　　機	Canon 7D II	曝光偏差	0
光　　圈	6.3	鏡　　頭	100-400mm
曝光時間	1/50 秒	拍攝年月	2018.09.15
ISO感光度	640	拍攝地點	英國

拍攝

李念珣
Abby

有願則花開

大黃冠啄木鳥

Chrysophlegma flavinucha

英文鳥名 Greater yellownape

別　　名

鳥類習性 大黃冠啄木鳥為啄木鳥科綠啄木鳥屬的鳥類。是體形較大的綠色啄木鳥。喉黃色，具形長的黃色羽冠，尾黑。翅上飛羽具黑色及褐色橫斑，體羽局部綠色。喜愛往返於樹幹間，沿樹幹攀緣和覓食飛行呈波浪式。大黃冠啄木鳥的嘴強而有力且直而尖，不僅能啄開樹皮，而且也能啄開堅硬的木質部分，很像木工用的鑿子。

拍攝心得 一隻於枯樹上已經很興奮，更是希望等你們公母同框。一次又一次等待………鳥是等來的所言不假。

喜相逢
Happy meeting

相　　機	Canon 1DX II	曝光偏差	-0.3
光　　圈	5.6	鏡　　頭	600mm
曝光時間	1/250 秒	拍攝年月	2019.03
ISO感光度	800	拍攝地點	雲南

拍攝

李念珣

Abby

有願則花開

冠斑犀鳥

Anthracoceros albirostris

英文鳥名 Oriental Pied Hornbill

別　　名 斑犀鳥、印度斑犀鳥

鳥類習性 頭上生有帶黑斑的冠狀盔突出而得名。冠斑犀鳥性情很機警，稍微遇到驚嚇就立刻飛走。它的飛行姿態很特別，特別善於滑翔，頭頸往前伸直，兩翼平展，很像一架飛機，所以又被稱為「飛機鳥」。成鳥中如果有一隻死去，另一隻絕不會另尋新歡，而是在憂傷中絕食而亡。獵殺一隻就相當於毀滅一個家庭。冠斑犀鳥終身一夫一妻制大家喜歡稱呼牠「愛情鳥」的美稱。屬於國家二級保護動物。

拍攝心得 爬了又爬，走了又走…數度想放棄往回走…鼓勵自己，方到拍攝地點，很辛苦很辛苦。等了又等，今天等 明天等；早上等下午等。當你飛來，狂喜心跳加速不能自已。

親愛的，我回來了
Honey, I'm Home

相　　機	Canon 1DX II	曝光偏差	0
光　　圈	4	鏡　　頭	600mm
曝光時間	1/1025 秒	拍攝年月	2019.04
ISO感光度	800	拍攝地點	雲南盈江

拍攝

林忠興

拍好照片，不容易。

赤鬚夜蜂虎

Nyctyornis amictus

英文鳥名 Red-bearded Bee-eater

別　　名 紅鬚蜂虎

鳥類習性 佛法僧目、蜂虎科。體長約 30 公分。分布於中南半島、馬來西亞、印尼和中國東南沿海地區。在河岸上挖洞築巢。主要以昆蟲為食，特別嗜食蜜蜂，常常單獨或成對棲息在林中，有昆蟲飛過即騰空而起，以弧形滑翔而下，回歸原位。

拍攝心得 牠在枝椏間來來回回，好不容易才抓住了最美的一瞬間。

停棲前的瞬間

相　　機	Canon 7D II	曝光偏差	+0.3
光　　圈	5.6	鏡　　頭	500mm
曝光時間	1/500 秒	拍攝年月	2019.04.01
ISO感光度	640	拍攝地點	馬來西亞

拍攝
陳靜美

抓住瞬間的永恆

栗ㄌㄧˋ頭ㄊㄡˊ蜂ㄈㄥ虎ㄏㄨˇ

Merops leschenaulti

英文鳥名　Chestnut-headed Bee-eater

別　　名

鳥類習性　佛法僧目、蜂虎科。體長約 20 公分。分布於中南半島、印尼、馬來西亞、泰國等地方。棲息於丘陵或林地，會在山坡土壁挖洞築巢。多在空中飛行和捕食，伴隨著鳴叫聲，有時也會站在樹頂或枝椏上。性喜結群，群体由 10 餘隻到近百隻組成。但不與其他鳥種混群，活潑好動，在一起生活時，總是吵吵嚷嚷，極為吵雜，聲音可以傳到很遠。

拍攝心得　盯著目標，當牠離枝飛起的剎那，緊按快門，留下永恆的瞬間。

動靜兩相宜，完美一瞬間。

相　　機	Canon 7D II	曝光偏差	0
光　　圈	6.3	鏡　　頭	500mm
曝光時間	1/2500 秒	拍攝年月	2019.04.02
ISO感光度	500	拍攝地點	馬來西亞

拍攝

王智明

知足快樂向前行

綠頂輝蜂鳥

Heliodoxa jacula

英文鳥名 Green-crowned Brilliant

別　　名

鳥類習性

綠頂輝蜂鳥在蜂鳥的大家族裡，屬於大個子。牠以馬爾格拉維亞藤蔓的大花為食，它也會在海棠和其他大花上取食。與許多蜂鳥不同的是，這只蜂鳥幾乎總是在不知疲倦地懸停覓食，有使不完的勁。

拍攝心得

注意焦平面精準對焦眼到手到快速連拍絕不放過精彩的剎那一瞬間。

相　　機	Nikon D5	曝光偏差	-0.3
光　　圈	5	鏡　　頭	600mm
曝光時間	1/640 秒	拍攝年月	2019.11.08
ISO感光度	2500	拍攝地點	哥斯大黎加

覓食
Green-crowned Brilliant

拍攝

劉新猛

工作之餘，紓解壓力。

和ㄏㄜˊ平ㄆㄧㄥˊ鳥ㄋㄧㄠˇ

Irena puella

英文鳥名 Asian Fairy-bluebird

別　　名 仙藍雀

鳥類習性 和平鳥分布於斯里蘭卡、印度、中國大陸的雲南等等。常見於海拔 750 米以下的、常綠闊葉林、溝谷林及壩區竹林裏。

拍攝心得 另一種的鳥類、又入袋。感覺像是如獲至寶！

綠林中的藍寶石

Sapphire in the green forest

相機	Canon 1DX II	曝光偏差	-0.3
光圈	4.5	鏡頭	400mm
曝光時間	1/160 秒	拍攝年月	2020.01.01
ISO感光度	2000	拍攝地點	雲南盈江

拍攝
吳萬濤

紀錄野鳥生態之美
自得其樂。

灰胸咬鵑
Harpactes whiteheadi

英文鳥名 Whitehead's Trogon

別　　名

鳥類習性 灰胸咬鵑屬小型攀禽。羽色艷麗，具金屬光澤。翅短、圓，次級飛羽及內側初級飛羽甚短；尾顯較翅長，尾羽寬，羽端在成鳥近平截形，在幼鳥則形尖，最外側 3 對長短差異大，越向外側越短；跗蹠上半段被羽；頰部分裸露；兩性異色。分佈於婆羅洲和加里曼丹。世界自然保護聯盟 (IUCN) 紅色名錄保護級別：近危物種，可能在不久的將來有瀕危或滅絕危險。

拍攝心得 記錄到婆羅洲 3 寶之 1 的灰胸咬鵑，實在很感動。

婆羅洲之寶
Treasre of Borneo

相　　機	Nikon	曝光偏差	0
光　　圈	6.3	鏡　　頭	600mm
曝光時間	1/50 秒	拍攝年月	2019.05.05
ISO感光度	400	拍攝地點	馬來西亞

拍攝

梁台生

順其自然

黑喉紅臀鵯

Pycnonotus cafer

英文鳥名 Red-vented Bulbul

別　　名 黑頭公、紅臀鵯

鳥類習性 主要棲息於海拔 1000-1500 米的丘陵和平原、低山地區，常在灌叢、竹林、和常綠闊葉林林緣地帶活動以及村莊和農田地區，甚至進入城鎮公園、城郊公園和菜園等人類居住環境。常成對或成小群活動，在食物豐富的地方或覓食的時候也集成鬆散的大群，晚上亦成群棲息在一起。主要以植物果實、種子和昆蟲為食。

拍攝心得 鳥兒互看不順眼就打了起來，我看的嘴角微微上揚，像極了愛情。

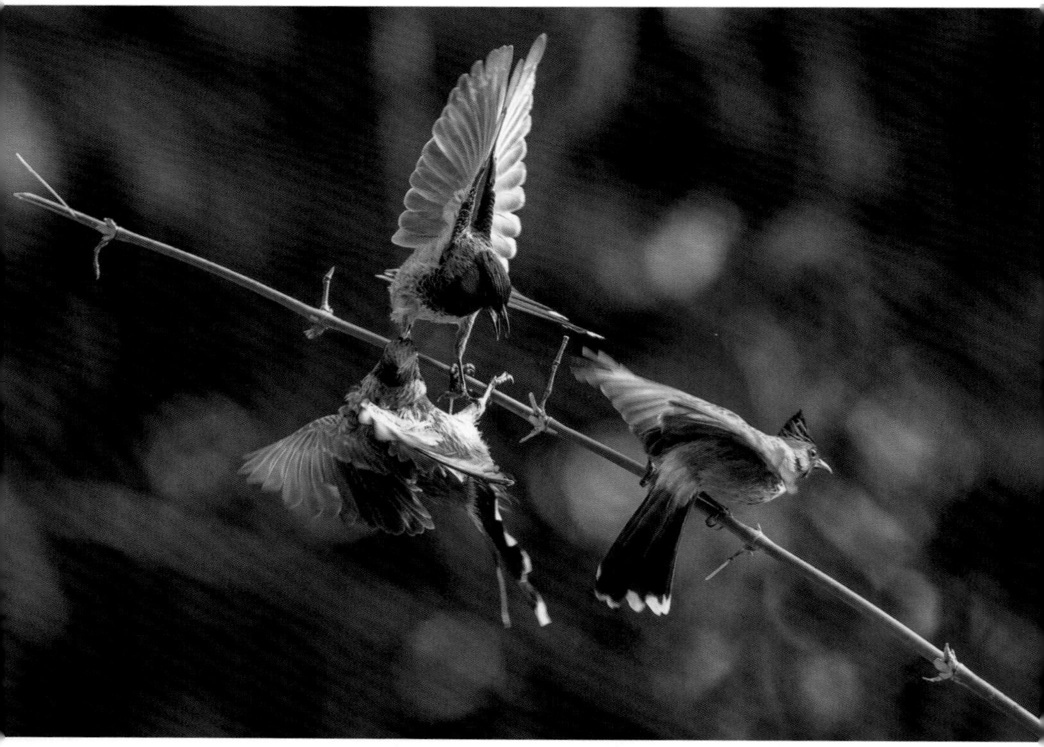

爭枝頭
Fight for territory

相機	Nikon D850	曝光偏差	0
光圈	4	鏡頭	400mm
曝光時間	1/2000 秒	拍攝年月	2019.01
ISO感光度	4000	拍攝地點	大陸雲南

拍攝

謝子良

隨緣不強求

火ㄏㄨㄛˇ簇ㄘㄨˋ擬ㄋㄧˇ啄ㄓㄨㄛˊ木ㄇㄨˋ鳥ㄋㄧㄠˇ

Psilopogon pyrolophus

英文鳥名 Fire-tufted Barbet

別　　名

鳥類習性 火簇擬啄木鳥為叢林鳥類，僅在腐朽死去的木頭上開鑿洞穴，是一種吃水果的鳥。身長 25 厘米，喙基部擁有又長又濃密的嘴鬚、羽毛顏色非常瑰麗 .. 翅膀的飛羽短而圓，飛行略顯笨拙，但是它們的雙腳卻非常靈活，因此十分適應密林裡需要躲閃的生活方式。

拍攝心得 在不經意的眼神，一個隨即的反應凍結的動作；不因時間距離的因素，而疏遠。當遇上困難，第一時間趕到的是親情的呼喚 ..

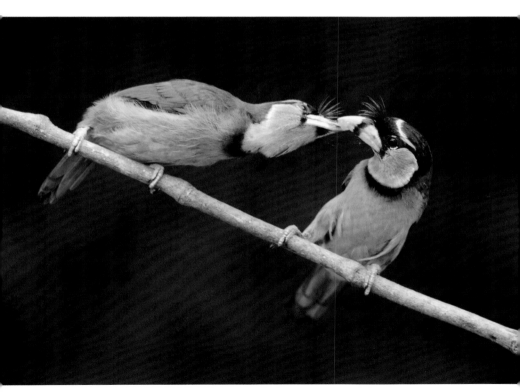

親情
Family Love

相　　機	Leica M240P	曝光偏差	0
光　　圈	11	鏡　　頭	800mm
曝光時間	1/500 秒	拍攝年月	2019.04.08
ISO感光度	2000	拍攝地點	馬來西亞

拍攝

方素蓉

Fang Su-Jung

樂在其中

黑ㄏㄟ黃ㄏㄨㄤˊ闊ㄎㄨㄛˋ嘴ㄗㄨㄟˇ鳥ㄋㄧㄠˇ

Eurylaimus ochromalus

英文鳥名 Black-and-yellow broadbill

別　　名

鳥類習性 分佈在東南亞地區，包括：馬來西亞、泰國、印尼、緬甸，棲息地區包括種植園、亞熱帶或熱帶的濕潤低地林，黑黃闊嘴鳥平均體重約為 33.9 公克。

拍攝心得 小巧玲瓏，奇妙的顏色搭配，憨憨的外型特別討喜，尤其嘴巴很卡哇伊，有卡通鳥的美名，跟它相遇美好又開心。

黑黃闊嘴鳥
Black-and-yellow broadbill

相　　機	canon 7D II	曝光偏差	0
光　　圈	4	鏡　　頭	300mm
曝光時間	1/400 秒	拍攝年月	2019.05.24
ISO感光度	2000	拍攝地點	馬來西亞

拍攝

邱淑媞

隨緣自在

艾氏煌蜂鳥

Selasphorus sasin

英文鳥名 Allen's Hummingbird

別　　名

鳥類習性 艾氏煌蜂鳥體重僅 2 到 4 公克，主要築巢地點在加州，主要以花蜜為食。快速振翅發出如低唱的嗯嗯聲，心跳在活動時可高達每分鐘 1000 多次。被視為吉祥、奮鬥的神話之鳥。

拍攝心得 蜂鳥在棲地為“後院之鳥”，妥善保留綠地，花若盛開，蜂鳥自來。本照片蜂鳥與蜜蜂同框，名字像兄弟，卻競爭同樣食物（花蜜），像對手。蜂鳥振翅速度可高達每秒 70 次，需要以高快門速度拍攝。

當蜂遇見蜂鳥

A hummingbird and a bee-brothers or rivals?

相　　機	Nikon D500	曝光偏差	0
光　　圈	5.6	鏡　　頭	300mm
曝光時間	1/4000 秒	拍攝年月	2019.09
ISO感光度	1400	拍攝地點	美國加州

拍攝
李榮添
Lee,Jung-tien
永續生態，求真求美！

巴ㄅㄚ拉ㄌㄚ望ㄨㄤˋ孔ㄎㄨㄥˇ雀ㄑㄩㄝˋ雉ㄓˋ

Polyplectron napoleonis

英文鳥名 Palawan Peacock-Pheasant

別　　名

鳥類習性 巴拉望孔雀雉是菲律賓特有種，分布在巴拉望島森林潮溼地。被世界自然保護聯盟列為易危，受華盛頓公約保護。喜棲息於較平緩坡度的濃密熱帶雨林中，生性羞怯機警，雜食性。雄鳥於發情求偶時，也有如孔雀尾部開屏動作。

拍攝心得 本照片是 2018 年 11 月，到菲律賓巴拉望參加第四屆國際鳥賽所拍。因鳥點在離島，尚須搭船才能到達；且其棲息於較暗林地樹蔭下，拍攝環境不佳過程艱辛，故倍感珍貴。

像孔雀的雉雞
Virtual Peacock, Peacock's twin sister, Peacock's twin brother

相　　機	Nikon D500	曝光偏差	+1.3
光　　圈	5	鏡　　頭	300mm
曝光時間	1/30 秒	拍攝年月	2018.12
ISO感光度	1600	拍攝地點	菲律賓

拍攝

林朝枝

樂觀奮鬥，盡其在我。

冠藍鴉

Cyanocitta cristata

英文鳥名 Blue Jay

別　　名 藍松鴉、藍樫鳥

鳥類習性 主要分布於加拿大南部，美國東部和中部，南界至佛羅里達州和德克薩斯州東北部，它們能模仿人類或其他鳥類的聲音；有頂冠，興奮、攻擊和求偶時會高高豎起，驚嚇時頂冠會會像毛刷一般四面張開；會在地面和樹上覓食，為雜食性，食物中昆蟲約佔 22%，其餘基本上是各種果實和種子，牠是加拿大愛德華王子島的省鳥，是典型的終身一夫一妻制鳥類。

拍攝心得 入住洛磯山脈旅館的第一個晨曦，一大早就手持小砲開始尋鳥，很幸運的沒多久是鼎鼎大名藍鳥隊及美國幾個大學體育隊吉祥物的牠就出場，只是牠天未全亮就閃退，而我也須趕行程了。

與藍鳥隊吉祥物晨曦中快樂邂逅
Happy encountered the Mascot of Toronto Blue Jays

相　　機	Canon 1DX	曝光偏差	-0.3
光　　圈	3.5	鏡　　頭	300mm
曝光時間	1/4000 秒	拍攝年月	2018.08
ISO感光度	10000	拍攝地點	美國洛磯山脈

拍攝

王國楨

Wang, Kuo-Chen

大家一起來拍鳥，記錄珍貴生態畫面，進而愛鳥、保育生態、愛護大自然！

紅腹錦雞

Chrysolophus pictus

英文鳥名 Golden Pheasant

別　　名 金雞、山雞、采雞

鳥類習性 雄性紅腹錦雞是色彩最為艷麗的一種雉類。雄性頭頂冠羽金黃色，絲綢般光澤，冠羽較長但平順地覆蓋在後頸。頸側和後頸覆蓋著扇形的金紅色羽毛，形成一條紅底黑條紋的「披肩」，翅上最內側覆羽和飛羽深藍色，身體加上尾部可以長達 1 公尺。主要取食蕨類、豆科植物、草籽麥葉、大豆等作物。性機警，膽怯怕人。聽覺和視覺敏銳，稍有聲響，立刻逃遁。

雙雄對峙

Get ready in late autumn

相　　機	Canon 1DX II	曝光偏差	0
光　　圈	5	鏡　　頭	600mm
曝光時間	1/1250 秒	拍攝年月	2018.11.03
ISO感光度	2000	拍攝地點	中國河南

拍攝
林素梅

愛好拍鳥我是傻
纏纏綿綿到天涯

刀ㄉㄠ嘴ㄗㄨㄟˇ蜂ㄈㄥ鳥ㄋㄧㄠˇ

Ensifera ensifera

英文鳥名 Sword-billed Hummingbird

別　　名 劍嘴蜂鳥

鳥類習性 刀嘴蜂鳥，是一種原生於南美洲安第斯山脈海拔 2500 米以上森林之奇特鳥類。在蜂鳥家族中算個頭最大的，身長約 14cm，嘴長 10.5cm，為鳥類最長嘴之冠。以吸食花蜜維生，偏愛花蜜含量高、顏色艷麗、香氛充足的花和樹木，它在舔食花蜜時，亦可幫助傳粉。飛翔時兩翅急速拍動，頻率可達每秒 50 次以上，且紀錄每秒亦可高速伸縮舔食約 13 次，另因鳥嘴太長也有著和其他鳥類不同的特性，是沒辦法用嘴理毛，而是用雙腳來進行梳理。

最長嘴鳥類
Longest-billed bird

相　　機	Sony A9	曝光偏差	0
光　　圈	4	鏡　　頭	600mm
曝光時間	1/500 秒	拍攝年月	2020.02.29
ISO感光度	800	拍攝地點	哥倫比亞

拍攝

舒菲

Sophie

天道酬勤

斑ㄅㄢ尾ㄨㄟˇ鵑ㄐㄩㄢ鳩ㄐㄧㄡ

Macropygia unchall

英文鳥名 Barred Cuckoo-Dove

別　　名

鳥類習性 雌雄同型，喜棲息在低海拔丘陵的樹林，少成群活動，以榕樹果實和其他植物漿果、種子、草籽為食。

拍攝心得 主角不是牠～謝謝給我 6 秒鐘的意外之喜

意外之喜

Suprise

相　　機	Canon 7D II	曝光偏差	0
光　　圈	6.3	鏡　　頭	300mm
曝光時間	1/640 秒	拍攝年月	2018.01.15
ISO感光度	320	拍攝地點	中國雲南

拍攝

吳焄雯
Wu,Hsun-Wen
悠遊野鳥攝影看見愛

棕ㄗㄨㄥ煌ㄏㄨㄤˊ蜂ㄈㄥ鳥ㄋㄧㄠˇ

Selasphorus rufus

英文鳥名 Rufous Hummingbird

別　　名 紅褐色蜂鳥

鳥類習性 棕煌蜂鳥是一中小型蜂鳥。分布在北美地區和中美洲。主要棲息於森林、灌木叢、沼澤、草地、農田、庭院和公園中。白天活動，夜間休息，以花蜜為主食。有較強領地意識，且好鬥。壽命最高記錄是 8 歲。進食時翅膀每秒鐘拍打 40-50 次，心跳達到每分鐘 500 下。飛行時速是 50 公里，俯衝時速可以達到 100 公里。

拍攝心得 2019 年 8 月在溫哥華的一處植物園追尋著牠的足跡，蜂鳥的地域性強，有固定的停棲點，我固守著這一大片的吊鐘花海，期盼牠來入鏡。皇天不負苦心人，終於等到飛來這夢幻場景前自由自在地飛舞。

花間飛舞
Flying among the flowers

相　　機	Canon 1DX II	曝光偏差	0
光　　圈	4.5	鏡　　頭	400mm
曝光時間	1/1000 秒	拍攝年月	2019.08.18
ISO感光度	3200	拍攝地點	加拿大 / 溫哥華

拍攝
陳瑞蒼
Bright Chen

生活從不缺少美，
只是缺少發現。

戴ㄉㄞˋ勝ㄕㄥˋ

Upupa epops

英文鳥名 Eurasian Hoopoe

別　　名 花蒲扇

鳥類習性 戴勝為以色列國鳥、金門縣縣鳥；臺灣本島為稀有候鳥，金門為留鳥；每年繁殖一窩，利用天然樹洞、棄洞、壁洞或岩縫營巢；主要以啄食地上草地裡的蟲子或樹種子維生。

拍攝心得 午後的陽光會短暫斜射在洞口上，這時最期待的就是親鳥能適時飛回哺育！很幸運的能捕捉到親鳥展翼、雛鳥接食的互動畫面，心暖暖的！

春暉送暖
Warming to my mind

相　　機	Canon 1DX II	曝光偏差	0
光　　圈	5.6	鏡　　頭	600mm+1.4X
曝光時間	1/2000 秒	拍攝年月	2019.05.10
ISO感光度	1600	拍攝地點	中國上海

拍攝

楊忞軒

拍鳥隨緣，隨遇而安。

勺雞

Pucrasia macrolopha

英文鳥名 Koklass Pheasant

別　　名

鳥類習性 勺雞為雉科勺雞屬的鳥類，俗名角雞、柳葉雞。為中國國家二級重點保護野生動物。勺雞雄鳥和雌鳥單獨或成對活動，性情機警，很少結群，夜晚也成對在樹枝上過夜。雄鳥在清晨和傍晚時喜歡鳴叫，沙啞的嗓音就像公鴨一樣，故在中國四川產地稱它為「山鴨子」。秋冬季則結成家族小群。遇警情時深伏不動，不易被趕。槍響或倒樹的突發聲會使數隻雄鳥大叫。雄鳥炫耀時耳羽束豎起。常在地面以樹葉、雜草築巢。

拍攝心得 勺雞生性機警拍攝時需要非常安靜，第一次拍攝到這麼稀有漂亮的勺雞，心裡充滿感恩及感動。

勺雞
Koklass Pheasant

相機	Canon 5D3	曝光偏差	0
光圈	8	鏡頭	400mm
曝光時間	1/320 秒	拍攝年月	2018.11.02
ISO感光度	2000	拍攝地點	中國河南

拍攝

陳玉隆

劍ㄐㄧㄢˋ嘴ㄗㄨㄟˇ鶥ㄇㄟˊ

Pomatorhinus superciliaris

英文鳥名 Slender-billed Scimitar Babbler

別　　名

鳥類習性 劍嘴鶥體長：21-22mm。重約：27g。雌雄羽色相似。分佈於中印緬等地。棲息在溫帶森林，以甲蟲、螞蟻及漿果花蜜為食。常單獨或成隊活動覓食，每年 4-7 月繁殖於 1200-2400 公尺山地森林中，每巢 3-5 卵。

拍攝心得 劍嘴鶥體型小，敏捷快閃，習慣於陰暗處不易拍攝。

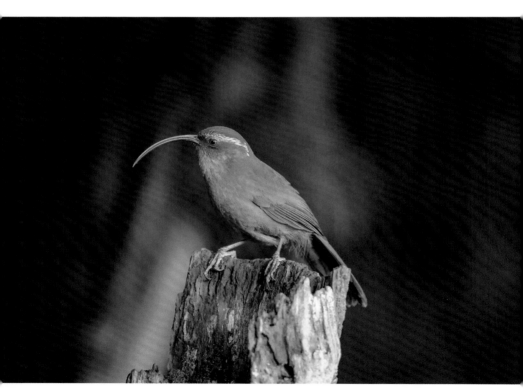

劍嘴鶥
Slender-billed Scimitar Babbler

相　　機	Canon 1DX II	曝光偏差	0
光　　圈	4	鏡　　頭	600mm
曝光時間	1/100 秒	拍攝年月	2020.01.11
ISO感光度	4000	拍攝地點	中國雲南

拍攝

林篤恭

白頸長尾雉

Syrmaticus ellioti

英文鳥名　Elliot's Pheasant

別　　名　橫紋背雞

鳥類習性　白頸長尾雉喜集群，多出入於森林茂密、地形複雜的崎嶇山地和山谷間。性膽怯而機警，活動時很少鳴叫，因此難於見到。在發現異常情況時，亦是先急跑幾步再停下觀察動靜，如無危險，則悄悄走開或飛走；如發現敵害臨近，則馬上起飛，同時發出尖銳的叫聲。活動以早晚為主，常常邊遊蕩邊取食，中午休息，晚上棲息於樹上。

白頸長尾雉
Elliot's Pheasant

相　　機	Canon 1DX	曝光偏差	-0.3
光　　圈	4	鏡　　頭	500mm
曝光時間	1/125 秒	拍攝年月	2020.01.18
ISO感光度	2000	拍攝地點	大陸 / 福建三明

拍攝

丁志皓

紅ㄏㄨㄥˊ喉ㄏㄡˊ山ㄕㄢ鷓ㄓㄜˋ鴣ㄍㄨ

Arborophila rufogularis

英文鳥名 Rufous-throated Partridge

別　　名

鳥類習性 為雉科山鷓鴣屬鳥類，體型約 27 釐米，整體羽
近灰色。分布於喜馬拉雅山脈，印緬，緬泰邊境
地，寮國與越南。在中國見於西藏東南部與雲南
南部等地區，為不常見留鳥。常棲習於低山丘陵
海拔 3000m 以下的常綠闊葉林，針葉林以及林
灌叢和高草叢中，喜好林下植被茂密的溪谷與河
兩岸的常綠闊葉林地帶，常集小群活動。

拍攝心得 紅喉山鷓鴣與臺灣山鷓鴣在體型與習性有相似
處，紅喉山鷓鴣頸部羽毛有明顯的棕紅色，為主
辨識特徵，也使得牠看起來較臺灣山鷓鴣為豔麗。

原野三重唱

相　　機	Canon 1DX II	曝光偏差	0
光　　圈	5.6	鏡　　頭	400mm+1.4X
曝光時間	1/400 秒	拍攝年月	2019.01.13
ISO感光度	自動	拍攝地點	大陸雲南

拍攝
侯淑貞
活在當下

灰孔雀雉
Polyplectron bicalcaratum

英文鳥名 Grey Peacock-Pheasant

別　　名 孔雀雉

鳥類習性 棲息於海拔 1500 公尺 的熱帶雨林及竹叢中，常單獨或成對活動。以昆蟲、蠕蟲、果實、種子為食。繁殖期 4 月至 6 月。多築巢於密林中的溝谷地及山區耕地附近的次生林，主要利用地面自然凹坑。

拍攝心得 要換水塘！請背工走到路口了，心想沒拍到，要等何年何月呢？一個人又折回，還好夢想成真。

育雛
Brood

相機	Nikon D850	曝光偏差	-0.67
光圈	6.3	鏡頭	340 mm
曝光時間	1/125 秒	拍攝年月	2019.04
ISO感光度	640	拍攝地點	大陸 / 雲南盈江

拍攝

王志文

日本棕耳鵯

Hypsipetes amaurotis

英文鳥名 Brown-eared Bulbul

別　　名 栗耳鵯、栗耳短腳鵯

鳥類習性 在日本、南韓地區算是很普遍的種類，兩頰至胸部的棕褐色，是牠們的特徵，樹棲性，常在樹冠間追逐喧鬧，牠們是雜食性的鳥類，食物以植物果實、種子以及小型動物、昆蟲為主。

拍攝心得 鳥類攝影開拓了我的眼界及視野，了解自然界中萬物生命的價值，因而更重視生態的保育。

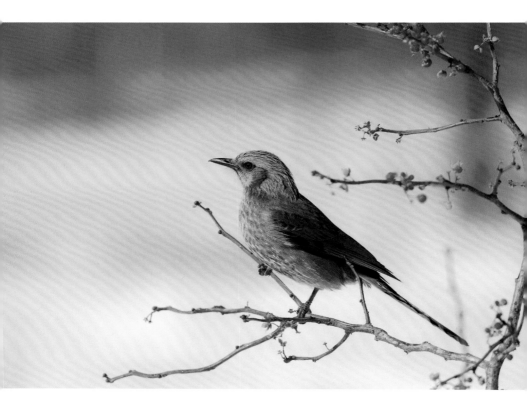

日本棕耳鵯
Brown-eared Bulbul

相　　機	Canon 1DX	曝光偏差	0
光　　圈	5.6	鏡　　頭	400mm
曝光時間	1/2000 秒	拍攝年月	2020.02.23
ISO感光度	400	拍攝地點	北海道

拍攝

鄭 得

拍攝是捕捉人生的色彩，增進生活的樂趣。

銀胸闊嘴鳥

Serilophus lunatus

英文鳥名 Silver-breasted Broadbill

別　　名 海南寬嘴

鳥類習性 銀胸闊嘴鳥是熱帶森林鳥類，通常棲息於熱帶和亞熱帶的山地森林或溪邊小樹上。時常成群結隊約10餘來隻活動較常見，多活躍在樹冠層下，不善跳躍和鳴叫，鳴聲低弱，不太怕人，留鳥不遷徙。主要以昆蟲為食，尤以甲蟲、蝗蟲、天牛等昆蟲類較喜歡，此外亦吃蜘蛛、小螺和其他小型無脊椎動物，偶爾也吃果實等植物性食物，是一個很有團隊精神之鳥類。

休息
Resting

相　　機	Nikon D4S	曝光偏差	0
光　　圈	5.6	鏡　　頭	600 mm
曝光時間	1/400 秒	拍攝年月	2019.04.25
ISO感光度	1800	拍攝地點	泰國

拍攝

王德華

早起的鳥兒有蟲吃；
早起的攝郎有鳥拍。

藍背八色鶇

Hydrornis soror

英文鳥名 Blue Pitta

別　　名

鳥類習性 雀形目八色鶇科藍八色鶇屬的一種，體長為 20-24 公分，體重 91-135 公克。體型圓胖，尾短，腿長。是一種橄欖色及茶色八色鶇。臉近白，額及頭頂橄欖棕色，頸背及腰淡藍色，眉紋黃褐。雌鳥似雄鳥，但橄欖色較暗淡，頭頂及頸背多偏綠色。在森林底層活動，翻揀樹葉及朽木以尋找無脊椎動物為食。分佈于越南、泰國、老撾、中國大陸和柬埔寨。

拍攝心得 第一次出國拍鳥就選擇了大陸廣西弄崗的拍鳥基地，此地有原始的森林也有豐富的鳥類生態。耐心守候兩天，終於看牠從樹林底層慢慢跳出來，豐富的羽色加上圓滾滾的肚子，像隻彩色大笨鳥。

藍背八色鶇
Blue Pitta

相　　機	Canon 5D4	曝光偏差	-1/3
光　　圈	4	鏡　　頭	400mm+1.4x
曝光時間	1/200 秒	拍攝年月	2019.12.15
ISO感光度	1000	拍攝地點	大陸廣西弄崗

拍攝

梁素足

白頭鵙鶥

Gampsorhynchus rufulus

英文鳥名 White-hooded Babbler

別　　名

鳥類習性 主要棲息于海拔 2000 米以下闊葉林、竹林和次生林中，冬季也下到海拔 1000 米以下的低山和山腳地帶的疏林灌叢和高草叢中。常單獨、成對或 3~5 隻至 10 多隻的小群活動。性活潑，較為喧鬧，頻繁地在林間飛來飛去或在枝葉間跳躍、覓食。有時也到林園灌叢或竹叢上，但很少下到地上活動覓食。

拍攝心得 在山谷中，為了捕捉鳥兒漂亮身影，縱使沁涼的冬風陣陣吹來，依然目不轉睛屏息等待。

相遇
To meet

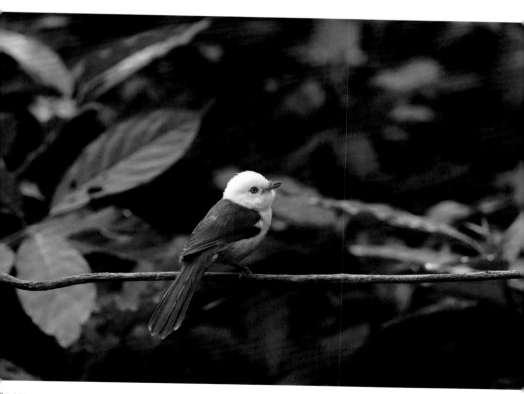

相　　機	Canon 1DX II	曝光偏差	-2/3
光　　圈	5.6	鏡　　頭	400mm
曝光時間	1/400 秒	拍攝年月	2019.01.02
ISO感光度	2500	拍攝地點	大陸雲南

拍攝

洪蒼崧

紅樹林八色鶇

Pitta megarhyncha

英文鳥名 Mangrove pitta

別　　名

鳥類習性 紅樹林八色鶇，是八色鶇科八色鶇屬的一種，分
於緬甸、孟加拉國、印度、馬來西亞和新加坡。
物種的保護狀況被評為近危。紅樹林八色鶇，全
180~210 毫米，體重約為 106 克。棲息地包括亞
帶或熱帶的紅樹林和河流、溪流。以甲殼類動物
軟體動物和昆蟲為食。

拍攝心得 一分耕耘，一分收獲。今天所有付出的努力，將
成為明天美麗的遠景。

勇往直前
Go ahead

相　　機	Canon 1DX II	曝光偏差	0
光　　圈	5.6	鏡　　頭	600mm
曝光時間	1/100 秒	拍攝年月	2019.05.12
ISO感光度	320	拍攝地點	馬來西亞

拍攝

櫻桃

cherry

如果我不是在拍鳥，
就是在拍鳥的路上。

灰頭紫水雞

Porphyrio poliocephalus

英文鳥名 Purple Swamphen

別　　名 灰頭紫水雞

鳥類習性 灰頭紫水雞分布於中東、印度次大陸、中國南部及泰國北部。以往視為紫水雞的亞種，但在 2015 年被提升為完整物種；今天，紫水雞被認為是一個超種，它的六個亞種都被指定為完整物種。紫水雞棲息於有水生植物的淡水或鹹水湖泊、河流、池塘、水壩、漫灘或沼澤地中。結小群晨暮時活動。雜食性，主要以植物為食，偶爾吃軟體動物、螞蟥、小蟹、昆蟲。

拍攝心得 紫水雞非常美，在泰國熱情的陽光下，牠們身上的羽毛光彩奪目。初春的二月，來到泰國東北部武里南府的一個濕地，一群活潑可愛的紫水雞漫步在濕地的草場上追逐嬉戲。

奪食
chase for meal

相　　機	Canon 1DX II	曝光偏差	0
光　　圈	5.6	鏡　　頭	500mm
曝光時間	1/640 秒	拍攝年月	2019.02.20
ISO感光度	320	拍攝地點	泰國 / 武里南府

拍攝

陳慧珠

完整捕捉大自然生態之美

沙ㄕㄚ丘ㄑㄧㄡ鶴ㄏㄜˋ

Antigone canadensis

英文鳥名 Sandhill Crane

別　　名 棕鶴、加拿大鶴

鳥類習性 沙丘鶴為鶴科赤頸鶴屬的大型涉禽。成年的沙丘鶴外表為灰色，前額為紅色，臉頰為白色，擁有長而黑的尖喙。在飛行時，它們長而黑的雙腿會擺在後面，頸部和脖子保持伸直狀態。由於大部分的沙丘鶴活躍於北美及東西伯利亞，冬季遷徙至美國西南和墨西哥中北部等地之外，日本鹿兒島出水市也是鶴鳥渡冬地區，沙丘鶴常會混在其它鶴群內來渡冬。

拍攝心得 自從喜歡上拍鳥之後，更希望能捕捉到鳥飛翔在空中美麗的姿態，那拍攝瞬間的快感，讓人樂趣無窮，飛羽攝影也讓人領略到生態之美！

展翅飛翔
Spread wings and fly

相　　機　Nikon D500
光　　圈　8
曝光時間　1/2000 秒
ISO感光度　3200
曝光偏差　-3
鏡　　頭　Tamron-A022
拍攝年月　2019.12.11
拍攝地點　日本鹿兒島

拍攝

邱建德

攝影樂活人生

蓑ㄙㄨㄛ羽ㄩˇ鶴ㄏㄜˋ

Anthropoides virgo

英文鳥名 Demoiselle Crane

別　　名 閨秀鶴

鳥類習性 體長 75~90 公分，是鶴類中個體最小者。主要分布在亞洲中部，棲息在高原、草原、沼澤、湖泊、半荒漠及寒冷荒漠等地帶，分佈至海拔 5000 公尺。主要以植物根、莖、種籽、昆蟲及軟體動物等為食。每年都從中國北邊與蒙古邊境往南遷徙，飛過喜馬拉雅山，經常要面臨氣候非常惡劣，且要突破氣溫極低，同時還要冒著被非常兇猛金鵰獵食的風險，才能順利到印度溫暖的小鎮上過冬（塔爾沙漠地區）。

恩愛
Conjugal love

相　　機	Canon 1DX II	曝光偏差	0
光　　圈	7.1	鏡　　頭	600mm
曝光時間	1/320 秒	拍攝年月	2019.06
ISO感光度	800	拍攝地點	大陸 / 內蒙古

拍攝
洪秋娟

活在當下，愛在即時

橫ㄏㄥˊ斑ㄅㄢ翠ㄘㄨㄟˋ鳥ㄋㄧㄠˇ

Lacedo pulchella

英文鳥名 Banded Kingfisher

別　　名

鳥類習性 橫斑翠鳥生活在東南亞的中低海拔熱帶雨林中，牠們並不是依賴棲息地的河流和池塘，而是一種完全肉食性的翠鳥，主要食物是蝗蟲、蟋蟀、竹節蟲、蜥蜴和青蛙，通常獨自生活繁殖期才一對共同生活！

拍攝心得 這是一次非常難得的拍攝過程，本來是馬來西亞鳥導最有把握的鳥卻是在同一個山頭找了一整上午，連中餐都沒吃繼續找不放棄，終於找到母鳥，我們回到鳥點卻又找不到鳥，正準備放棄時拍到了公鳥，因為太累天色也暗了，想離開時竟然看見牠們一對在等著我們！真是個永生難忘的大驚喜！

愛的禮物
A gift of love

相　　機	Canon 1DX II	曝光偏差	0
光　　圈	6.3	鏡　　頭	400mm+1.4xIII
曝光時間	1/400 秒	拍攝年月	2018.02.27
ISO感光度	4000	拍攝地點	馬來西亞

拍攝

王綉惠

彩ㄘㄞˇ鸛ㄍㄨㄢˋ

Mycteria leucocephala

英文鳥名 Painted stork

別　　名

鳥類習性 身長：100 公分 世界瀕絕鳥類。生態：主要分佈東南亞棲息，於河川、水塘及沼澤地，以魚類為主食，生命期可達 28 年。

銜材為居
Nesting

相　　機	Canon 1DX	曝光偏差	+1
光　　圈	6.3	鏡　　頭	600mm
曝光時間	1/1000 秒	拍攝年月	2011.05.22
ISO感光度	640	拍攝地點	馬來西亞

拍攝

涂英明

丹ㄉㄢ頂ㄉㄧㄥˇ鶴ㄏㄜˋ

Grus japonensis

英文鳥名 Red-crowned Crane

別　　名

鳥類習性 丹頂鶴是鶴類中的一種，因頭頂有紅肉冠而得名。牠是東亞地區特有鳥種，出現於農作地、草原、沼澤地帶。因體態優雅，顏色黑白分明，具有吉祥、忠貞、長壽之寓意，故稱仙鶴。

拍攝心得 鳥加上漂亮的景，才能成就一幅好圖。

朝彩映丹頂

相　　機	Nikon D4S	曝光偏差	-1.33
光　　圈	2.8	鏡　　頭	80-200mm
曝光時間	1/200 秒	拍攝年月	2018.08.24
ISO感光度	2000	拍攝地點	中國

拍攝

王萬坤

活在當下、笑在當下、悟在當下。

黑ㄏㄟ眉ㄇㄟˊ信ㄒㄧㄣˋ天ㄊㄧㄢ翁ㄨㄥ

Diomedeidae

英文鳥名 Black-browed Albatross

別　　名

鳥類習性 黑眉信天翁鳥生活在南半球深海區域的範圍內.可以在海上長時間飛行，牠們可以非常有效地利用空氣動力的原理在海面上滑翔，有時數小時不必扇一下翅膀，可以恣意在空中高速翻飛達 2000—3000 米，在 1 小時內可以橫越 113 公里的海面。在南極洲附近，牠們最主要的食物是那裡的魚、墨魚和蝦。牠們也以船丟棄的廢物為食，因此牠們有時跟船飛行。信天翁科的鳥可以活 40—60 年。

拍攝心得 難得南極之旅行程 22 天都在船上，首登福克蘭群島，上其中一小島走 30 分鐘島尾端岩壁旁群居，去時季節剛好碰上交配繁殖期，剛好看到 " 親親 " 動作，拍下難得畫面。

親親
Kiss

相　　機	Nikon	曝光偏差	-0.33
光　　圈	8	鏡　　頭	80~400mm
曝光時間	1/3200 秒	拍攝年月	2019.10.25
ISO感光度	500	拍攝地點	福克蘭群島

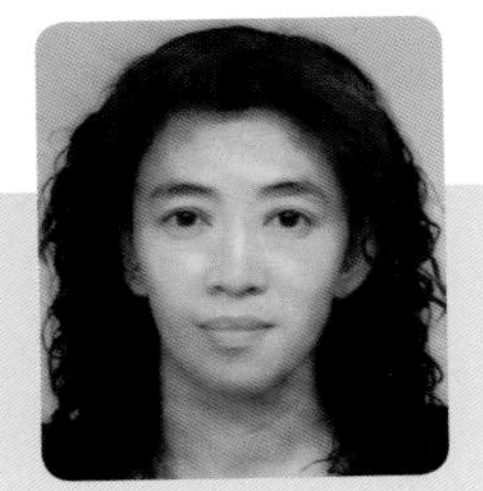

拍攝

黃靜梅

上善若水

東ㄉㄨㄥ方ㄈㄤ蛇ㄕㄜˊ鶇ㄊㄧˊ

Anhinga melanogaster

英文鳥名 Oriental Darter

別　　名 印度蛇鵜、蛇鳥

鳥類習性 蛇鵜主要吃中型的魚。用腳划水，潛入水中，伏擊牠們的獵物；然後用牠們尖銳的喙刺穿那些動物。蛇鵜頸椎下側的 5-7 節是龍骨，可以讓肌肉附着其上，從而形成一個類似鉸鏈的機構，使頸部、頭部和喙可以向前伸出，像投擲標槍一樣。在刺傷獵物之後，牠們會返回水面，將食物扔到空中，並再次抓住它，這樣牠們就可以使獵物頭朝下將其吞掉。東方蛇鵜已經是近危物種。

拍攝心得 透過生態攝影感受大自然的美好，很開心看見鳥兒自在不受侵擾的在河邊佇足，也希望人們在拍攝的過程中都給予動物自在的生活環境。

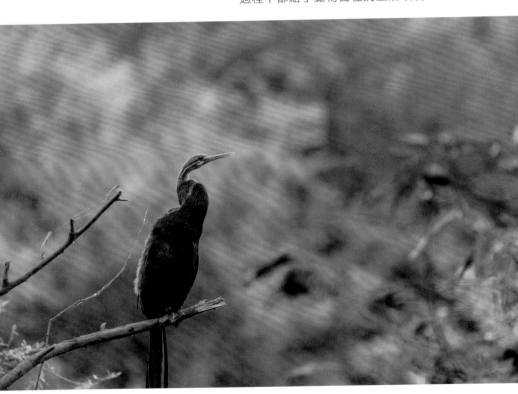

相遇 · 在印度

Indian friend

相　　機	Nikon D850	曝光偏差	
光　　圈	5.6	鏡　　頭	80-400mm
曝光時間	1/1600 秒	拍攝年月	2019.10
ISO感光度	1250	拍攝地點	印度

拍攝

陳永修

Hsiou Chen

這世界並不缺少美，
而是缺少發現。

白ㄅㄞˊ頭ㄊㄡˊ鶴ㄏㄜˋ

Grus monacha

英文鳥名 Hooded Crane

別　　名 鍋鶴、玄鶴

鳥類習性 白頭鶴性情溫雅，常成對或成家族群體活動，性情機警膽小，活動和覓食時候常不斷地抬頭觀望。白頭鶴在西伯利亞地區的中南部和東南不產卵，冬季80% 以上分布於日本南部的出水市，其餘則分布在南韓和中國。

拍攝心得 首次和一群愛拍鳥同好到日本鹿兒島出水市拍攝白頭鶴，當看見幾萬隻白頭鶴群聚，內心很是震撼，尤其是當機警的鶴群同時抬起頭的瞬間按下快門，很高興有機會紀錄到幾萬隻白頭鶴群聚生態。

萬鶴呈祥

Ten thousand cranes present peace

相　　機	Canon 1DX II	曝光偏差	0
光　　圈	14	鏡　　頭	600mm
曝光時間	1/10 秒	拍攝年月	2019.11.12
ISO感光度	200	拍攝地點	日本

拍攝

陳政焜

攝影人生

棕ㄗㄨㄥ 背ㄅㄟˋ 三ㄙㄢ 趾ㄓˇ 翠ㄘㄨㄟˋ

Ceyx rufidorsa

英文鳥名 Rufous-backed Kingfisher

別　　名 小黃魚狗

鳥類習性 三趾翠鳥是一種小型翠鳥，平均長度為 13 cm 三趾翠鳥該鳥生活在常綠的原始森林和次森林。一般都在小山丘或低高度的植被區活動。三趾翠鳥是一種顏色非常艷麗的小型森林翠鳥。通常棲息於茂密的森林和河岸近水的地方，一般單獨或情侶共同捕食。是肉食性鳥類，主要食物是昆蟲、蝗蟲、蒼蠅和蜘蛛，也吃各種水生動物如水甲蟲、小螃蟹、青蛙和小魚。

拍攝心得 拍鳥的七年，始自兒子贈送相機為生日禮物，開始步入生態攝影。國外拍鳥經歷：中國大陸、泰國、日本、菲律賓、馬來西亞、澳大利亞。

獻殷勤

相機	Nikon D4s	曝光偏差	0
光圈	8	鏡頭	600mm
曝光時間	1/8 秒	拍攝年月	2019.05.01
ISO感光度	1200	拍攝地點	馬來西亞

拍攝

林朝枝

不經其事，不長一智。

白鵜鶘

Pelecanus onocrotalus

英文鳥名 Great White Pelican

別　　名 東方白鵜鶘或大白鵜鶘

鳥類習性 分布於歐洲到亞洲以及非洲，喜棲息於湖泊、江河、沿海和沼澤地帶，繁殖於歐洲東南地區，會到亞洲西南部以至非洲越冬，喜成群活動，善於飛行、游泳，也可在地面行走。常聚集成群休息。以魚類為食物，有成群圍捕魚類為食之行為。

拍攝心得 牠在臺灣難得一見，在美國的海邊或湖邊見牠是不難的，只是之前所見常是 1-2 隻呆立睡眠或捕食，較多隻的常是遠方飛行版，此次牠們一群在遠方湖邊小憩，連筏小舟接近者也不看一眼，看來我也是來休閒，只短暫停留，想拍牠們能飛近的飛行版也就難了。

休閒時刻
Leisure time

相機	Canon 1DX	曝光偏差	0
光圈	4	鏡頭	300mm
曝光時間	1/1600 秒	拍攝年月	2018.08
ISO感光度	100	拍攝地點	美國加州

拍攝

林碧卿

王ㄨㄤˊ絨ㄖㄨㄥˊ鴨ㄧㄚ

Semateria spectabilis

英文鳥名 King Eider

別　　名

鳥類習性 王絨鴨，雁形目鴨，科絨鴨屬，單一物種無亞種分化分布在北極圈海岸，每年六月至七月，會飛往北極繁殖。潛水能力很強，可下潛至高達數十米的地方。以魚類、甲殼類、軟體動物、藻類等為主食。

美麗的王絨鴨

Beautiful King Eider

相　　機	Canon	曝光偏差	
光　　圈	6.3	鏡　　頭	600mm
曝光時間	1/3200 秒	拍攝年月	2019.03.25
ISO感光度	2000	拍攝地點	挪威

拍攝

羅耀基

永恆之美

白枕鶴

Antigone vipio

英文鳥名 White-naped Crane

別　　名 紅面鶴、白頂鶴、土鶴

鳥類習性 成鳥額及眼周裸皮紅色，頭、喉、後頸及上背白色，頸側、前頸下部至腹面灰黑色，背面深灰色。除繁殖期成對活動外，遷徙和越冬期間由數個或 10 多個家庭群組成的大群活動；數量稀少，名列全球易危鳥種。

拍攝心得 行動機警，很遠見到人就飛，起飛時先在地面快跑幾步，然後騰空而起。

起舞
DANCE

相機	Nikon D5	曝光偏差	-0.33
光圈	8	鏡頭	600mm+1.4x
曝光時間	1/1600 秒	拍攝年月	2019.12.10
ISO感光度	400	拍攝地點	日本鹿兒島

拍攝

徐仲明

走路要找難路走，
挑擔要揀重擔挑。

加拿大雁

Branta canadensis

英文鳥名 Canada Goose

別　　名 加拿大鵝

鳥類習性 加拿大雁是一夫一妻的忠貞動物，只要認定了對方是自己的命中之雁，就會一直形影不離。加拿大雁也是稱職的爸媽，雁爸會超兇地守候在老婆和孩子身邊，哪怕你只是無心路過，都會被懷疑想偷蛋或是做其他壞事，免不了一頓撲打啄咬。小雁能飛後，幾隻雁爸雁媽會組成空中"托兒所"，一隻家長雁在前面帶路，小雁全部夾在中間，其他的家長守好大後方，防止其他居心不良的生物，傷害這些小傢伙。

拍攝心得 夫妻倆像加拿大雁般護送著初次遠行就學的愛女來到英國，再多不捨也知是時候該放手讓她開始另一段生活，前有廣闊的天空我們都要好好過！

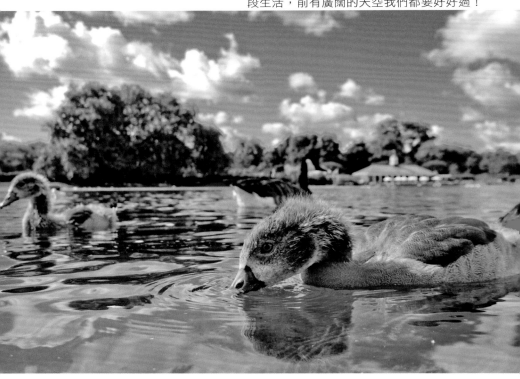

我不是醜小鴨～當然也不會變天鵝！
I am not an ugly duckling~
Of course I will not become a swan.

相　　機	Sony RX100M7	曝光偏差	0
光　　圈	4	鏡　　頭	Sony RX100M7
曝光時間	1/640 秒	拍攝年月	2019.09
ISO感光度	100	拍攝地點	英國倫敦海德公

拍攝

李進興

自自然然拍野鳥

黃ㄏㄨㄤˊ嘴ㄗㄨㄟˇ天ㄊㄧㄢ鵝ㄜˊ

Cygnus cygnus

英文鳥名 Whooper Swan

別　　名 大天鵝

鳥類習性 黃嘴天鵝又叫大天鵝，是一種大型游禽，全身的羽毛均為雪白的顏色。牠的身體肥胖而豐滿，脖子的長度是鳥類中占身體長度比例最大的，腳上有黑色的蹼，游泳前進時，腿和腳摺疊在一起，以減少阻力；向後推水時，腳上的蹼全部張開，形成一個類似船槳的表面，交替划水，如履平地。

拍攝心得 冰雪覆蓋的湖泊棲息許多白色天鵝，我特別以趴拍的方式凸顯天鵝拍翅的張力，以高速快門讓雙翅凍結，低角度和短鏡頭也讓前景、中景和遠山形成較明顯的對比。

黃嘴天鵝
Whooper Swan

相　　機	Canon 5D II	曝光偏差	-1
光　　圈	4	鏡　　頭	24mm
曝光時間	1/3200 秒	拍攝年月	2012.02.24
ISO感光度	200	拍攝地點	日本

拍攝

陳堃宏

Kun-Hung Chen

鏡頭是靈魂之窗的延伸，應以真善美為目標。

白ㄅㄞˊ頸ㄐㄧㄥˇ麥ㄇㄞˋ雞ㄐㄧ

Vanellus miles

英文鳥名　Masked Lapwing

別　　名　Masked Plover、Spur-winged Plover

鳥類習性　白頸麥雞以前被稱為「蒙面鴴」（Masked Plover）和「直翅鴴」（Spur-winged Plover）。是澳洲常見的鳥類之一，大部分的時間在地面上尋找食物，如小型的昆蟲。白頸麥雞是鴴科家族中體型最大也最具代表性的一員。

拍攝心得　某日清晨在布里斯本的公園，很難得的機會巧遇「白頸麥雞」與「雞母蟲」的約會，麥雞看到這麼肥美的雞母蟲，一定心想「雞不可失」！我首次看見這麼漂亮的白頸麥雞，也覺得「雞不可失」，結果竟然是「一鏡雙雞」！

雞會難得

Chance

相　　機	Canon 5D III	曝光偏差	0
光　　圈	5.6	鏡　　頭	100-400mm
曝光時間	1/800 秒	拍攝年月	2019.04.09
ISO感光度	3200	拍攝地點	澳洲布里斯本

拍攝

賴威列
Dearbear Lai

羅文鴨

Anas falcata

英文鳥名 Falcated Duck

別　　名 葭鳧、羅紋鴨

鳥類習性 羅文鴨喜歡成群棲息於內陸湖泊，沼澤溼地或者河流較為平靜的水面。晨昏時會於淺水處覓食，主要以水藻，植物種子等為食物。羅文鴨雌雄異形異色，雄鳥頭部帶有金屬光澤的紫紅色，後頸及頸側則帶有金屬光澤的綠色。 繁殖地於西伯利亞東部，中國東北以及蒙古等地，冬天則會遷移至日本，朝鮮半島以及中國東部過冬，在臺灣僅有零星出現在溼地或者埤塘，屬於稀有冬候鳥。

拍攝心得 在九州連續觀察這群羅文鴨兩年，晨昏的時刻，鴨子較為活潑以及柔和的光線，也需要適時的偽裝隱蔽才容易與牠們近距離的接觸及拍攝。

漫游晨曦
Roaming dawn

相　　機	Sony A9 Mark II	曝光偏差	0
光　　圈	9	鏡　　頭	600mm+2X
曝光時間	1/640 秒	拍攝年月	2019.12.20
ISO感光度	800	拍攝地點	日本九州

拍攝

郭石盤

挑戰任何不可能

唐ㄊㄤˊ秋ㄑㄧㄡ沙ㄕㄚ

Mergus squamatus

英文鳥名 Scaly-sided Merganser

別　　名 中華秋沙鴨

鳥類習性 全球性易危，在中國數量稀少且仍在下降。是中國國家一級保護動物。出沒於林區內之湍急河流，有時在開闊的湖泊。成對或以家庭為群。善潛水，以魚蝦為主食，喜歡水質清澈的水域。和其他秋沙一樣，必須在水上助跑才能起飛。個性謹慎小心又懼人，棲息的水域通常很開闊，很難有近距的觀察。由於賴以繁殖水岸邊的天然樹洞和棲息地喪失，已經名列全球「瀕危」鳥種。

拍攝心得 在雲煙裊裊一早天即將亮的清晨，我們到婺源縣一個人口稀少的小鎮，搭人工筏過溪流，溪流中的景色宛如桃花源，內心深受感動，為尋找內心嚮往的唐秋沙…

拔得頭籌
Top spot

相　　機	Canon 1DX II	曝光偏差	0
光　　圈	5.6	鏡　　頭	600mm
曝光時間	1/2500 秒	拍攝年月	2019.12
ISO感光度	640	拍攝地點	江西婺源

拍攝

杜金龍

（叮噹爸）

要成功，先發瘋，
頭腦簡單向前衝。

赤ㄔˋ頸ㄐㄧㄥˇ鶴ㄏㄜˋ

Grus Antigone

英文鳥名 Sarus Crane

別　　名

鳥類習性 易危物種，現已受到正式保護。分布在印度、尼泊爾、緬甸、柬埔寨、澳大利亞等地。是世界上最大可飛鳥類，身長超過一米八，翼展達兩米五，雄鳥較雌鳥高大。愛情忠貞，終生一夫一妻制。交配時節會伸脖鳴叫、展翅抖羽、繞圈跳躍，進行「婚舞」儀式。

拍攝心得 赤頸鶴是印度 keoladeo 國家公園的「鎮園之寶」，兩度遠赴印度早出晚歸尋尋覓覓就是為了要一睹其芳顏。最令人印象深刻就是在夕陽西下前，澄黃浪漫的油菜花田裡，捕捉到一對赤頸鶴佳偶追逐嬉戲、琴瑟和鳴、求偶共舞的鏡頭，當時內心的悸動與欣喜，言語無法形容。

油菜花田的赤頸鶴
Sarus Crane In The Rape Field

相　　機	Nikon D850	曝光偏差	-0.3
光　　圈	5.6	鏡　　頭	500mm
曝光時間	1/1250 秒	拍攝年月	2020.02.05
ISO感光度	1250	拍攝地點	印度

拍攝

簡天廷

Terry Chien

人應該是鳥類的守護者
而不是天敵。

灰冠鶴（東非冕鶴）

Balearica regulorum

英文鳥名 Grey crowned-crane

別　　名 皇冠鳥

鳥類習性 喜歡在池塘、河湖岸畔棲息，以昆蟲、青蛙和草仔為食，十歲左右成熟並開始求偶，一但結合即終生相依為命不離不棄，即使一隻發生不幸，另一隻亦不再婚配，孤獨至死，灰冠鶴一般壽命可以達到130 到 150 歲。

拍攝心得 拍鳥的感覺，心，就像鳥一樣的逍遙、自由自在、無憂無慮的翱翔。

相攜同行
Go hand in hand

相　　機	Nikon D500	曝光偏差	0.33
光　　圈	8	鏡　　頭	80-400mm
曝光時間	1/640 秒	拍攝年月	2018.07.16
ISO感光度	450	拍攝地點	肯亞

拍攝

周欣璇

透過視角尋找心靈的顫動

朱ㄓㄨ 䴉ㄒㄩㄢˊ

Nipponia nippon

英文鳥名 Japanenes Crested Ibis

別　　名 朱鷺、紅鶴、日本鳳頭，通名紅鷺，有紅鶴之稱。

鳥類習性 朱䴉是處於滅絕邊緣的世界級珍禽，棲息海拔1200-1400 米的疏林地帶，牠有東方寶石之稱，潔白羽毛、艷紅的頭冠和黑色的長嘴喙，加上細長雙腳。朱䴉歷來被日本皇室視為聖鳥也是日本人國鳥，足見牠對於這個國家的重要性。

拍攝心得 拍攝能是一種境界的提升，視角隨著夕陽餘暉，看著朱䴉起落之美，湖面光影反射在牠羽翼上，讚嘆！因風弄玉水，映日上金堤，能形容當下心情。

綠野仙蹤
The Wizard of Oz

相　　機	Canon 1DX I	曝光偏差	+0.33
光　　圈	4	鏡　　頭	600mm
曝光時間	1/3200 秒	拍攝年月	2019.12.09
ISO感光度	2000	拍攝地點	中國浙江省

拍攝

張哲睿

Jerry Chang

觀察、學習與保育‧‧‧‧

鳳ㄈㄥˋ頭ㄊㄡˊ潛ㄑㄧㄢˊ鴨ㄧㄚ

Aythya fuligula

英文鳥名 Tufted Duck

別　　名 澤鳧

鳥類習性 鳳頭潛鴨是一種中等大小的潛鴨，屬於冬候鳥，遷徙或過冬季節，常與其他潛鴨混群在內陸的河流、沼澤、湖泊、池塘和其他開闊水面，在全球的分布十分普遍。依據文獻記載，主要繁殖於歐亞大陸等地區。

拍攝心得 2019 年冬季，利用假期與家人同至日本輕井澤，尋覓鳳頭潛鴨、羅紋鴨、銀猴長尾山雀等美麗飛羽身影。幸運地能在輕井澤雲場池，同時見到鳳頭潛鴨、羅紋鴨、銀猴長尾山雀等美麗飛羽的身影。尤其看見鳳頭潛鴨於雲場池中優游自在地休憩戲水，見到攘往熙來的人群，亦絲毫未有畏懼之意，此種悠閒自得、無拘無束的美麗畫面，令人動容與難忘。

鳳頭潛鴨
Tufted Duck

相　　機	Nikon D500	曝光偏差	0
光　　圈	5.6	鏡　　頭	200-500mm
曝光時間	1/800 秒	拍攝年月	2019.11.23
ISO感光度	200	拍攝地點	日本

拍攝

翁惠美

與自然和平共處

毛ㄇㄠˊ腿ㄊㄨㄟˇ漁ㄩˊ鴞ㄒㄧㄠ

Bubo blakistoni

英文鳥名 Blakiston's Fish Owl

別　　名 巴君之雕梟、島梟

鳥類習性 毛腿漁鴞棲息於低山闊葉林、混交林和山腳林緣與灌叢地帶的溪流、河谷等生境中，夜行性，白天多隱藏在河邊的樹上或河流沿岸的懸崖上，黃昏和夜晚出來活動，主要以魚類為食，也吃喇蛄、蝦、蟹等水生動物。毛腿漁鴞已列入《世界自然保護聯盟》（IUCN）2013年瀕危物種紅色名錄ver 3.1——瀕危（EN）

拍攝心得 暗光鳥的一種，曾在冬季冰雪暗夜中拍到牠捕捉魚的身影，難得在秋季又與牠相逢。瀕危的物種在北海道受到妥善的照護，人與鳥獸能如此共享此大自然中，是何其幸福的事！

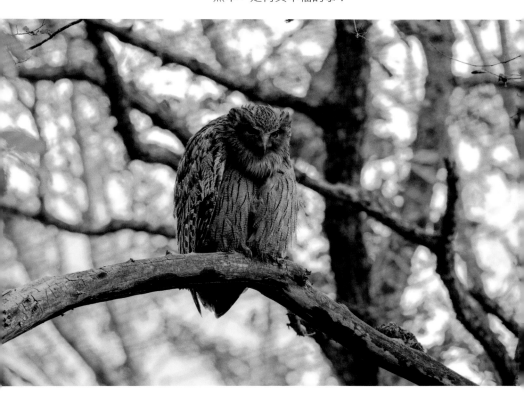

毛腿漁鴞
Blakistoni

相　　機	Canon 5D III	曝光偏差	0
光　　圈	7.1	鏡　　頭	400mm
曝光時間	1/400 秒	拍攝年月	2018.10.22
ISO感光度	1000	拍攝地點	日本北海道

拍攝

吳淑芬

無欲則剛

長尾林鴞

Strix uralensis,Ural owl

英文鳥名 Ural Owl

別　　名

鳥類習性 棲息于山地針葉林、針闊葉混交林和闊葉林中特別是闊葉林和針闊葉混交林較多見，偶爾也出現於林緣次生林和疏林地帶。

拍攝心得 秋天…樹上的葉子黃橙橙一片，成就了這一幅秋的浪漫。

浪漫的秋

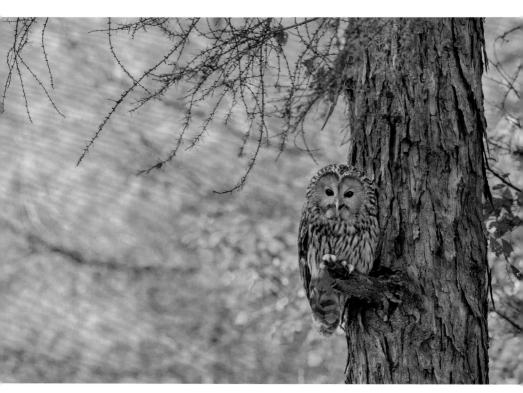

相　　機	Canon 1DX II	曝光偏差	0
光　　圈	6.3	鏡　　頭	400mm
曝光時間	1/800 秒	拍攝年月	2019.10.11
ISO感光度	1600	拍攝地點	中國大陸

拍攝
葉隆權

人生有樂趣，生活樂消遙

草ㄘㄠˇ原ㄩㄢˊ鵰ㄉㄧㄠ
Aquila nipalensis

英文鳥名 Steppe Eagle

別　　名 草原鷹、茶色雕

鳥類習性 主要棲息於樹木繁茂的開闊平原、草地　從海平面至海拔 3,000 米的高度均有踪影　以齧齒動物為食孵化期大約為 45 天。由雌鳥單獨承擔，餵養 5～60 天後離巢。

海闊天空

相　　機	Nikon D850	曝光偏差	+0.7
光　　圈	8	鏡　　頭	500mm
曝光時間	1/2000 秒	拍攝年月	2019.06.16
ISO感光度	2000	拍攝地點	大陸吉林

拍攝
曾松清

虎頭海鵰

Haliaeetus pelagicus

英文鳥名 Steller'Sea Eagle

別　　名 大鷲

鳥類習性 虎頭海鵰是海鵰屬中最大型的成員；虎頭海鵰是現時所知全世界平均最重的鷹，平均每隻重約 6.8 公斤；身體最重的一隻虎頭海鵰重達 12.7 公斤。大部分虎頭海鵰在冬季來臨時都會往南遷至日本。

浮冰霸主
King of ice floe

相　　機	Nikon	曝光偏差	+0.3
光　　圈	5.6	鏡　　頭	200-500mm
曝光時間	1/2000 秒	拍攝年月	2020.02.28
ISO感光度	2500	拍攝地點	日本北海道

拍攝

曹中城

（步影）

喜歡旅遊趴趴照，
攝影記錄美麗新視界。

北（ㄅㄟˇ）雀（ㄑㄩㄝˋ）鷹（ㄧㄥ）

Accipiter nisus

英文鳥名 Eurasian Sparrowhawk

別　　名 雀鷹、鷂

鳥類習性 棲地包括林地、農地、都會綠地等。尾長的小型鷹，翅膀寬圓（跟紅隼那種收尖的翼型不同）。有時會盤旋，但更常見其疾飛追獵小鳥，或是靜靜地停棲於陰影處。注意其金黃的眼睛和橫紋密布的腹面（母鳥灰褐色，公鳥鏽紅色）。第一年的幼鳥背面都是褐色調。跟蒼鷹相比，體型明顯來得小而苗條，幼鳥腹面是橫紋而非縱斑。

拍攝心得 觀察北雀鷹的育雛行為與獵物型態，整天等待與拍攝雖然辛苦，但樂此不疲，是生態拍攝難得的經驗與體驗。

北雀鷹育雛

Eurasian Sparrowhawk brooding.

相機	Nikon D5	曝光偏差	-0.7
光圈	7.1	鏡頭	500mm
曝光時間	1/800 秒	拍攝年月	2019.06.18
ISO感光度	1600	拍攝地點	大陸東北

拍攝

賴慧勉

Lai,Hui-mien

保護自然，為瞬間之美，記下永恆。

蛇ㄕㄜˊ鷲ㄐㄧㄡˋ

Sagittarius serpentarius

英文鳥名 Secretary Bird

別　　名 鷺鷹、秘書鳥

鳥類習性

非洲的特有種，是一種大型長腿的陸生猛禽，身長高度達 150 公分。以獵食草叢中生物為主食，如蛇…… 。一般以跑步代替飛行，棲息在撒哈拉以南，非洲的草原及大草原(海平面低於 3000m 以下)。牠們是鷹形目下蛇鷲科的唯一物種，蛇鷲科內只有一屬一種。

拍攝心得

本照片是 2018 年 8 月，遠赴肯亞觀賞動物大遷移，在不預警狀況下拍攝，因此鳥為非洲特有種，又非常稀少，能留下紀錄倍感珍惜。

矗立大地
Stand on the ground

相　　機	Nikon D500	曝光偏差	
光　　圈	8	鏡　　頭	200-500
曝光時間	1/1600 秒	拍攝年月	2018.08
ISO感光度	400	拍攝地點	肯亞

拍攝

陳秀蘭

享受當下，攝影樂無窮。

蒼ㄘㄤ鷹ㄧㄥ

Accipiter gentilis

英文鳥名 Northern Goshawk

別　　名 牙鷹

鳥類習性 進入春天的繁殖季節，雄鳥就會開始牠們如過山車般的飛行表演，而這時也是觀察這種神秘鳥類的最佳時機。成鳥會在三至四月回到牠們築巢的地方，並在四至五月期間下蛋。叫聲尖銳洪亮，見於整個北半球溫帶森林及寒帶森林。

拍攝心得 看蒼鷹親鳥，細心的將獵物撕咬成一小片一小片，並耐心的一口口的餵食幼鳥，讓幼鳥快快茁壯長大，實在很辛苦 ..... 生態中親鳥的愛與人類的親情都是一樣的偉大！

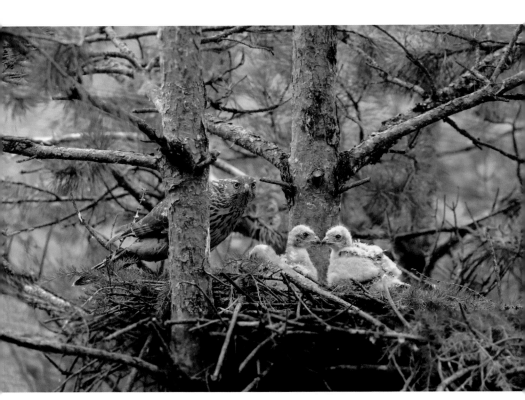

蒼鷹愛的家

All is Full of Love

相　　機	Canon 1DX	曝光偏差	0.67
光　　圈	6.3	鏡　　頭	500mm
曝光時間	1/250 秒	拍攝年月	2019.06.15
ISO感光度	2000	拍攝地點	大陸吉林

拍攝

郭倪城

KUO NI CHENG

我喜歡拍鳥～是因為牠們是有親情的動物！

白ㄅㄞˊ腹ㄈㄨˋ海ㄏㄞˇ鵰ㄉㄧㄠ

Haliaeetus leucogaster

英文鳥名 White-bellied Sea-Eagle

別　　名 白胸海鵰

鳥類習性 因為成年海鵰個頭、頸同個肚都係白色。種名係嚟自希臘文 LEUCOS（白色咁解）同埋 GASTER（腹），意思係「白腹」白腹海雕，鷹科海雕屬的鳥類，是一種中型猛禽，體長為 70-85 厘米；翼展 178-218 厘米；體重約 3000-5000 克。成鳥：頭、頸～是大型猛禽，棲息於湖泊、河流、海岸、島嶼 ...

拍攝心得 白腹海鵰是我嚮往拍攝的大型猛禽，就參加攝影團拍攝行程的主要重點就是在白腹海鵰以及栗鳶，所以出海拍攝海鵰～衝水抓魚精采畫面深為感動！

白腹海鵰
White-bellied Sea Eagle

相　　機	Canon 1DX II	曝光偏差	-1.7
光　　圈	8	鏡　　頭	600mm
曝光時間	1/2500 秒	拍攝年月	2019.12.16
ISO感光度	640	拍攝地點	蘭卡威

拍攝

蔣佳融
（叮噹媽）

因為堅持，所以燦爛。

橫ㄏㄥˊ斑ㄅㄢ 腹ㄈㄨˋ小ㄒㄧㄠˇ鴞ㄒㄧㄠ

Athene brama

英文鳥名 Spotted Owlet

別　　名

鳥類習性 體長約 20 厘米。分佈於印度、緬甸、中南半島和伊朗等地，常單獨或成對活動，主要以各種昆蟲為食，也吃小鳥、鼠類、蝙蝠等。繁殖期為 11 月到翌年 4 月，每窩產卵 3-5 枚。通常營巢於樹洞、廢棄建築物的牆洞中，或河岸或岩壁洞中營巢。

拍攝心得 今年 7 月國外報導，在白天拍到四隻貓頭鷹排排站的珍貴畫面，驚呼是「一生難得一次的機遇！」，讓世界網友為之瘋狂！幸運的是我早在今年 1 月底即在印度 keoladeo 國家公園內，拍攝到 2 對橫斑腹小鴞，緊黏站一排各種恩愛及交配畫面，可愛指數破表！其中以此張最為生動逗趣，人生至此，幸福足矣！

橫斑腹小鴞 ~ 四小福
4 Lucky Spotted Owlets

相機	Nikon D850	曝光偏差	-1.3
光圈	10	鏡頭	500mm
曝光時間	1/1600 秒	拍攝年月	2020.01.31
ISO感光度	500	拍攝地點	印度

拍攝
陳 君

銀髮不留白

大ㄉㄚˋ 鵟ㄎㄨㄤˊ
Buteo hemilasius

英文鳥名 Upland Buzzapd

別　　名 豪豹、白鷺豹、花豹

鳥類習性 大鵟是一種大型猛禽主要以齧齒動物蜥蜴、鼠兔、蛇、雉雞、石雞、昆蟲等動物性食物為主。個性溫順且懶傭，喜停在高樹或高物，一旦飛行相當靈巧迅速。棲息於高山林原、乾燥草原、沙漠曠野…等。

拍攝心得 這大鵟是猛禽，遨遊天際不受拘束，自由在地生活，猶如我個人生活上的寫照，讓我心情開闊，享受人生。

悠遊自在 翱翔天際
Atease soar；hoverhorizon

相　　機	Canon 7D II	曝光偏差	+0.3
光　　圈	5.6	鏡　　頭	400mm
曝光時間	1/2500 秒	拍攝年月	2018.09.19
ISO感光度	250	拍攝地點	內蒙古

拍攝

徐碧華

美ㄇㄟˇ洲ㄓㄡ紋ㄨㄣˊ腹ㄈㄨˋ鷹ㄧㄥ

Accipiter striatus

英文鳥名 Sharp-shinned Hawk

別　　名 條紋鷹

鳥類習性 紋腹鷹體長 25-30 厘米，翼展 50-60 厘米。背部灰色，腹部具細窄的銹色橫斑，眼睛紅色。屬於脊索動物門類生物，繁殖於北美和墨西哥，北方種群和山地種群在分布區的南部過冬。2010 年列入《世界自然保護聯盟》鳥類紅色名錄。

拍攝心得 2019 年 4 月和女兒於美國華盛頓 D.C. 遊潮汐湖賞櫻，在「林肯紀念堂」廣場附近賞花、拍鳥時，突然見眾鳥齊飛，眼前的草地上出現了一隻老鷹，鷹爪下是歐洲椋鳥，當時是用興奮與顫抖的心，紀錄了這隻天空翱翔的猛禽。

美洲紋腹鷹
Sharp-shinned Hawk

相　　機	OLYMPUS E-M1Mark II	曝光偏差	0
光　　圈	6.7	鏡　　頭	75-300mm
曝光時間	1/800 秒	拍攝年月	2019.04.07
ISO感光度	200	拍攝地點	美國華盛頓

拍攝

林亮銘

盡己所能勿強求

猛ㄇㄥˇ鴞ㄒㄧㄠ

Surnia ulula

英文鳥名 Hawk Owl

別　　名 北方鷹鴞或長尾鴞

鳥類習性 體長 35~40mm，分布在北美與歐亞大陸的高緯度溫帶針葉林，大多是日行性，主要以齧齒動物為食，聽覺靈敏可穿透雪中捕捉獵物。

拍攝心得 在雪地中親見牠瞬間俯衝而下捕捉獵物，霸氣了得。

雪地猛鴞

相　　機	Canon 1DX II	曝光偏差	0
光　　圈	6.3	鏡　　頭	600mm
曝光時間	1/4000 秒	拍攝年月	2019.01.07
ISO感光度	3200	拍攝地點	大陸內蒙古

群英世界野鳥

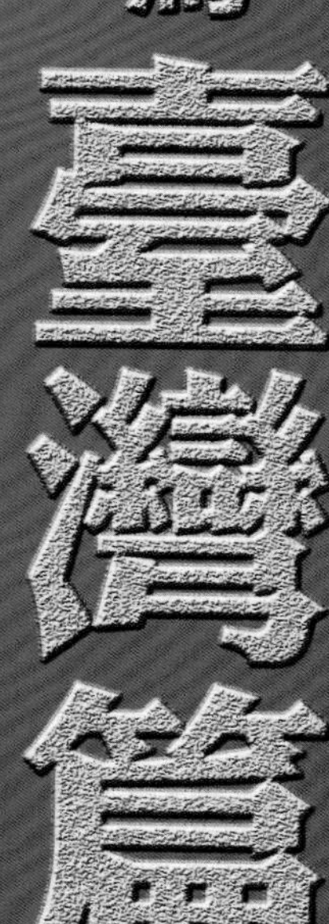

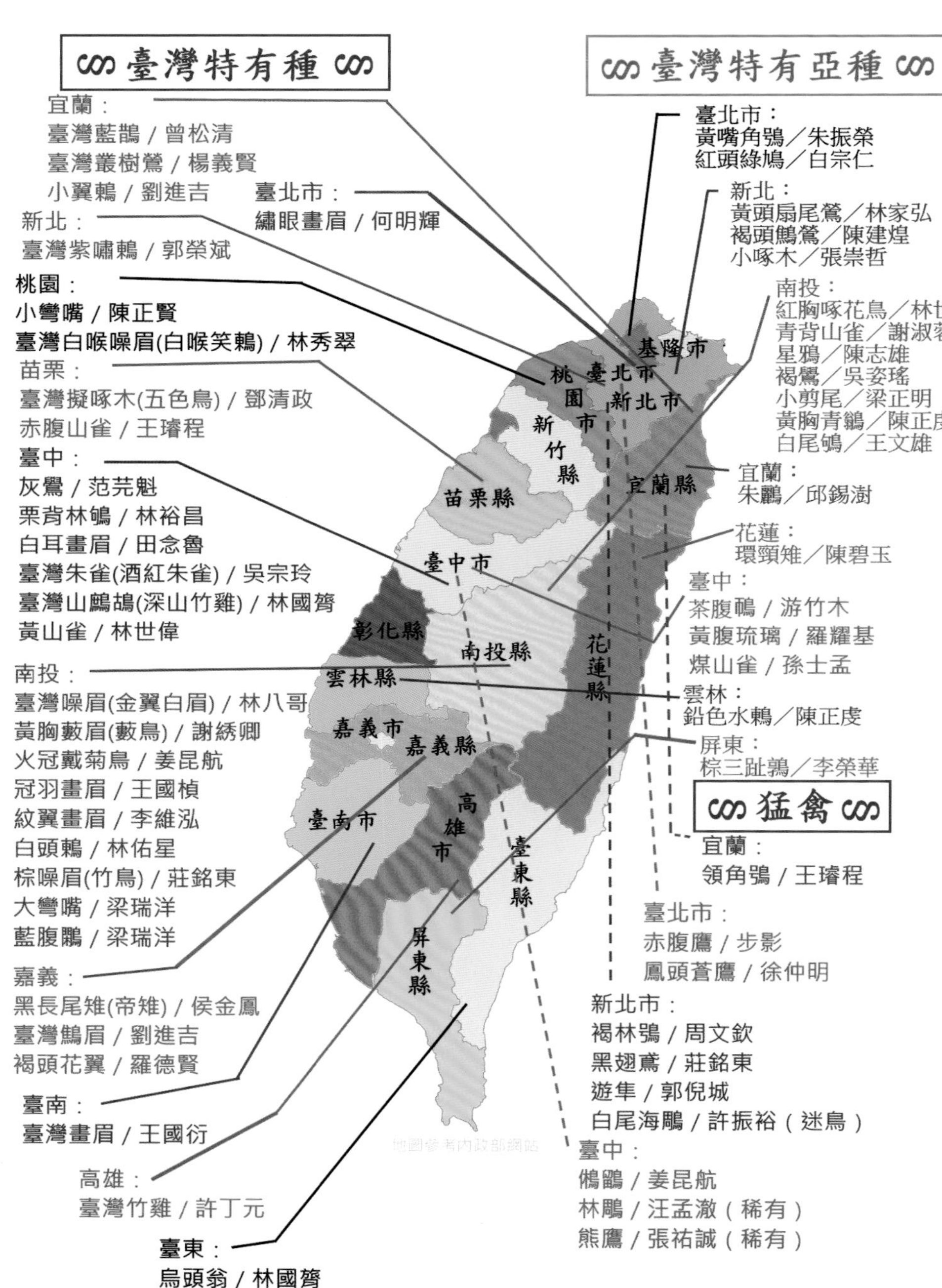
臺灣特有種
宜蘭：
臺灣藍鵲／曾松清
臺灣叢樹鶯／楊義賢
小翼鶇／劉進吉
臺北市：
繡眼畫眉／何明輝
新北：
臺灣紫嘯鶇／郭榮斌
桃園：
小彎嘴／陳正賢
臺灣白喉噪眉(白喉笑鶇)／林秀翠
苗栗：
臺灣擬啄木(五色鳥)／鄧清政
赤腹山雀／王璿程
臺中：
灰鷽／范芫魁
栗背林鴝／林裕昌
白耳畫眉／田念魯
臺灣朱雀(酒紅朱雀)／吳宗玲
臺灣山鷓鴣(深山竹雞)／林國箐
黃山雀／林世偉
南投：
臺灣噪眉(金翼白眉)／林八哥
黃胸藪眉(藪鳥)／謝綉卿
火冠戴菊鳥／姜昆航
冠羽畫眉／王國楨
紋翼畫眉／李維泓
白頭鶇／林佑星
棕噪眉(竹鳥)／莊銘東
大彎嘴／梁瑞洋
藍腹鷴／梁瑞洋
嘉義：
黑長尾雉(帝雉)／侯金鳳
臺灣鷦眉／劉進吉
褐頭花翼／羅德賢
臺南：
臺灣畫眉／王國衍
高雄：
臺灣竹雞／許丁元
臺東：
烏頭翁／林國箐
臺灣特有亞種
臺北市：
黃嘴角鴞／朱振榮
紅頭綠鳩／白宗仁
新北：
黃頭扇尾鶯／林家弘
褐頭鷦鶯／陳建煌
小啄木／張崇哲
南投：
紅胸啄花鳥／林世偉
青背山雀／謝淑蓉
星鴉／陳志雄
褐鷽／吳姿瑤
小剪尾／梁正明
黃胸青鶲／陳正虔
白尾鴝／王文雄
宜蘭：
朱鸝／邱錫澍
花蓮：
環頸雉／陳碧玉
臺中：
茶腹鳾／游竹木
黃腹琉璃／羅耀基
煤山雀／孫士孟
雲林：
鉛色水鶇／陳正虔
屏東：
棕三趾鶉／李榮華
猛禽
宜蘭：
領角鴞／王璿程
臺北市：
赤腹鷹／步影
鳳頭蒼鷹／徐仲明
新北市：
褐林鴞／周文欽
黑翅鳶／莊銘東
遊隼／郭倪城
白尾海鵰／許振裕（迷鳥）
臺中：
鵂鶹／姜昆航
林鵰／汪孟澈（稀有）
熊鷹／張祐誠（稀有）
基隆市
臺北市
桃園市
新北市
新竹縣
苗栗縣
宜蘭縣
臺中市
彰化縣
南投縣
花蓮縣
雲林縣
嘉義市
嘉義縣
臺南市
高雄市
臺東縣
屏東縣
地圖參考內政部網站

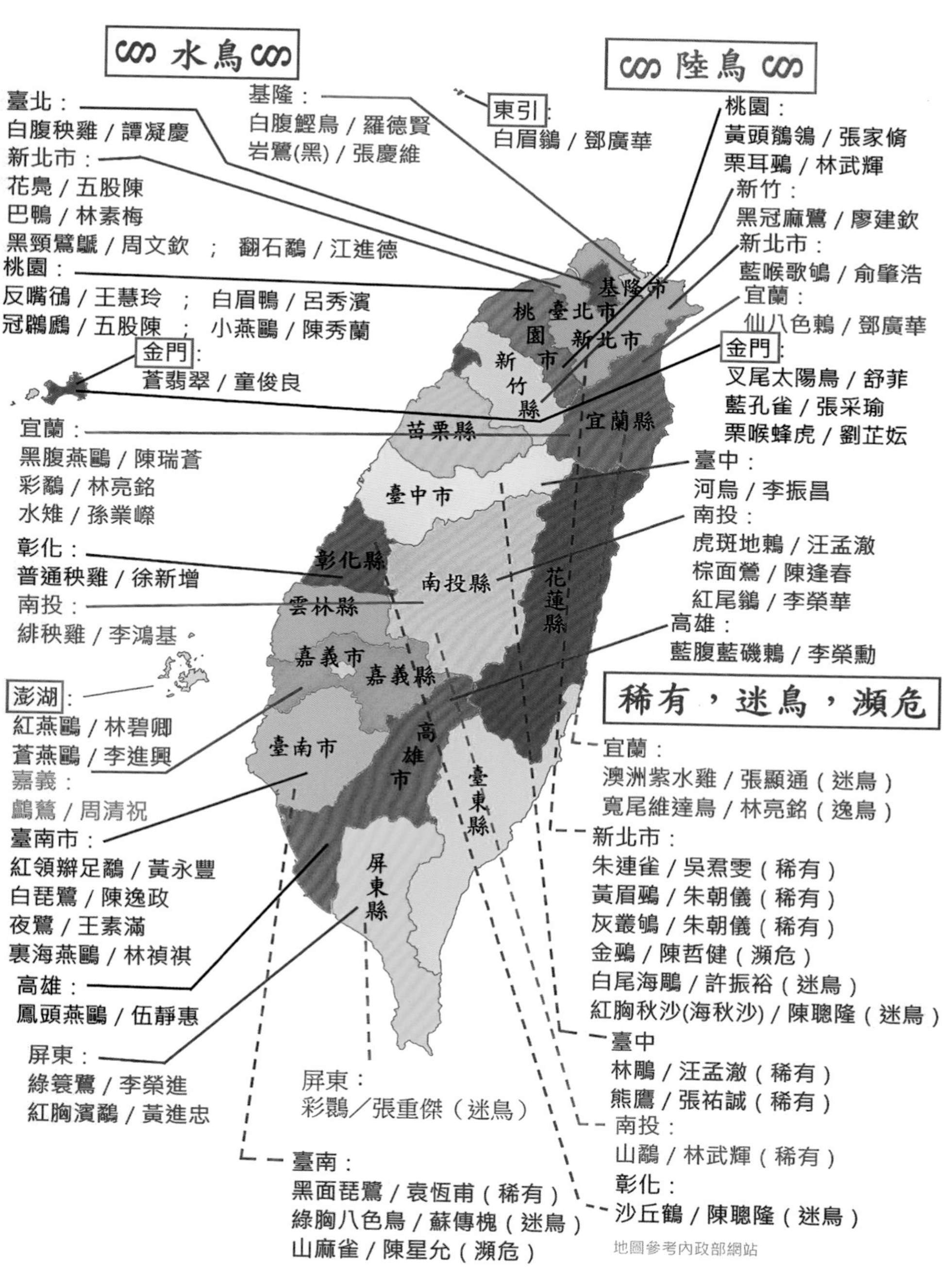
水鳥
臺北：
白腹秧雞／譚凝慶
新北市：
花鳧／五股陳
巴鴨／林素梅
黑頸鷿鷈／周文欽 ； 翻石鷸／江進德
桃園：
反嘴鴴／王慧玲 ； 白眉鴨／呂秀濱
冠鷿鷈／五股陳 ； 小燕鷗／陳秀蘭
基隆：
白腹鰹鳥／羅德賢
岩鷺(黑)／張慶維
東引：
白眉鶲／鄧廣華
金門：
蒼翡翠／童俊良
宜蘭：
黑腹燕鷗／陳瑞蒼
彩鷸／林亮銘
水雉／孫業嶸
彰化：
普通秧雞／徐新增
南投：
緋秧雞／李鴻基
澎湖：
紅燕鷗／林碧卿
蒼燕鷗／李進興
嘉義：
鸕鷀／周清祝
臺南市：
紅領瓣足鷸／黃永豐
白琵鷺／陳逸政
夜鷺／王素滿
裏海燕鷗／林禎祺
高雄：
鳳頭燕鷗／伍靜惠
屏東：
綠簑鷺／李榮進
紅胸濱鷸／黃進忠
陸鳥
桃園：
黃頭鶺鴒／張家脩
栗耳鵐／林武輝
新竹：
黑冠麻鷺／廖建欽
新北市：
藍喉歌鴝／俞肇浩
宜蘭：
仙八色鶇／鄧廣華
金門：
叉尾太陽鳥／舒菲
藍孔雀／張采瑜
栗喉蜂虎／劉芷妘
臺中：
河烏／李振昌
南投：
虎斑地鶇／汪孟澈
棕面鶯／陳逢春
紅尾鶲／李榮華
高雄：
藍腹藍磯鶇／李榮勳
基隆市
臺北市
桃園市
新北市
新竹縣
宜蘭縣
苗栗縣
臺中市
彰化縣
南投縣
花蓮縣
雲林縣
嘉義市
嘉義縣
臺南市
高雄市
臺東縣
屏東縣
稀有，迷鳥，瀕危
宜蘭：
澳洲紫水雞／張顯通（迷鳥）
寬尾維達鳥／林亮銘（逸鳥）
新北市：
朱連雀／吳焄雯（稀有）
黃眉鵐／朱朝儀（稀有）
灰叢鴝／朱朝儀（稀有）
金鵐／陳哲健（瀕危）
白尾海鵰／許振裕（迷鳥）
紅胸秋沙(海秋沙)／陳聰隆（迷鳥）
臺中
林鵰／汪孟澈（稀有）
熊鷹／張祐誠（稀有）
南投：
山鷸／林武輝（稀有）
彰化：
沙丘鶴／陳聰隆（迷鳥）
屏東：
彩鷸／張重傑（迷鳥）
臺南：
黑面琵鷺／袁恆甫（稀有）
綠胸八色鳥／蘇傳槐（迷鳥）
山麻雀／陳星允（瀕危）

地圖參考內政部網站

拍攝

曾松清

臺ㄊㄞˊ灣ㄨㄢ藍ㄌㄢˊ鵲ㄑㄩㄝˋ

Urocissa caerulea

英文鳥名 Taiwan Blue-Magpie

別　　名 長尾山娘

鳥類習性 因為公的白化藍鵲個體不同；才發現家族育雛時，白化雄鳥固定一隻幼鳥，就是離巢在外也是認一個體育雛。

臺灣藍鵲性情兇悍，領域性很強。家族性棲息；很少有天敵。育雛時上一批出生的亞成鳥會幫忙育雛和守護幼雛。一般鳥類育雛失敗的二個主因；食物不足和遭遇外力侵擊是不存在的。

白化藍鵲育雛

相　　機	NikonD5	曝光偏差	-0.7
光　　圈	8	鏡　　頭	600mm
曝光時間	1/1250 秒	拍攝年月	2020.06.02
ISO感光度	1250	拍攝地點	宜蘭頭城

拍攝

王國楨

Wang Kuo Chen

大家一起來拍鳥，記錄珍貴生態畫面，進而愛鳥、保育生態、愛護大自然！

冠ㄍㄨㄢˋ羽ㄩˇ畫ㄏㄨㄚˋ眉ㄇㄟˊ

Yuhina brunneiceps

英文鳥名　Taiwan Yuhina

別　　名　褐頭鳳鶥、尖頭仔（臺語）

鳥類習性　臺灣特有種，普遍分布於海拔 1000 公尺至 3000 公尺之山區，頭上有龐克頭似的栗褐色羽冠，側邊黑色。黑色的過眼線和弧形頰線，將臉頰圍出一塊三角形，相當逗趣。背至尾羽橄褐色，喉、胸至腹部白色，脇部有紅褐色斑紋。雄鳥與雌鳥羽色相近。鳴唱聲是一連串清亮的尖銳口哨聲，聽起來像「吐米酒」。常成群出現在森林中、上層。性活潑好動，常在枝椏間跳上跳下找尋食物，也會倒吊著啄食花蜜。特別是山櫻花盛開時，常吸引大批冠羽畫眉前來覓食。主食昆蟲、果實、種子、嫩芽、花蜜、花粉等。

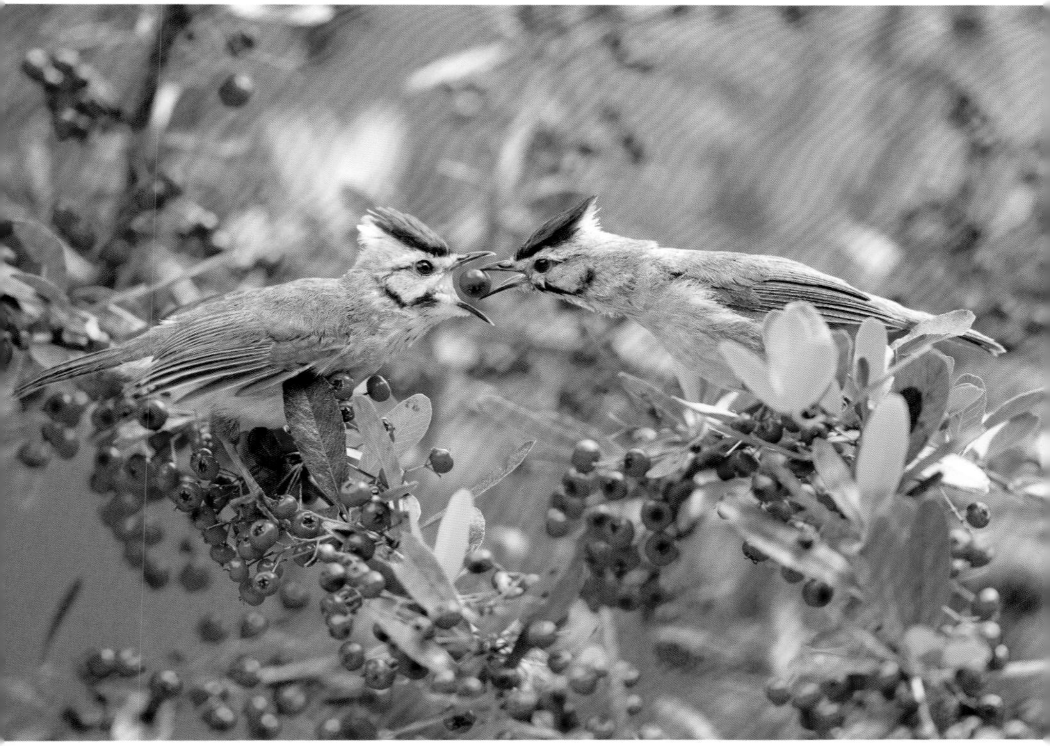

喜悅
Happiness

相　　機	Canon1DX2	曝光偏差	
光　　圈	4.5	鏡　　頭	600mm
曝光時間	1/1600 秒	拍攝年月	2016.10.04
ISO感光度	1600	拍攝地點	臺灣杉林溪

拍攝
何明輝
Her Ming Huei
當個自由自在的
快樂拍鳥人

繡眼畫眉
Alcippe morrisonia

英文鳥名 Morrison's Fulvetta

別　　名 大目眶仔

鳥類習性 畫眉科普遍留鳥，臺灣特有種。有明顯的白色眼環，有如繡上的眼睛，故名「繡眼」畫眉。最明顯的特徵為：眼睛大，配上白色眼圈相當醒目，故俗稱「大目眶仔」。生活於山麓至中海拔的樹林，數量多、分布廣，而且很容易看到。非繁殖期往往聚成數十隻喧鬧的大群，常與其他鳥種混群，特別是山紅頭、綠畫眉最常一起出現。以昆蟲、漿果、花朵為食。

櫻花樹上的山中小精靈
Mountain elf in the cherry tree

相　　機	Canon7D2	曝光偏差	0
光　　圈	5.6	鏡　　頭	400mm
曝光時間	1/160 秒	拍攝年月	2016.02.24
ISO感光度	800	拍攝地點	臺灣臺北市

拍攝

吳宗玲

Have Fun 開心就好

臺ㄊㄞˊ灣ㄨㄢ朱ㄓㄨ雀ㄑㄩㄝˋ

Carpodacus formosanus

英文鳥名　Taiwan Rosefinch

別　　名　酒紅朱雀

鳥類習性　身長 15 公分被稱為高山精靈的臺灣朱雀分佈於海拔 2000 公尺以上的地區，為臺灣中高海拔的鳥類。常單獨或小群活動於針闊葉林邊，或是於矮樹叢，苗圃地帶覓食，以小蟲、果實或植物的種子為食物。

拍攝心得　長相討喜個性呆萌的臺灣朱雀，是我大雪山拍鳥行的最愛。

紅配綠 真喜氣
Holiday Spirit

相　　機	Canon1DX	曝光偏差	0
光　　圈	5.6	鏡　　頭	500mm+1.4 加倍鏡
曝光時間	1/800 秒	拍攝年月	2015.9.10
ISO感光度	1600	拍攝地點	臺灣大雪山

拍攝

李維泓

經由紀錄生態而熟悉生態
進而維護生態

紋ㄨㄣˊ翼ㄧˋ畫ㄏㄨㄚˋ眉ㄇㄟˊ

Actinodura morrisoniana

英文鳥名 Formosan barwing

別　　名 臺灣斑翅鶥

鳥類習性 為臺灣特有種，成鳥全長約 18~19 公分，分布於中高海拔的森林中，喜歡在樹叢中攀爬跑跳尋找食物，不是很怕人，在秋天的杉林溪開滿狀元紅，在樹叢內常會發現成群結隊的牠們集體覓食；喜吃昆蟲和果實種子等，屬雜食性，每年四月起為繁殖期！

拍攝心得 每年秋天的杉林溪狀元紅結果累累，吸引了臺灣特有種『紋翼畫眉』來此聚集享用美食，趁此時節可以很容易就近拍下此羽的美麗身影！

享用美食的紋翼畫眉
Formosan barwing enjoying food

相機	NikonD500	曝光偏差	-0.67
光圈	7.1	鏡頭	Sigma150-600spc
曝光時間	1/320 秒	拍攝年月	2018.10.06
ISO感光度	560	拍攝地點	臺灣南投

拍攝

林八哥

Lin Ba Ge

心存希望，幸福旺旺來。
心存夢想，鳥運一路發。

臺ㄊㄞˊ灣ㄨㄢ噪ㄗㄠˋ眉ㄇㄟˊ

Trochalopteron morrisonianum

英文鳥名 White-whiskered Laughingthrus

別　　名 金翼白眉、四眉仔、玉山噪鶥

鳥類習性 為臺灣特有種，雌雄同型。體長約 25-28 公分。翼及尾羽為藍灰色及金黃色，極為亮麗，相當醒目，又稱金翼白眉。主食為昆蟲、果實。不擅飛行，遇到干擾時以跳躍方式離去。繁殖期在6月至8月間，每窩 3 至 5 個蛋。

拍攝心得 11 月初，合歡山天氣已由涼轉冷。背著裝備在近兩百米的陡坡，緩步前進也讓我氣喘吁吁，步履維艱。只見臺灣特有種落葉喬木「巒大花楸」，結實累累的紅色果實，樹枝上的松蘿，與周遭綠葉襯托，令人驚喜！果實甜美，吸引鳥類前來享用，讓我回味無窮。

合歡山的美食饗宴

Food feast in Hehuan Mountain

相　　機	Canon1DX2	曝光偏差	0
光　　圈	8	鏡　　頭	500mm/f4+1.4
曝光時間	1/500 秒	拍攝年月	2019.11.04
ISO感光度	1000	拍攝地點	臺灣合歡山

拍攝

林佑星

Lin yu hsing

優遊自在、隨遇而安

白ㄅㄞˊ頭ㄊㄡˊ鶇ㄉㄨㄥ

Turdus niveiceps

英文鳥名 Taiwan Thrush

別　　名 烏鶇

鳥類習性 白頭鶇為稀有留鳥，分布於臺灣者為特有種，棲息於中高海拔原始闊葉林及針、闊混合林中。常成小群於樹林中、上層活動、覓食，不易觀察。被列為珍貴稀有保育類野生動物，在溪頭較為常見。個性膽怯，容易被嚇飛。繁殖季 5~6 月，每窩下蛋約 2~3 顆。

拍攝心得 投入飛羽攝影以來頭一次拍到白頭鶇，內心無比興奮，而且距離又是那麼近，只有在育雛期才有這種機遇！

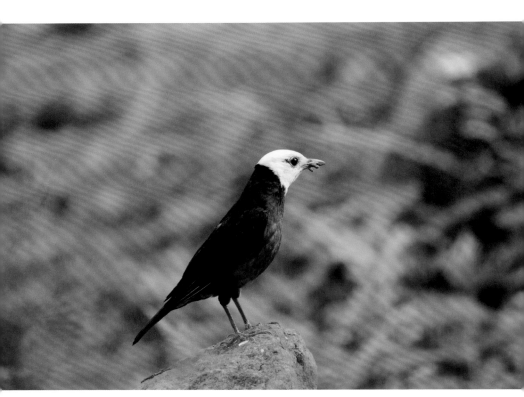

白頭鶇

Taiwan Thrush

相　　機	Canon5D3	曝光偏差	+1/3
光　　圈	4	鏡　　頭	EF600mm
曝光時間	1/320 秒	拍攝年月	2020.6
ISO感光度	800	拍攝地點	臺灣溪頭

拍攝

侯金鳳
Kim

手把青秧插滿田，
低頭便見水中天，
心地清淨方為道，
退步原來是向前。

黑ㄏㄟ長ㄔㄤˊ尾ㄨㄟˇ雉ㄓˋ

Syrmaticus mikado

英文鳥名 White-whiskered Laughingthrus

別　　名 臺灣帝雉

鳥類習性 黑長尾雉生活在中高海拔山區，坡度較陡峭的闊葉混合林，食性和雞相似，個性嫻靜，但領域性強，所以除了在繁殖季時，否則很少有二隻以上同時出現的情形，營巢於樹上窟窿裡或地上以草、莖等，做粗糙的巢座。

拍攝心得 黑長尾雉又稱臺灣帝雉，是臺灣本島特有鳥類，分布於臺灣的中、高海拔山區，他們生性害羞且機警，只有在迷霧出現或小雨過後的森林邊緣，因此被喻為 [迷霧中的王者]。

迷霧中的王者
King in the mist

相　　機	Canon1DXII	曝光偏差	0
光　　圈	4.5	鏡　　頭	EF400mm
曝光時間	1/400 秒	拍攝年月	2020.10.04
ISO感光度	3200	拍攝地點	臺灣阿里山

拍攝

許丁元

HSU TING YUAN

活在當下，開心就好

臺灣竹雞

Bambusicola sonorivox

英文鳥名 Taiwan Bamboo-Partridge

別　　名 灰胸竹雞

鳥類習性 主要棲息於山區、平原、灌叢、竹林以及草叢。群居性，常三五成群出沒於林地間，啄食食物，以果實、種子、昆蟲和葉子為食，叫聲類似「雞狗乖～雞狗乖～」。夜晚則休息於樹上，飛行能力不佳。

拍攝心得 偽帳中漫長的等待，終於如願等到牠的出現靠近，順利拍到滿意的照片，辛苦是值得的！

高歌一曲

sing a song

相　　機	NikonD850	曝光偏差	0.67
光　　圈	5.6	鏡　　頭	500mm
曝光時間	1/320 秒	拍攝年月	2019.12.17
ISO感光度	1250	拍攝地點	臺灣高雄

拍攝

郭榮斌

Kuo Jung Pin

豈能儘如人意，
但求無愧我心。

臺灣紫嘯鶇

Myophonus insularis

英文鳥名 Taiwan Whistling-Thrush

別　　名 琉璃鳥

鳥類習性 鶇科嘯鶇屬的鳥類，為臺灣特有種，體型是臺灣鶇科中最大者，雌雄羽色相同，全身為濃紫藍色，具有金屬光澤。繁殖於中、低海拔山區，大抵棲息於溪流附近，繁殖期以外多單獨活動。通常出現於溪邊岩上，會慢慢跳躍前進，無法飛行長距離，而善於滑翔飛行，棲止時有尾羽上下拍動的習性。捕食水邊或水中昆蟲，亦好吃小魚蝦。築巢於岩壁隙縫、橋墩基部，有時亦築於遊客頻繁出入的山間涼亭或屋簷等，以草莖、蘚苔為材。

拍攝心得 享受大自然激盪舞動的瞬間，一切美好。

聽泉
Listen Fountain

相　　機	NikonD500	曝光偏差	0
光　　圈	5.6	鏡　　頭	Nikon200-500mm
曝光時間	1/125 秒	拍攝年月	2018.10.06
ISO感光度	1000	拍攝地點	新北市烏來區

拍攝

陳正賢

服務別人成就自己

小(ㄒㄧㄠˇ)彎(ㄨㄢ)嘴(ㄗㄨㄟˇ)

Pomatorhinus musicus

英文鳥名 Taiwan Scimitar-Babbler

別　　名 竹䈴（腳）花眉（臺語）

鳥類習性 普遍留鳥，分布很廣，從平地至低、中、高海拔地區皆可見。喜樹林下層草叢或灌木叢中，成對或小群活動。飛行能力欠佳，僅做短距離飛行，會以跳躍的方式前進。常在灌木叢底下及芒草叢中尋找昆蟲及種子為食。生性羞怯。鳴聲嘹亮婉轉多變，雌、雄鳥也會相互呼應合唱。

拍攝心得 草生地旁的灌木叢裡常可聽見小彎嘴嘹亮婉轉多變的鳴叫聲，既害羞又好奇的個性和牠那彷彿綁著一副黑眼罩的外型甚為貼切。每當看見牠那賊頭賊腦模樣的動作，心情隨之開朗起來。

小彎嘴
Taiwan Scimitar-Babbler

相　　機	Canon7D	曝光偏差	0
光　　圈	8	鏡　　頭	Canon100-400mm
曝光時間	1/320 秒	拍攝年月	2018.04
ISO感光度	3200	拍攝地點	臺灣桃園

拍攝

王國衍

Alif Wang

紀錄拍攝鳥類，不驚嚇，
不干擾牠們的生活作息。

臺灣畫眉

Garrulax taewanus

英文鳥名 Taiwan Hwamei

別　　名 畫眉

鳥類習性 生活於濃密的灌叢，草生地及森林邊緣，常跳躍前進，不善飛行，性隱密，不易見。但繁殖期領域性強，常可聽見其婉轉嘹亮，持久而旋律多變化的叫聲，有時還會聽到模仿自其他鳥類的聲音。可惜臺灣畫眉名列第二級保育類，乃因低海拔原生棲地已消失殆盡及與外來種大陸畫眉之雜交問題持續威脅其基因的單純性。

拍攝心得 臺灣畫眉鳥，有著天籟美聲，繁殖季時擁有強烈地域性，會因地域與求偶關係高飛到枯木上高歌鳴唱。臺灣畫眉與白頰噪眉奇怪的是牠們雖不同鳥種，但好像親戚關係，常同進同出哥倆好，且肢體語言豐富，超級可愛，開心拍攝，嘆為觀止！

沉思
pondering

相　機	NikonD500	曝光偏差	0
光　圈	5.6	鏡　頭	Nikon200-500mm
曝光時間	1/640 秒	拍攝年月	2019.11.30
ISO感光度	3600	拍攝地點	臺灣臺南

拍攝

田念魯

走進大自然
見證生態美妙

白ㄅㄞˊ耳ㄦˇ畫ㄏㄨㄚˋ眉ㄇㄟˊ

Heterophasia auricularis

英文鳥名 White-eared Sibia

別　　名 白耳奇鶥

鳥類習性 一般活動於中海拔原始林區域，冬季視天候降遷低海拔次生林。常停棲於大樹上層裡，覓食漿果或昆蟲。

拍攝心得 每年冬天，山桐子落葉之後，一串串果實紅熟掛在樹梢，彷如飛羽食堂，本圖以較高速快門，拍攝白耳含珠精彩瞬間！

桐果饗宴
Wild Fruit Feast

相　　機	Canon1DX	曝光偏差	-0.33
光　　圈	5.6	鏡　　頭	EF500mm
曝光時間	1/2500 秒	拍攝年月	2017.01.16
ISO感光度	2000	拍攝地點	臺灣臺中

拍攝
鄧清政

快樂自然的攝影人

臺灣擬啄木(五色鳥)

Psilopogon nuchalis

英文鳥名 Taiwan Barbet

別　　名 花和尚

鳥類習性 五色鳥共有五種羽色：嘴及眼後呈黑色，額與喉為黃色，眼先與上胸有紅色羽毛，臉部及頭頂呈藍色，全身則為綠色；體型肥胖且頭大，上嘴較下嘴長，嘴鬚發達；由於會啄樹洞，常被誤認為啄木鳥，且身著五色彩衣，有花和尚之封號。

育兒忙

相機	Canon7DII	曝光偏差	0
光圈	5.6	鏡頭	Sigma150-600mm
曝光時間	1/3200 秒	拍攝年月	2019.06.25
ISO感光度	2000	拍攝地點	臺灣苗栗

拍攝
林世偉
SHIH-WEI LIN
攝想空間，體會人生

黃ㄏㄨㄤˊ山ㄕㄢ雀ㄑㄩㄝˋ

Machlolophus holsti

英文鳥名 Taiwan Yellow Tit

別　　名 師公鳥

鳥類習性 黃山雀為山雀屬的鳥類，是臺灣特有種，分布於海拔 800-3000 米的闊葉林內。黃山雀常與畫眉科小型鳥，或其他山雀科鳥類混群活動，腹部鵝黃色，繁殖期鳴聲響亮。以昆蟲類為主食，植物的漿果、種籽、果實等亦為喜愛的食物。

拍攝心得 欣賞武陵櫻花盛開之美後，展開拍鳥行程到武陵賓館追尋鳥跡，忽然看到黃山雀飛過到我後方，鏡頭馬上轉向牠拍到漂亮英姿。

凝望
Gaze

相　　機	Canon1DX	曝光偏差	0
光　　圈	5.6	鏡　　頭	600mm+1.4X
曝光時間	1/800 秒	拍攝年月	2020.02.24
ISO感光度	800	拍攝地點	臺灣臺中武陵

拍攝

謝綉卿

勤能補拙

黃胸藪眉

Liocichla steerii

英文鳥名 Streere's Liocichla

別　　名 藪鳥

鳥類習性 喜歡鳴叫，不善於飛翔，棲息與生活於山林的樹梢上、單獨或小群出現於草叢濃密陰暗處。性羞怯機警。以小果實、昆蟲為食。

拍攝心得 想拍藪鳥，其實不難，循著其鳴叫聲 “冰 - 淇淋" 就可以找到牠了。

樹梢上的綠精靈

The green elf in the tree

相　　機	NikonD500	曝光偏差	0
光　　圈	4	鏡　　頭	300mm
曝光時間	1/500 秒	拍攝年月	2020.07.09
ISO感光度	2200	拍攝地點	臺灣溪頭

拍攝

楊義賢

Yang, yi-hsien

賞鳥、拍鳥可以同好共賞，也可以自得其樂。

臺灣叢樹鶯

Locustella alishanensis

英文鳥名 Taiwan Bush Warbler

別　　名 臺灣短翅鶯、褐色叢樹鶯、電報鳥

鳥類習性 棲息於中、高海拔的林緣或灌草叢中，喜單獨活動隱密不易見；繁殖期會鳴唱規律的「滴 -- 答答滴、滴 -- 答答滴…」聲音嘹亮持久，極似打電報，所以俗稱「電報鳥」。(摘自臺灣野鳥手繪圖鑑)

拍攝心得 在平地看不到牠，上山也常常只聽到牠那像在打電報的鳴唱聲卻難覓芳蹤，這回在太平山終於拍到牠的倩影；牠外表雖不華麗，卻是臺灣的特有種。

最樸素的臺灣特有種

Endemic Species Birds

相　　機	Canon7DII	曝光偏差	0
光　　圈	5.6	鏡　　頭	100-400mm
曝光時間	1/500 秒	拍攝年月	2020.06
ISO感光度	2000	拍攝地點	臺灣太平山

拍攝

林裕昌

Frank Lin

拍照生活，生活拍照。

栗背林鴝

Tarsiger johnstoniae

英文鳥名 Collared Bush-Robin

別　　名 阿里山鴝

鳥類習性 臺灣特有種。分布於臺灣本島，一般生活於山區海拔 2200 － 3500 公尺間的林下底叢中，常出現於林邊小徑的路上或灌木的頂枝上，罕見於開曠的地區。

拍攝心得 沉重的器材攜行，長久耗時等待。目標出現時按下快門，記錄下鳥兒美麗靈動的身影。此間之樂只有攝鳥人懂。

栗背林鴝
Collared Bush-Robin

相　　機	Canon1DX	曝光偏差	0
光　　圈	5.6	鏡　　頭	600mm
曝光時間	1/125 秒	拍攝年月	2019.01
ISO感光度	1600	拍攝地點	臺灣臺中大雪山林道

拍攝

林秀翠

Louise Lin

距離是一種美德

臺ㄊㄞˊ灣ㄨㄢ 白ㄅㄞˊ喉ㄏㄡˊ噪ㄗㄠˋ眉ㄇㄟˊ

Ianthocincla ruficeps

英文鳥名 Rufous-crowned Laughingthrush

別　　名 白喉笑鶇

鳥類習性 棲息於中海拔闊葉林中、上層，特別喜歡溪邊的林緣，臺灣特有種的稀有野生留鳥，主要以昆蟲、其他小型無脊椎動物和果實、種子、嫩芽等為食。冬季會降遷至低海拔地區，有時成大群活動，喧鬧而吵雜，激動時會發出似笑聲的鳴聲。

拍攝心得 秒計憾動，尋找跟丟發現，呼嘯（笑）而去，驚呼錯愕，存在，鎖住。

引領

Gazing

相　　機	NikonD500	曝光偏差	0
光　　圈	5.6	鏡　　頭	Nikon500mm
曝光時間	1/250 秒	拍攝年月	2020.06.20
ISO感光度	3200	拍攝地點	臺灣拉拉山

拍攝
林國膂

拍鳥快樂！快樂拍鳥！

臺灣山鷓鴣
Arborophila crudigularis

英文鳥名 Taiwan Partridge

別　　名 深山竹雞、紅腳竹雞、紅腳仔

鳥類習性 臺灣山鷓鴣為臺灣特有種，生性隱密、羞怯，不善於飛行，常棲息於竹林及灌叢底層，分布於低至中高海拔山區，為臺灣特有種鳥類中極不易觀察到的一種。於地面築巢，食性以植物種籽、嫩葉、漿果及土中小蟲為食。

霧中的深山竹雞

相　　機	NikonD850	曝光偏差	0
光　　圈	8	鏡　　頭	Nikkor600mm
曝光時間	1/200 秒	拍攝年月	2018.04.14
ISO感光度	8000	拍攝地點	臺灣大雪山

拍攝

林國膂

拍鳥快樂！快樂拍鳥！

烏ㄨ 頭ㄊㄡˊ 翁ㄨㄥ

Pycnonotus taivanus

英文鳥名 Styan's Bulbul

別　　名 臺灣鵯、烏頭殼（臺語）

鳥類習性 烏頭翁為臺灣特有種，分布在花東地區和恆春半島。其棲息於低海拔地區之樹林，習性與白頭翁頗為相似，喜歡在樹冠上層或空中互相追逐，雜食性，主要以漿果，種籽和昆蟲為食，也會捕食昆蟲推測本種與白頭翁來自同一祖先，烏頭翁先抵達臺灣並特化成特有種，然後白頭翁才抵達臺灣。

草地上的烏頭翁

相　　機	NikonD850	曝光偏差	0
光　　圈	5.6	鏡　　頭	Nikkor80-400mm
曝光時間	1/1600 秒	拍攝年月	2020.03.29
ISO感光度	3200	拍攝地點	臺灣臺東

拍攝
梁瑞洋

大ㄉㄚˋ彎ㄨㄢ嘴ㄗㄨㄟˇ

Megapomatorhinus erythrocnemis

英文鳥名 Black-necklaced Scimitar-Babbler

別　　名

鳥類習性 主要分佈於中、低海拔森林中，冬季有向下遷移的現象。雖然說大彎嘴畫眉的習性較為隱密，不容易觀察到，但其實牠們會有一些固定習慣，像是早晨大約 6-7 點在自然谷步道特定地點等待的話，就有機會可以看到大彎嘴出來覓食、嬉戲。

拍攝心得 要拍的漂亮，不簡單

大彎嘴

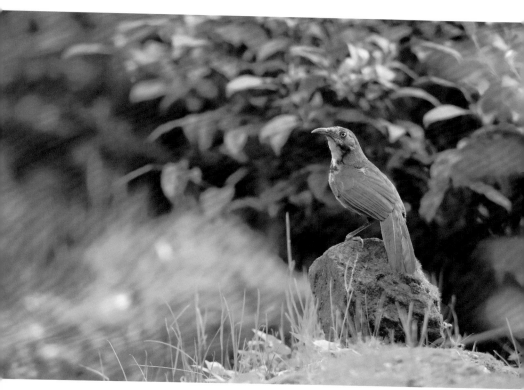

相　　機	Canon5D4	曝光偏差	0
光　　圈	4	鏡　　頭	600mm
曝光時間	1/320 秒	拍攝年月	2020.06.20
ISO感光度	800	拍攝地點	臺灣鹿谷鄉

拍攝

梁瑞洋

藍ㄌㄢˊ腹ㄈㄨˋ鷴ㄒㄧㄢˊ

Lophura swinhoii

英文鳥名 Swinhoe's Pheasant

別　　名

鳥類習性 棲息在海拔 2000 公尺以下中低海拔的闊葉林或混生林中，行動謹慎，常常悄然無聲地活動，故不易見到。

拍攝心得 為了拍這張，大約拍 5 年才拍到。

藍腹鷴

相　　機	Canon5D4	曝光偏差	0
光　　圈	4	鏡　　頭	300mm
曝光時間	1/400 秒	拍攝年月	2019.02.26
ISO感光度	800	拍攝地點	臺灣鹿谷鄉

拍攝

劉進吉

快樂拍鳥趣

小（ㄒㄧㄠˇ）翼（ㄧˋ）鶇（ㄉㄨㄥ）

Brachypteryx goodfellowi

英文鳥名　Taiwan Shortwing

別　　名　頭翅鶇

鳥類習性　棲習於中 - 高海拔濃密的森林底層、灌叢和高草叢及地面，喜單獨活動，生性極隱密，非常不容易見到。但善於鳴唱，其奇特的叫聲為其辨識特徵。全身為橄欖褐色，翼及尾較暗，腹部顏色較淡。嘴及眼黑色，粗短的眉斑白色。翼甚短，尾也短。以昆蟲、其他小型無脊椎動物和果實、種子等為主要食物。繁殖季時會有很強的領域性，將巢築於濃密的灌叢裡。

拍攝心得　小翼鶇 棲息於濃密草叢或樹林層，生性羞怯因而時常只聽其鳴叫聲而不見鳥影，出現時快如閃電，覓食的動作更是毫不遲疑，但只要能捕捉到牠蹤跡都值得呀！

翼鶇頂上動土的小蟻
ittle Ants bearding the Taiwam hortwing in his den.

相　　機	Canon1DX2	曝光偏差	0
光　　圈	5	鏡　　頭	600mm
曝光時間	1/100 秒	拍攝年月	2020.07.28
ISO感光度	1000	拍攝地點	臺灣太平山

拍攝
劉進吉

快樂拍鳥趣

臺ㄊㄞˊ灣ㄨㄢ鷦ㄐㄧㄠˇ眉ㄇㄟˊ

Pnoepyga formosana

英文鳥名 Taiwan Cupwing

別　　名 鱗胸鷦鶥

鳥類習性 常出現在中 - 高海拔濃密的闊葉林底層，特別是溪流山谷的灌叢，在近地面處躦動覓食，動作緩慢行蹤隱密，不易看見。但鳴聲嘹亮、節奏分明、低有秩，且重覆多次，常可由聲音判斷其所在。及背部橄褐色，各覆羽末端橙褐色。前額橙褐色飛羽黑褐色，羽緣紅褐色。喉白色，胸、腹部黑色，密佈白色鱗狀斑紋。黑褐色尾羽甚短，幾乎可見。眼黑色，眼環橙褐色，腳淡褐色。以昆蟲其他小型無脊椎動物和果實等，為主要食物 。

拍攝心得 一路披星戴月，犧牲睡眠連趕 300 公里，從臺北奔阿里山特富野古道，天亮破曉後至中午，亦只現 4-5 次，有幸終能捕捉到其芳蹤，總算不虛此行

初晨鷦眉
Early Morning Taiwan Cupwing

相　　機	Canon1DX2	曝光偏差	0
光　　圈	7.1	鏡　　頭	600mm
曝光時間	1/400 秒	拍攝年月	2020.07.07
ISO感光度	640	拍攝地點	臺灣阿里山

拍攝

姜昆航

Kevin Jiang

就是喜歡拍鴴鷸

火ㄏㄨㄛˇ冠ㄍㄨㄢˋ戴ㄉㄞˋ菊ㄐㄩˊ

Regulus goodfellowi

英文鳥名 Flamecrest

別　　名 臺灣戴菊、杉仔鳥（臺語）

鳥類習性 臉頰白色，眼周圍、顎線及頭頂黑色，背橄欖黃，脇（體側）及腰部黃色，喉、胸烏白色，腹淡黃色，翼及尾黑色，羽緣橄欖黃，翅膀上有兩條淡色翼帶。雄鳥求偶展示時，頭頂會豎起橙色的羽冠，鮮豔奪目，雌鳥頭頂的斑紋則為黃色。喜好針葉林，很好動，常在樹冠中、上層間不停地跳動並啄食昆蟲，有時可見像蜂鳥般在空中不斷鼓翅接近獵物，有時也倒吊在毬果上覓食。

拍攝心得 很難得拍到火冠戴菊，又拍到開冠，真的太開心了。

火冠戴菊
Flamecrest

相　　機	Canon1DX2	曝光偏差	0
光　　圈	5.6	鏡　　頭	600mm
曝光時間	1/2000 秒	拍攝年月	2019.04.06
ISO感光度	500	拍攝地點	臺灣合歡山

拍攝

莊銘東

CHUANG,MING-TUNG

極喜歡拍山鳥～太美了～

竹鳥

Garrulax poecilorhynchus

英文鳥名 Rusty Laughingthrush

別　　名 （臺灣棕噪鶥）又名（眼鏡鶇）

鳥類習性 身體大致呈栗褐色，頭頂有橫向細紋。眼環及眼
裸露部份藍色，猶如精心描繪的鳳眼。嘴基淡
色，尖端黃色。腹部為灰紫色，尾下覆羽白色，
鳥與雌鳥羽色相近。生活於中、低海拔闊葉林底
濃密灌叢中，小群活動，但生性羞怯，不容易發現
移動時，一隻接著一隻低飛而過，是最能清楚觀
竹鳥的時機。鳴聲圓潤悠揚，頗具變化，甚至還
模仿其他鳥類的聲音。移動時也會發出低沉的聯
聲，可循聲找尋，但需把握短暫出現的機會。

拍攝心得 喜歡牠的眼環及眼後裸露部份藍色，猶如精心描
的鳳眼鳴叫聲多樣富變化很特別。

山林中低飛遊俠

Low Flying Ranger in the Forest

相機	Canon1DX	曝光偏差	0
光圈	4.5	鏡頭	600mm
曝光時間	1/100 秒	拍攝年月	2017.05.03
ISO感光度	4000	拍攝地點	臺灣塔塔加

拍攝

羅德賢

飛羽給力，終生有趣

褐頭花翼

Fulvetta formosana

英文鳥名 Taiwan Fulvetta

別　　名 褐頭雀鶥、紋喉雀鶥、灰頭花翼畫眉

鳥類習性 生活在高海拔森林下層的灌叢或濃密的箭竹叢中，通常都呈小群活動，不太跟其他鳥類混群。不太怕人，可以近距離觀察，常發出「喊喊」的叫聲。本種主要出現在 2500 公尺以上高海拔地區，冬天會降遷到較低海拔山區，但與繡眼畫眉同時出現的機率不高，也可以其花翼之特徵作一區別。

拍攝心得 事前要做足功課（鳥況資訊，器材整備，天候，交通 .. 等），現場光影和生態習性觀察，相機設定，構圖想定，耐心守候，眼明手快捕捉瞬間，尊重生命和大自然。

大頭仔
Big head

相　機	Canon1DX2	曝光偏差	0
光　圈	5.6	鏡　頭	300mm
曝光時間	1/1000 秒	拍攝年月	2019.03.01
ISO感光度	400	拍攝地點	臺灣阿里山

拍攝

王瑨程

執著是我的意志與理念，
追求鏡頭下的美
是我的動力

赤ㄔˋ腹ㄈㄨˋ山ㄕㄢ雀ㄑㄩㄝˋ

Parus castaneoventris

英文鳥名 Sittiparus castaneoventris

別　　名

鳥類習性 相較臺灣其他的山雀，赤腹山雀的棲息區域海拔較低，多分布於 100-1000 公尺左右，冬天時在海拔低於 100 公尺的闊葉林就可見，牠們常在山澗中洗澡，在樹枝間玩耍蹦跳，十分可愛淘氣，目前是第二級的保育類動物。

拍攝心得 上山下海就為了追求鏡頭裡剎那的美

森林中的頑皮鬼
Naughty Boys in the Forest

相　　機	NikonD4S	曝光偏差	-0.7
光　　圈	6.3	鏡　　頭	150-600mm
曝光時間	1/2000 秒	拍攝年月	2016.04.20
ISO感光度	1250	拍攝地點	臺灣觀霧

拍攝

范芫魁

Kevin Fan

灰鷽（ㄏㄨㄟ ㄒㄩㄝˊ）

Pyrrhula erythaca owstoni

英文鳥名 Gray-headed Bullfinch

別　　名 灰頭灰雀

鳥類習性 灰鷽為留鳥，分布海拔由 1,500 ～ 3,500 公尺。常會成對或成小群一起活動覓食，不太怕人，即使覓食受驚嚇也不會遠飛。最近特生中心研究團隊，揭示臺灣及東喜馬拉雅地區的灰鷽（或灰頭灰雀）的分化過程為典型的地理隔離物種形成，臺灣的族群原本認為是灰頭灰雀的一個亞種 Pyrrhula erythaca owstoni，現在證據顯示應該被視為一個獨立種 Pyrrhula owstoni。

拍攝心得 要先瞭解鳥類的習性，在正確的季節到適當的地點，拍到目標鳥種的機率才會增加。但野生鳥類有翅膀、會自由飛翔移動，若沒有拍到目標鳥也要視為常態，鳥類攝影正因為這種不確定性才吸引人。

灰鷽
Gray-headed Bullfinch

相　　機	NikonD810	曝光偏差	+0.67
光　　圈	4	鏡　　頭	600mm
曝光時間	1/320 秒	拍攝年月	2014.08.03
ISO感光度	560	拍攝地點	臺灣大雪山

拍攝

羅耀基

隨緣拍鳥

黃腹琉璃

Niltava vivida

英文鳥名 Vivid Niltava

別　　名 棕腹藍仙鶲

鳥類習性 雄鳥背面寶藍色具光澤，喉部深藍色，胸以下橙黃色，突出至喉部成三角形。主要分布於中海拔闊葉林上層，冬天中海拔山區山桐子果實成熟時，常見其成群覓食。

拍攝心得 覓食山桐子果實時，移動速度很快，這時候可以嘗試捕捉動態行為，盡量把握多拍幾張就有成功機會。

大快朵頤
Pig out

相　　機	NikonD5	曝光偏差	-0.67
光　　圈	5.6	鏡　　頭	600mmx1.4 倍加
曝光時間	1/1600 秒	拍攝年月	2020.02.04
ISO感光度	2200	拍攝地點	臺灣大雪山

拍攝

徐仲明

有試有機會！
沒事多喝水！

鳳ㄈㄥˋ頭ㄊㄡˊ蒼ㄘㄤ鷹ㄧㄥ

Accipiter trivirgatus

英文鳥名　Crested Goshawk

別　　名　鳳頭鷹、粉鳥鷹

鳥類習性　鳳頭蒼鷹翼展約一百公分，是臺灣唯一能在都市內公園繁殖猛禽，牠喜歡自己捕捉新鮮個體，八哥、鴿子、溝鼠、松鼠都是他的食物。鳳頭蒼鷹領域性很強，通常繁殖期間一個公園只住一對鳳頭蒼鷹，每年二三月交配求偶，一巢二蛋，離巢約七至八週，到了九月之後親鳥就停止食物供應，孩子必須學習自立，另尋出路。

拍攝心得　路經大安公園巧遇兩隻年少的鳳頭蒼鷹在打鬧，用爪用喙用翅膀忽上忽下旁若無人，想起家中子女也是在這樣嬉鬧中感情越來越好！

相煎何太急？
Mom~Brother bullied me!!!

相　　機	NikonD850	曝光偏差	+0.7
光　　圈	8	鏡　　頭	200-500mm
曝光時間	1/400 秒	拍攝年月	2018.07
ISO感光度	1250	拍攝地點	臺灣

拍攝
陳碧玉

適合自己的，就是最好的

環ㄏㄨㄢˊ頸ㄐㄧㄥˇ雉ㄓˋ

Phasianus colchicus

英文鳥名 Ring-necked Pheasant

別　　名 雉雞、野雞

鳥類習性 生態環境：棲息於農田附近、草叢、林緣草地、山坡地。主食植物之果實、種籽、嫩芽、幼葉、殼類以及昆蟲。善於奔走，飛行有力卻飛得不遠。繁殖期為 4 ～ 5 月，行一夫多妻制，雄雉天剛亮就「歌 -- 歌 --」鳴叫，十分清脆。營巢於甘蔗園裡或草叢間的地面凹陷處，每窩產 6 ～ 12 個蛋，由雌鳥抱卵育， 雛孵卵期約 23 天。

拍攝心得 午後寧靜的校園，蹲坐在榕樹下等待美女甦醒，見她優雅地在草地上漫步，心裡的願望與她靈犀相通，美妙的時刻在眼前展開。

美好時光
A great time

相　　機	Canon7D2	曝光偏差	+0.7
光　　圈	7.1	鏡　　頭	300mm
曝光時間	1/160 秒	拍攝年月	2020.02.19
ISO感光度	1250	拍攝地點	臺灣花蓮

拍攝

游竹木

失敗不可怕，可怕的是從來沒有努力過

茶ㄔㄚˊ腹ㄈㄨˋ鳲ㄕ

Sitta europaea formosana

英文鳥名 Eurasian Nuthatch

別　　名 歐亞鳲

鳥類習性 是廣泛分布於歐洲及亞洲等地的小形雀鳥，夜棲息於樹洞中，單獨或小群活動，中海拔山區的留鳥，牠們能夠頭向下尾朝上往下爬樹，這是一種嘈吵的鳥類，常能透過其重複的篤－篤－篤及匹—匹的叫聲找到其位置。

拍攝心得 不停地動，還是可以找停頓機會按快門。

小蠻腰
Strong waist

相　　機	SonyA9	曝光偏差	-0.7
光　　圈	7.1	鏡　　頭	200-600mm
曝光時間	1/1600 秒	拍攝年月	2020.1
ISO感光度	1600	拍攝地點	臺灣臺中

拍攝

姜昆航

Kevin Jiang

就是喜歡拍鵂鶹

鵂ㄒㄧㄡ鶹ㄌㄧㄡˊ

Glaucidium brodiei

英文鳥名 Collared Owlet

別　　名 領鵂鶹

鳥類習性 鵂鶹全長約 15cm，翼長約 9cm，為臺灣特有亞種。普遍棲息於中、低海拔山區闊葉林或針闊葉混合林。是分布於臺灣的貓頭鷹中，體型最小者。牠們是半日行性猛禽，白天及晚上都是活動時間，性極凶猛。羽色具有保護色，棲止於樹幹時，不太會移動，像是樹瘤不易發現。停棲時僅頭部前後左右旋轉，觀察周遭環境的動靜。鵂鶹以野鼠、小鳥、爬蟲、兩棲類或大型昆蟲為食。

拍攝心得 鵂鶹很難找，一旦出現就容易拍攝，在樹種多樣性的山區都有機會發現牠的蹤跡。多上山去找，自然就會拍到的。

櫻花鵂鶹

Collared Owlet gently resting upon cherry blossom

相機	Canon1DX2	曝光偏差	+0.7
光圈	7.1	鏡頭	600mm
曝光時間	1/50 秒	拍攝年月	2020.02.18
ISO感光度	3200	拍攝地點	臺灣武陵農場

拍攝
王瓂程

執著是我的意志與理念，
追求鏡頭下的美
是我的動力

領角鴞

Otus lettia

英文鳥名 Collared scops owl

別　名

鳥類習性 領角鴞是角鴞類中最大的一種，身長約 23-25 公分長，通常於夜間活動，以昆蟲、哺乳類或小型爬蟲類為主食，常出沒在森林及樹木茂密的地區，築巢於樹洞中，一次約產三至五顆蛋。

拍攝心得 上山下海就為了追求鏡頭裡剎那的美。

兩鴞好
Double Owls

相機	NikonD4S	曝光偏差	+1.5
光圈	6.3	鏡頭	150-600mm
曝光時間	1/40 秒	拍攝年月	2016.07.02
ISO感光度	500	拍攝地點	羅東運動公園

拍攝

汪孟澈

莫問前途如何，
但求落幕無悔。

虎ㄏㄨˇ斑ㄅㄢ地ㄉㄧˋ鶇ㄉㄨㄥ

Zoothera dauma

英文鳥名 Scaly Thrush

別　　名 小虎鶇

鳥類習性 虎鶇在臺灣分成兩種，候鳥型的白氏地鶇與留鳥型的虎斑地鶇，後者又稱小虎鶇，小虎鶇在臺灣算是稀有留鳥，體型上比白氏地鶇小，背部偏紅褐色，羽色花紋較密集，多在樹林底層行動，移動時會走走停停，聽著地下蚯蚓的動靜，身體上下擺動，震出躲在地底的蚯蚓，在迅雷不及掩耳把蚯蚓戳到嘴吃掉~

拍攝心得 走在溪頭園區，發現在某處的草地大樹旁，似乎有隻鳥的存在，才發現是小虎鶇，旁邊還躲著牠已離巢的寶寶，很驚喜同時也怕驚擾到牠們，伏低身子，靜靜在旁邊記錄著牠們親子情深，超滿足。

寶寶很餓
Baby is hungry

相　　機	Canon7D2	曝光偏差	0
光　　圈	5.6	鏡　　頭	400mm
曝光時間	1/640 秒	拍攝年月	2020.06.09
ISO感光度	1600	拍攝地點	臺灣南投

拍攝
邱錫澍

鳥來是偶然！
鳥走是必然！

朱鸝
Oriolus traillii

英文鳥名 Maroon Oriole

別　　名 紅鶯、大緋鳥

鳥類習性 朱鸝是屬於臺灣特有亞種！身長約 25 ～ 28 公分！活動於 400 ～ 1000 米較低海拔的淺山近溪流邊的闊葉林、大多出現在樹冠的上層、其鮮紅的外表穿梭於樹林間顯得特別的耀眼！繁殖成功率不高、所以成為了第二級保育類野生動物！

拍攝心得 拍鳥類育雛是可遇不可求的！機會到了就會拍到想要的畫面！也看到醜小鴨會變成天鵝！

朱鸝之巢外育雛
Maroon Oriole Brood

相　機	NikonD4S	曝光偏差	0
光　圈	7.1	鏡　頭	500mm+1.4X
曝光時間	1/500 秒	拍攝年月	2018.05.12
ISO感光度	360	拍攝地點	臺灣宜蘭

拍攝

林家弘

kevin

拍出真善美，散發正能量

黃ㄏㄨㄤˊ頭ㄊㄡˊ扇ㄕㄢˋ尾ㄨㄟˇ鶯ㄧㄥ

Cisticola exilis

英文鳥名 Golden-headed Cisticola

別　　名 白頭錦鴝

鳥類習性 黃頭扇尾鶯小巧可愛，身長只有十公分。棲息於平原的草叢、河床、棄耕農地，以小昆蟲為食。繁殖季時雄鳥會豎起乳白色冠羽在領域中的草莖枝條上，或半空中懸停大聲鳴唱，叫聲類似：「滋 ~ 滋 ~ 規哩」，飛行軌跡呈波浪狀。一夫多妻制，繁殖期一雄鳥會與多隻雌鳥共築愛巢，由雌鳥負責孵卵、育雛。

拍攝心得 因為體型比麻雀還小，在一片花海中需要多練習才能很快找到牠。這張蒙幸福之神眷顧，突然降臨在眼前的百日草花上來歌唱。

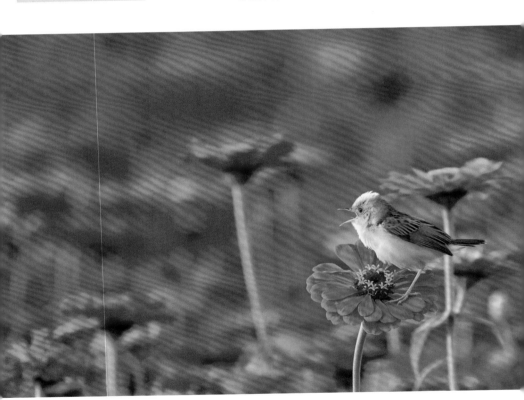

花海中歌唱
Singing in a sea of flowers

相　　機	SonyA9	曝光偏差	0
光　　圈	9	鏡　　頭	200-600mm
曝光時間	1/250 秒	拍攝年月	2020.04.12
ISO感光度	800	拍攝地點	臺灣新北

拍攝

謝淑蓉

要了解鳥，從拍鳥開始。

青背山雀

Parus monticolus

英文鳥名 Green-backed Tit

別　　名 綠背山雀

鳥類習性 青背山雀背黃綠色，腰及尾上覆羽為灰黑色，翼尾黑褐色，各羽呈深藍，覆羽有兩道白弧紋；尾羽黑色、羽綠藍，腹羽為絡黃色，嘴與腳都為鉛黑色。生性合群，常與冠羽畫眉混群覓食。食毛蟲、蝶、蛹、及其卵。

拍攝心得 拍鳥當下很開心，但是追鳥過程卻是辛苦的，很佩服拍鳥的眾前輩們，頂著風吹雨打日曬，披星載月，有時為了拍特別的鳥還得在極冷的天氣中凍著，拍鳥人太可愛了。

青背山雀
Green-backed Tit

相　　機	Canon1DX	曝光偏差	-1/3
光　　圈	4	鏡　　頭	600mm
曝光時間	1/500 秒	拍攝年月	2020.05.17
ISO感光度	2000	拍攝地點	南投鹿谷

拍攝

吳姿瑤

心存善念，廣結善緣。
樂活達觀，歡喜隨緣。

褐(ㄏㄜˋ)鷽(ㄒㄩㄝˊ)

Pyrrhula nipalensis

英文鳥名 Brown Bullfinch

別　　名 褐灰雀

鳥類習性 褐鷽是臺灣特有亞種的雀科鳥類。全身大致灰褐色，嘴鉛灰色，虹膜和眼先及嘴基黑褐色，眼下有弧形白斑，翼及尾羽藍黑色澤，下腹中央至尾下覆羽白色。雄鳥的三級飛羽基部有細縱線是紅色，雌鳥是黃色。棲息於中高海拔針闊葉混合林或闊葉林上層，冬季會降遷。常成群活動，以種子、果實及昆蟲為食。叫聲圓潤、短促如「隔離、隔離」。

拍攝心得 親近自然拋煩惱，青山綠水多擁抱，鳥語花香周遭繞，賞花拍鳥興致高，生態美照如獲寶，知足感恩樂逍遙，輕鬆自在心情好，健康快樂活到老。

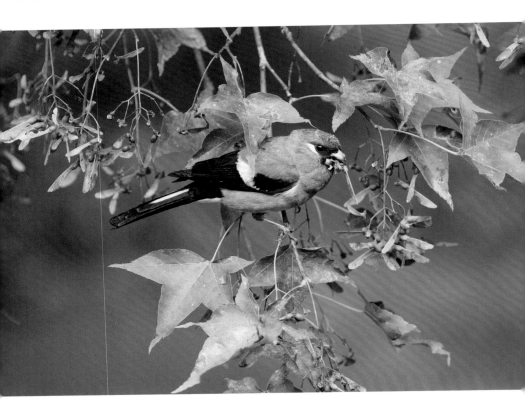

初秋饗宴
Early Autumn Feast

相　機	Canon1DX2	曝光偏差	0
光　圈	5.6	鏡　頭	400mm+1.4x
曝光時間	1/250 秒	拍攝年月	2018.09.10
ISO感光度	1250	拍攝地點	臺灣杉林溪

拍攝

孫士孟

用鏡頭記錄

煤山雀

Periparus ater

英文鳥名　Coal Tit

別　　名　臺灣白雀

鳥類習性　廣布非洲，歐亞大陸及島嶼，分布臺灣者為特有亞種，棲息於中高海拔，天冷常降遷較矮山區，喜食昆蟲亦愛嫩芽樹籽，繁殖季常站樹冠頂端鳴唱。由於屬小型鳥，全長約 10 公分善於枝葉中跳躍。

拍攝心得　多觀察，多接觸，加入良好社團，分享經驗。

築巢忙
build a nests

相　　機	Canon1DX	曝光偏差	0
光　　圈	5.6	鏡　　頭	500mm+1.4x
曝光時間	1/2000 秒	拍攝年月	2015.04.04
ISO感光度	400	拍攝地點	臺灣大雪山

拍攝

張崇哲

努力加油 !!

小ㄒㄧㄠˇ啄ㄓㄨㄛˊ木ㄇㄨˋ

Yungipicus canicapillus kaleensis

英文鳥名 Gray-capped Woodpecker

別　　名 星頭啄木鳥

鳥類習性 體長 14-16cm，頭頂灰黑色，臉頰白色，有一過眼之灰黑色橫紋。背部及兩翼為黑色帶白色橫斑，腹部白色帶棕或黑色縱紋。常於中低海拔的闊葉林中，單獨或成對出現。覓食時以螺旋狀攀爬樹幹，以樹皮間昆蟲其他小型無脊椎動物為食，亦攝食少量果實。飛行軌跡呈大波浪狀，叫聲為尾音上揚之單音 "kee"。

拍攝心得 小啄木公母輪流餵食，辛苦萬分～

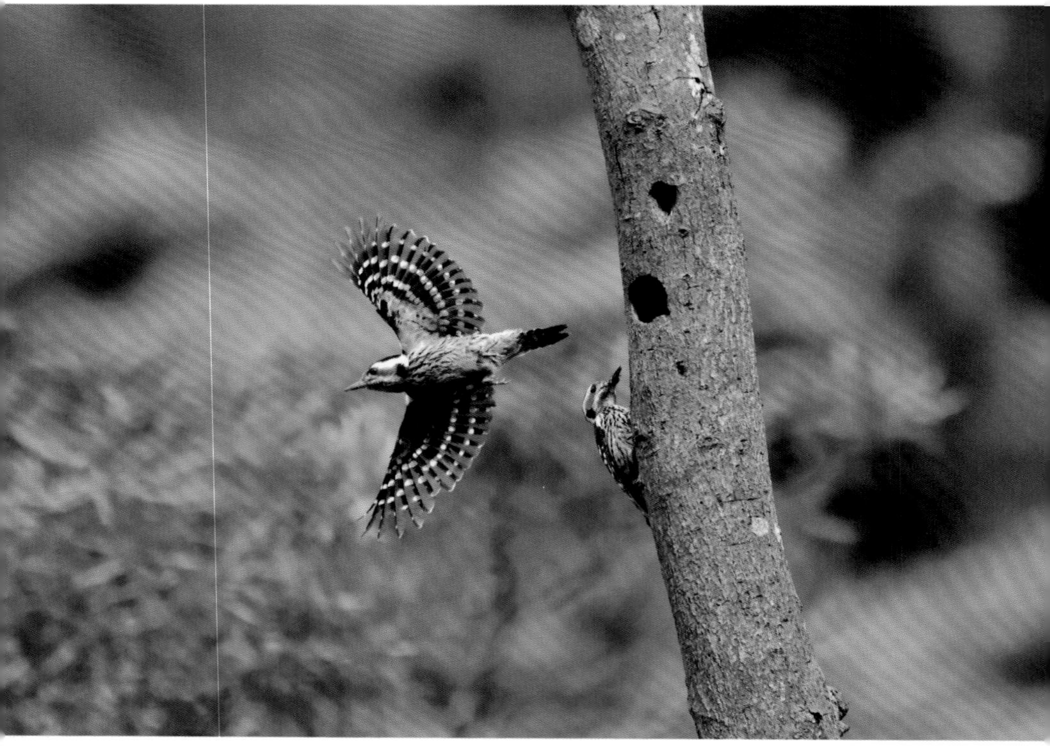

為下一代而努力

相機	Nikon810	曝光偏差	0
光圈	5.6	鏡頭	80-400mm
曝光時間	1/2000 秒	拍攝年月	2019.06
ISO感光度	1000	拍攝地點	臺灣

拍攝

梁正明

就是喜歡拍照

小ㄒㄧㄠˇ剪ㄐㄧㄢˇ尾ㄨㄟˇ

Enicurus scouleri

英文鳥名　Little Forktail

別　　名　小燕尾

鳥類習性　常在溪流或瀑布邊潮濕的岩石上活動，有時會走入淺水中覓食，尾巴會不斷張合，因此得名小剪尾。相當羞怯因而數量稀少，歸為第二級保育類野生動物。

激流小勇士

相　　機	Canon	曝光偏差	-0.3
光　　圈	7.1	鏡　　頭	500mm
曝光時間	1/80 秒	拍攝年月	2019.10.14
ISO感光度	200	拍攝地點	臺灣杉林溪

拍攝

陳正虔

就愛山水愛大海，
學會賞鳥不寂寞。

黃ㄏㄨㄤˊ胸ㄒㄩㄥ青ㄑㄧㄥ鶲ㄨㄥ

Ficedula hyperythra

英文鳥名 Snowy-browed Flycatcher

別　　名 黃胸姬鶲

鳥類習性 雄鳥額頭有一道白色的線，臉、背面灰藍色，喉至腹部橙黃色；雌鳥背面灰褐色，腹部淡黃褐色。常單獨或成對出現於中、低海拔闊葉林或針葉林混合林中。叫聲為輕細的” 茲 - 茲 - “聲。動作敏捷，可在空中捕食小昆蟲。

拍攝心得 當發現有雌、雄鳥出現時，嘴上都咬著食物，且頻繁進出，這時應該就是育雛的階段。親鳥在入巢餵食前，會在巢附近警戒、觀察，之後一閃的餵食，然後離開，深怕巢位被發現而有危險。架好相機、選定位置、就等鳥兒入鏡。

保持警戒
Being Alert

相　　機	NikonD500	曝光偏差	0
光　　圈	8	鏡　　頭	200-500mm+1.4x
曝光時間	1/125 秒	拍攝年月	2020.05.02
ISO感光度	1600	拍攝地點	臺灣杉林溪

拍攝

陳正虔

就愛山水愛大海，
學會賞鳥不寂寞。

鉛色水鶇

Phoenicurus fuliginosus

英文鳥名 Plumbeous Redstart

別　　名 鉛色水鴝、紅尾水鴝

鳥類習性 在臺灣中低海拔溪澗旁常可看見的鳥兒，尾羽一開一合，一上一下的，展現美妙的舞姿。公母鳥的體色不同，此鳥為公鳥，全身一襲鉛灰色，腹部、尾上、尾下及尾羽，則為栗色；母鳥則背暗灰色、尾羽黑褐色、腹羽白色，兩者容易分辨。

拍攝心得 在登山的途中經過溪流，最常看見就是鉛色水鶇了，在岩石上快速跳躍、移動，發出”吱”的聲音。下次看見時，注意牠們的尾巴是打著什麼意思的”旗語”。

裙襬搖搖
Swing skirt

相　　機	NikonD500	曝光偏差	0
光　　圈	6.3	鏡　　頭	150-600mm
曝光時間	1/250 秒	拍攝年月	2017.03.12
ISO感光度	6400	拍攝地點	臺灣石壁

拍攝

李榮華

50歲以前為別人而活，
50歲以後為自己而活。

棕ㄗㄨㄥ三ㄙㄢ趾ㄓˇ鶉ㄔㄨㄣˊ

Turnix suscitator

英文鳥名　Barred Buttonquail

別　　名　鵪鶉仔、小三趾鶉、普通三趾鶉

鳥類習性　棕三趾鶉為臺灣特有亞種，屬於普遍的留鳥，活動於海拔1200公尺以下的丘陵、臺地以及旱作耕地、乾燥的草叢及乾枯多草的河床。本種係屬一妻多夫的家族結構，雌鳥羽色比雄鳥來得顯眼，體型也比較大，會分別為不同的雄鳥產下一窩卵，之後的抱卵及育雛工作都是由雄鳥負責。

拍攝心得　高屏溪舊鐵橋拍攝棕三趾鶉，個人較偏好於晨昏；尤其，清晨色溫略帶柔和淡淡金黃撒落般，一如晨光序曲，讓人心曠神怡體現大地漸次甦醒與寧靜慢活之美妙。

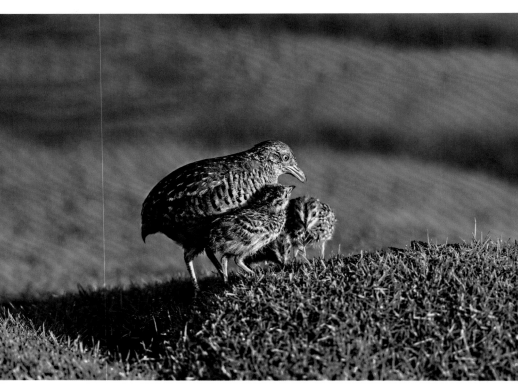

爸爸像座山
Bàba xiàng zuò shān

相　　機	Canon1DX2	曝光偏差	0
光　　圈	5.6	鏡　　頭	600mm
曝光時間	1/1250秒	拍攝年月	2020.06
ISO感光度	1000	拍攝地點	高屏溪舊鐵橋

臺灣特有亞種

拍攝

朱振榮

黃(ㄏㄨㄤˊ)嘴(ㄗㄨㄟˇ)角(ㄐㄧㄠˇ)鴞(ㄒㄧㄠ)

Otus spilocephalus

英文鳥名　Mountain Scops-owl

別　　名　臺灣木葉鴞

鳥類習性　普遍分布在中、低海拔山區，屬於夜行性鳥類，白天則棲息於枝葉濃密的林間，羽色和枝幹的顏色相似，不易被發現，傍晚及剛入夜時鳴叫較為頻繁，可藉由聲音辨別其所在。夜晚則開始覓食，飛行速度快且沒有聲音。黃嘴角鴞非常隱密，其生活史至今無人知曉。

黃嘴角鴞
Mountain Scops-ow

相　　機	Canon	曝光偏差	-0.3
光　　圈	2.8	鏡　　頭	400mm
曝光時間	1/60 秒	拍攝年月	2020.06.16
ISO感光度	400	拍攝地點	臺北南港

拍攝

陳志雄

生命要賦予成長始能不朽

星鴉

Nucifraga caryocatactes

英文鳥名 Eurasian Nutcracker

別　　名

鳥類習性 星鴉是臺灣特有亞種鳥類，平均體重約為 177.6 克。星鴉棲於海拔 2200 ～ 3500 公尺間森林中。以松果為主要食物。

拍攝心得 那天是一個晴朗的天氣，本來是一個健行的行程，而且高度來到 2600 公尺，但習慣使然仍背著相機出門；一路走著卻都只看到遠在樹梢的星鴉或是樹林中的栗背林鴝，就在一陣“今天就這樣”的情緒上來時，卻在身旁傳來明亮的叫聲，心裡突地一震，這麼近！真的，就是很近。隨後便開始按著快門，然後就一直按、一直按。這是我的星鴉近距離首拍，很興奮，也很感恩有這個運氣。

山居的朋友
A friend in the mountains

相　　機	NikonD850	曝光偏差	1
光　　圈	5.6	鏡　　頭	200-500mm
曝光時間	1/320 秒	拍攝年月	2020.07.17
ISO感光度	640	拍攝地點	臺灣鹿林山

拍攝

林世偉

SHIH-WEI LIN

攝想空間，體會人生

紅ㄏㄨㄥˊ胸ㄒㄩㄥ啄ㄓㄨㄛˊ花ㄏㄨㄚ

Dicaeum ignipectus

英文鳥名 Fire-breasted Flowerpecker

別　　名 紅胸啄花鳥

鳥類習性 紅胸啄花是臺灣特有亞種，身長 9 公分，常成小群出現，生性活潑，常跳躍於花樹間覓，喜食漿果及寄生於常綠樹上的桑寄生果實，常發出短促滴、滴或答、答、答的叫聲。水麻是原生種，生於全臺灣島海拔兩千餘公尺氵以下山區及森林邊緣，每年 4、5 月是水麻結果季，枝幹上會長出橙黃色的醬果十分美麗，為紅胸啄花的食物來源。

拍攝心得 自從拍風景轉入拍鳥後，每年都有目標鳥，其中紅胸啄花是想拍但有難度的。幾年前在杉林溪有拍到但遠遠的不甚滿意，今年聽聞清境水麻成熟期，紅胸啄花也會到水麻餐廳進食，一早就到鳥點拍攝，終於如願拍到想要的畫面。

豐盛的果實
Harvest

相　　機	Canon1DX	曝光偏差	0
光　　圈	5.6	鏡　　頭	600mm
曝光時間	1/1250 秒	拍攝年月	2020.05.18
ISO感光度	4000	拍攝地點	臺灣南投清境

拍攝

白宗仁

紅ㄏㄨㄥˊ頭ㄊㄡˊ綠ㄌㄩˋ鳩ㄐㄧㄡ

Treron formosae

英文鳥名 Whistling Green-Pigeon

別　　名

鳥類習性 紅頭綠鳩臺灣特有亞種，又名臺灣綠鳩，分布於本島東部、南部、綠島及蘭嶼，常成小群出沒於中低海拔的濃密闊葉林內，偶有大群出現，飛行速度很快，主要食物為種子和果實。

拍攝心得 市區公園喜見這隻色彩明豔的紅頭綠鳩，令人雀躍，儘管飄著細雨，牠始終佇立在我眼前，似乎相看兩不厭，按下快門同時，覺得真是美好又幸運的一天。

佇立
Stand a long time

相　　機	NikonD300	曝光偏差	0
光　　圈	4	鏡　　頭	300mm
曝光時間	1/160 秒	拍攝年月	2016.04.10
ISO感光度	200	拍攝地點	臺灣臺北市

拍攝
陳建煌
Jerry chen

褐ㄏㄜˋ頭ㄊㄡˊ鷦ㄐㄧㄠ鶯ㄧㄥ
Prinia inornata

英文鳥名 Plain Prinia

別　　名 布袋鳥、芒噹丟仔

鳥類習性 單獨或成鬆散的小群，很活躍但動作不俐落，常在長草莖及灌叢下層活動，在空曠處也不特別怕人。停棲時尾部經常翹起，並上下或左右晃動。獵捕昆蟲為食。飛行能力弱，很少一口氣飛很長距離，經常先飛個幾公尺，停一下後再飛個幾公尺，以一段一段躍進的方式到達目的地。平時在草叢或稻田間常可見到三五隻從一株植物飛到另一株植物上，偶爾會停在牆頭、電線或樹枝上。雌雄鳥分擔育雛工作。

褐頭鷦鶯
Plain Prinia

相　　機	Canon1DX2	曝光偏差	0
光　　圈	5.6	鏡　　頭	600mm+1.4X
曝光時間	1/2500 秒	拍攝年月	2020.04.17
ISO感光度	3200	拍攝地點	臺灣新北市三重

拍攝

王文雄

白ㄅㄞˊ尾ㄨㄟˇ鴝ㄑㄩˊ

Myiomela Leucura

英文鳥名 White-tailed Blue-robin

別　　名

鳥類習性 白尾鴝是臺灣特有亞種，生活於中至高海拔山區森林，雄鳥全身有著亮眼的藍黑色，雌鳥全身則樸素的橄褐色，雄鳥與雌鳥尾羽外側基部均為顯眼的白色，「白尾鴝」名稱由此而來。

溪頭白尾鴝

相　　機	NikonD5	曝光偏差	
光　　圈	5.7	鏡　　頭	200-500mm
曝光時間	1/40 秒	拍攝年月	2020.06.17
ISO感光度	5000	拍攝地點	臺灣南投溪頭

拍攝

曹中城

喜歡旅遊趴趴照，攝影記
錄美麗新視界。

赤ㄔˋ腹ㄈㄨˋ鷹ㄧㄥ

Accipiter soloensis

英文鳥名 Chinese Sparrowhawk

別　　名 鴿子鷹

鳥類習性 赤腹鷹為過境鳥，嘴爪彎曲銳利，以小型動物為食，主要食物為鼠類、小鳥、昆蟲。夏季時在中國東南部、臺灣、韓國和西伯利亞地區繁殖，冬季遷徙到菲律賓和印尼。一般出現於闊葉林。

拍攝心得 九月臺灣上空一隻接著一隻，一群接著一群的赤腹鷹。在天空刻劃出數條無形的線，不同世代的赤腹鷹，依循著基因內的本能飛上遷徙之路。

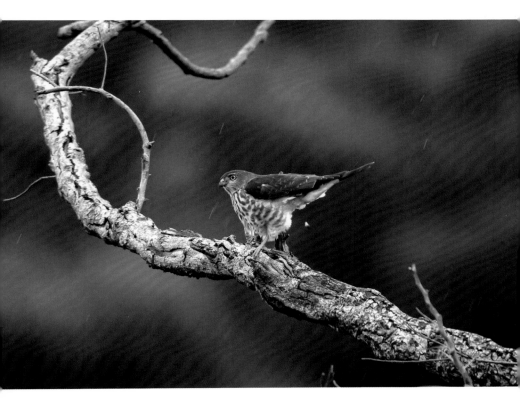

赤腹鷹的遷徙之路
On the route of migration-Chinese Sparrowhawk

相　　機	NikonD5	曝光偏差	-0.7
光　　圈	8	鏡　　頭	500mm
曝光時間	1/200 秒	拍攝年月	2019.09.18
ISO感光度	1250	拍攝地點	臺灣

拍攝

吳君雯

Wu,Hsun-Wen

悠遊野鳥攝影看見愛

朱ㄓㄨ連ㄌㄧㄢˊ雀ㄑㄩㄝˋ

Bombycilla japonica

英文鳥名 Japanese Waxwing

別　　名 十二紅、小太平鳥

鳥類習性 朱連雀體長 18 公分，尾羽末端為寬 8 公分的玫瑰紅色端斑，體態優美俊雅。在臺灣為罕見的過境鳥，常常數年沒有紀錄，但又在某一個冬季出現許多發現紀錄；會來到臺灣的只有極少數或是與鳥群失散而來的。喜成群活動於針葉林和高大的闊葉喬木中；以植物果實及種子為主食，也會捕食昆蟲。

拍攝心得 美麗而神秘的稀有過境鳥，在 2020 年 2 月驚艷停棲在新北市樹林區鹿角溪人工濕地，不時飛進飛出享用鐵冬青紅色果實。有這麼一回，頭上開了冠羽興奮地不斷振翼，在鐵冬青紅果間飛舞，好整以暇地進入美食饗宴，鳥與美果輝映成趣，我的心靈與感官同等享受。

饗宴
Feast

相　　機	Canon1DX2	曝光偏差	+0.7
光　　圈	5.6	鏡　　頭	600mm
曝光時間	1/1600 秒	拍攝年月	2020.02.18
ISO感光度	1250	拍攝地點	臺灣樹林

拍攝

陳聰隆

行善積德，好運連連

沙ㄕㄚ丘ㄑㄧㄡ鶴ㄏㄜˋ

Antigone canadensis

英文鳥名 Sandhill Crane

別　　名 千歲鶴

鳥類習性 沙丘鶴是全世界的鶴科中比較小的一種，身形較矮，身材也較細瘦。沙丘鶴棲息於開闊的草澤和草原地區，長腳跨步間距大，適合在草原上活動。繁殖的時候，不會集結繁殖，巢的分布零散，但是遷徙和度冬的時候，會結成數百隻喧鬧的大群，叫聲像刺耳喇叭一樣。部分族群羽毛偏紅褐色，因為牠們的棲息地土壤中有紅褐色的氧化鐵，當喙碰到土壤或是水之後再用喙去梳理羽毛，就會漸漸地將羽毛染成紅褐色。以種子、穀類、嫩芽、花苞、樹葉和小動物像是昆蟲和小型鼠類為食物。

春耕

相　　機	NikonD7200	曝光偏差	0
光　　圈	10	鏡　　頭	500mm
曝光時間	1/2000 秒	拍攝年月	2020.01.31
ISO感光度	400	拍攝地點	臺灣彰化竹塘

拍攝

張重傑

Chungchieh,Chang

拍鳥：愛鳥、
敬鳥、不追鳥。

彩䴉

Plegadis falcinellus

英文鳥名 Glossy Ibis

別　　名

鳥類習性 常成群出現在河邊、湖邊、水田沼澤溼地棲息覓食，用長嘴插入水中軟泥攫取蝦蟹、螺貝、水生動物、昆蟲為食。

拍攝心得 長程舟車勞頓南下拍攝，又要長時間在烈日曝曬下，雖說備受煎熬，但是拍到美照，一切都是值得的！

尋覓
seeking

相　　機	Canon1DXII	曝光偏差	+1.3
光　　圈	5.6	鏡　　頭	600mm x1.4
曝光時間	1/800 秒	拍攝年月	2020.04.07
ISO感光度	640	拍攝地點	臺灣屏東

拍攝

張顯通

喜愛拍鳥拍生物 = 珍惜地球生命和環境

澳洲紫水雞

Porphyrio porphyrio bellus

英文鳥名 Australasian Swamphen

別　　名

鳥類習性 屬鶴形目秧雞科的鳥類，中型涉禽，體長約 44 cm。嘴粗壯，鮮紅色，跗跖和趾長而有力，暗紅色；能用腳趾抓住和操縱食物，這在秧雞科中很特殊。棲息於江河、湖泊周圍的沼澤地和蘆葦叢中。以昆蟲、軟體動物、水草等為食。分布於澳大利亞西南部。本次拍得的紫水雞是迷鳥，觀察其習性應非籠中逸鳥，應屬水禽繁衍族群和疆域，邊飛邊跳島遷徙，而且水禽可以在海面上或船隻浮木上休息，所以經過長時間移動到臺灣並非不可能。

拍攝心得 逆光拍攝有其困難度但逆境也能發揮是需要的經驗與技巧

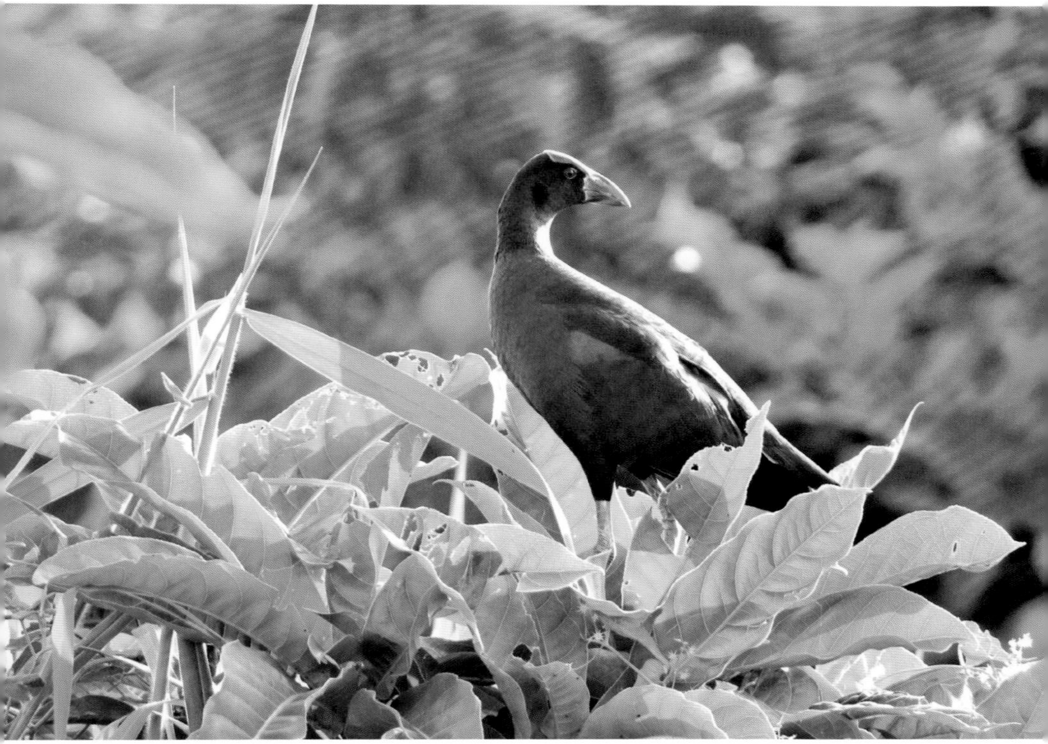

澳洲紫水雞
Australasian Swamphen

相　　機	Canon7D2	曝光偏差	+0.7
光　　圈	6.3	鏡　　頭	600mm
曝光時間	1/250 秒	拍攝年月	2020.07.13
ISO感光度	500	拍攝地點	臺灣宜蘭羅東

拍攝

莊銘東

CHUANG,MING-TUNG

極喜歡拍公母交接食物的畫面～太美了～

黑ㄏㄟ翅ㄔˋ鳶ㄩㄢ

Elanus caeruleus

英文鳥名 Black-winged Kite

別　　名 黑肩鳶

鳥類習性 身長：31~37cm　翼展：77~92cm 背及背面大致為灰色，腹面為白色。翼背面灰色，覆羽為黑色，翼腹面白色，飛羽為黑色。眼睛虹膜為紅色，眼周圍黑色如眼罩，腳橙黃色。主食鼠類的黑翅鳶，是平原區的野鼠剋星；然而其繁殖成功率並不高，常因人為干擾或天災導致繁殖失敗。黑翅鳶飛行時雙翅常呈上揚姿勢，旋停技巧亦佳，配上黑白分明的羽色，在野外辨識上並不困難。

拍攝心得 黑翅鳶幼瞳膜色偏黃褐，而頭頂、肩羽及背部亦帶有黃褐色味非常討喜。

努力成功育鶵下一代

Efforts to successfully raise the next generation

相　　機	Canon1DX	曝光偏差	+1
光　　圈	7.1	鏡　　頭	600mm
曝光時間	1/2500 秒	拍攝年月	2018.03.24
ISO感光度	640	拍攝地點	新北市八里區

拍攝
許振裕
Puma Hsu
行到水窮處，坐看雲起時

白ㄅㄞˊ尾ㄨㄟˇ海ㄏㄞˇ鵰ㄉㄧㄠ

Haliaeetus albicilla

英文鳥名　White-tailed Eagle

別　　名

鳥類習性　1. 來臺十多年（因尾部有巧克力色，15~18 年有紀錄），非臺灣原生種，屬迷鳥級，堪稱愛臺灣的迷鳥！
2. 此白尾海鵰夏天於太平山避暑，冬季於新店廣興渡冬。

拍攝心得　新店廣興冬季時常下雨，天氣放晴不是逆光就是東北季風，水面常有波紋，很難拍攝有倒影的白尾海鵰，常要等到陰天，白尾海鵰沖水抓魚才有此畫面，水花倒影呈現圓弧，象徵圓滿，此景於新店廣興等候一年多才幸運巧遇…

圓滿
Complete

相　　機	SonyA9II	曝光偏差	0
光　　圈	6.3	鏡　　頭	600mm
曝光時間	1/1250 秒	拍攝年月	2019.12.15
ISO感光度	1600	拍攝地點	臺灣新店

拍攝

張祐誠

正面思考，心想事成

熊ㄒㄩㄥˊ鷹ㄧㄥ

Nisaetus nipalensis

英文鳥名 Mountain Hawk-Eagle

別　　名 赫氏角鷹、鷹鵰

鳥類習性 熊鷹生性機警，會避人群，棲息於偏遠中海拔原始森林，以鼠類、鳥類、小型哺乳類動物為主食，前年還拍攝到捕獲山羌為食，熊鷹因族群稀少，加上棲息地減少，名列臺灣瀕危的野生動物。

拍攝心得 能拍到熊鷹正面衝過來，心跳加速熱血沸騰

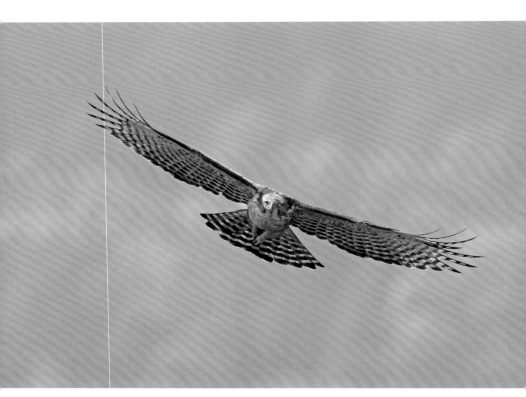

正面對決 熊鷹
Nisaetus nipalensis

相　　機	Canon1DX	曝光偏差	-0.3
光　　圈	7.1	鏡　　頭	600mm
曝光時間	1/1600 秒	拍攝年月	2019.10
ISO感光度	1000	拍攝地點	臺中大雪山

拍攝

郭倪城

KUO NI CHENG

我喜歡拍鳥～是因為牠們是有親情的動物！

遊ㄧㄡˊ隼ㄓㄨㄣˇ

Falco peregrinus

英文鳥名 Peregrine Falcon

別　　名 又名花梨鷹、鴨虎

鳥類習性 身長：38~51cm 翼展：84~120cm 遊隼是臺灣所有隼中體型最大、最壯碩的。遊隼俯衝時速可達 300 km/hr 左右，是目前鳥類中中體型最大、最壯碩的。遊隼俯衝時速可達 300 km/hr 左右。

拍攝心得 遊隼一直是我喜歡的鳥種之一，流線型線條與飛快的速度，更是阿拉伯聯合酋長國的國鳥。每年 2 月 ~4 月初為交尾期，多次記錄到一天交配 8 次。

遊隼愛愛篇
Peregrine Falcon mating

相　　機	Canon1DX2	曝光偏差	+0.7
光　　圈	5.6	鏡　　頭	600mm
曝光時間	1/1000 秒	拍攝年月	2020.02.02
ISO感光度	2500	拍攝地點	番仔澳酋長岩公園

拍攝

汪孟澈

莫問前途如何，
但求落幕無悔。

林鵰

Ictinaetus malaiensis

英文鳥名 Black Eagle

別　　名 山林魅影

鳥類習性 林鵰為臺灣猛禽體型第二大，翼展將近 180 公分，飛行能力極佳，雖然體型巨大，但在臺灣的相關資料記錄卻是十分少的，因為太過神秘，體色接近深咖啡色，飛行時身影一大片黑壓壓的，碩大的體型卻又能無聲無息穿越樹林，故又稱牠為山林魅影，鋒利又長的巨爪，是山林裡許多獵物的亡命武器。

拍攝心得 每次上山，總會抬頭或望向山谷，看是否能見到林鵰的出現，每次的相遇，總是讓我開心不已，巨大壯觀的雙翼、銳利深邃的眼神、輕盈優雅的飛行，超級震撼，但想到牠們瀕臨絕種，就感到難過。

穿越山林遇見你
Meet you across the forest

相　　機	Canon7DII	曝光偏差	+1
光　　圈	5.6	鏡　　頭	400mm
曝光時間	1/1600 秒	拍攝年月	2020.02.07
ISO感光度	1000	拍攝地點	臺灣臺中

拍攝

周文欽

能拍到是幸，
拍不到是命。

褐ㄏㄜˋ林ㄌㄧㄣˊ鴞ㄒㄧㄠ

Strix leptogrammica

英文鳥名 Brown Wood-Owl

別　　名

鳥類習性 褐林鴞 身長：50~58 公分，臺灣第二大的貓頭鷹，然而要目睹牠的身影並不容易，但褐林鴞的鳴叫聲可以傳的非常遠，所以在森林環境較佳的中、低海拔山區都有機會聽到牠那特別的鳴叫聲！褐林鴞常聽到的鳴叫聲有兩種，其一為 " 呼呼呼呼 ~" 較低沉的呼呼聲，另一為 "hyo~~~ 音調較高 !!

拍攝心得 拍攝貓頭鷹一直是我的最愛，一則牠是夜行性的鳥類，本身就很神秘，尤其牠是大型的貓頭鷹，褐林鴞 在臺灣貓頭鷹中算是很難拍到的鳥種，有人找了好幾年都沒能親眼看過牠，想要拍到牠有時真的要靠一點運氣，特別的是牠的鳴叫聲有時猶如嬰兒哭泣般的淒洌，不知情的人會被這樣的叫聲給嚇著 !!

暗夜鴞聲

相機	NikonD7200	曝光偏差	
光圈	6.3	鏡頭	600mm
曝光時間	1/160 秒	拍攝年月	2019.07
ISO感光度	400	拍攝地點	臺灣新北

拍攝

袁恆甫

Yuan

好攝、好玩、好吃，
結交同好。

黑ㄏㄟ面ㄇㄧㄢˋ琵ㄆㄧˊ鷺ㄌㄨˋ

Platalea minor

英文鳥名 Black-faced-Spoonbill

別　　名 黑琵

鳥類習性 稀有保育類的冬候鳥，每年 10 月至隔年 2.3 月來臺灣渡冬，大都棲息在臺南曾文溪口、七股瀉湖、永安溼地、茄萣濕地…一帶。群居性，主要在溼地、魚塭、淺水域覓食，以扁平的嘴在淺水域掃動方式尋找魚、蝦…等為食。繁殖期 1 月至 3 月，成鳥冠羽，胸前有明顯的黃色。

拍攝心得 豔陽高照，耐心等待，慢慢走近，畫面入袋。

覓食
Foraging (Look for Food)

相　　機	Canon1DX2	曝光偏差	-1/3
光　　圈	8	鏡　　頭	600mm
曝光時間	1/500 秒	拍攝年月	2020.03.12
ISO感光度	500	拍攝地點	臺灣臺南

拍攝
陳星允
Ajax

跟著爸爸拍鳥去，
到處尋鳥不寂寞。

山ㄕㄢ麻ㄇㄚˊ雀ㄑㄩㄝˋ

Passer cinnamomeus

英文鳥名 Russet Sparrow

別　　名

鳥類習性 長得像麻雀，不過臉頰沒有黑斑，雌鳥眉線乳白色。分布於中、低海拔山區，有個族群生活在關子嶺的碧雲寺附近，常常築巢在五色鳥和其他啄木鳥的舊樹洞，或者是人工製造的巢箱。因為山麻雀數量稀少（不到千隻），被臺灣列為瀕臨絕種野生動物（1級保育類），不過別的國家還有許多的山麻雀。非繁殖期常集結較大群一起覓食。

拍攝心得 在找山麻雀時，聽到了悅耳動聽的鳴叫 (SONG) 聲，立刻去尋找這隻鳥，後來發現牠在巢箱唱歌，找到後，就飛到某棵樹上繼續唱歌，意外地牠突然在抓癢，趕緊按下快門，牠抓完就飛到附近的木頭前面的樹幹上高歌一曲。

寶寶的食物在哪裡
Where's the food for my baby

相　　機	NikonD500	曝光偏差	0
光　　圈	5.6	鏡　　頭	200-500mm
曝光時間	1/320 秒	拍攝年月	2020.06.25
ISO感光度	125	拍攝地點	臺灣臺南

拍攝

林亮銘

盡己所能勿強求

寬尾維達鳥

Vidua obtusa

英文鳥名 Broad-tailed Paradise-whydah

別　　名 鳳凰雀

鳥類習性 籠中逸鳥生長於非洲，繁殖期本身不築巢，會下蛋於其他雀科鳥巢代為孵化養育。但不破壞原宿主的卵，為一夫多妻制。

拍攝心得 勿因人之喜好改變物種生長的環境

飄逸
Elegant

相　　機	Canon 1D Mark VI	曝光偏差	0.33
光　　圈	8	鏡　　頭	500mm
曝光時間	1/200 秒	拍攝年月	2012.10.03
ISO感光度	400	拍攝地點	臺灣宜蘭

拍攝

蘇傳槐

綠胸八色鳥

Pitta sordida

英文鳥名 Hooded Pitta

別　　名 綠胸（黑頭）八色鶇

鳥類習性 在菲律賓…等東南亞地區繁殖，具遷徙性，常在樹林底層或林下低枝活動，以昆蟲、蚯蚓或沙蠶等蠕蟲為食。

拍攝心得 2010 年 4 月下旬臺南七股來了一隻綠胸八色鳥，臺灣首筆記錄，我並未在第一時間拍攝，十天後在無 LINE 及 GPS 導航（當時尚未普及）開到七股防風林，下車時無人無車，費了一番功夫找尋，一個人看著綠胸八色鳥吃野餐。

綠胸八色鳥
Hooded Pitta

相　　機	NikonD300	曝光偏差	-1/3
光　　圈	6.3	鏡　　頭	600mm
曝光時間	1/125 秒	拍攝年月	2010.05.05
ISO感光度	200	拍攝地點	臺灣臺南

金ㄐㄧㄣ鵐ㄨˋ
Emberiza aureola

拍攝

陳哲健

Jerjiann Chen

英文鳥名 Yellow-breasted Bunting

別　　名 黃胸鵐、禾花雀

鳥類習性 金鵐喜歡在平原的灌叢、葦叢、農田等低矮植物構成的生境活動，常常結成較大的群，穿梭於農田葦叢之間，群的大小不一，大者逾 500 隻以上，小群則僅有 50 隻左右，在遷徙季節甚至可以看到上萬隻一起飛過的壯觀場面。由於大量的非法捕捉，這種場景已不多見。

金鵐在 2004 年被國際自然保護聯盟列為近危，在 2008 年被列入易危，在 2013 年 11 月 1 日被列入瀕危物種，2017 年 12 月 5 日被列入極危，十四年內連升四級，距野外滅絕只剩一步之遙，消失速度之快不容樂觀。

我來了
I am here

相　　機	Nikon D5	曝光偏差	0
光　　圈	7.1	鏡　　頭	600mm+1.4X
曝光時間	1/400 秒	拍攝年月	2020.04.27
ISO感光度	640	拍攝地點	臺灣金山

拍攝

舒菲

Sophie

天道酬勤

叉尾太陽鳥

Aethopyga christinae

英文鳥名 Fork-tailed Sunbird

別　　名 燕尾太陽鳥

鳥類習性 喜歡棲息在中低海拔山區樹林，能用極長的舌伸入花朵內吸取蜜汁，也以嫩芽和小型昆蟲為食。

拍攝心得 金門植物園的花兒開時，就是我拜訪太陽鳥的時候了！

春天的氣息
Breath of spring

相　　機	Canon 7D II	曝光偏差	0
光　　圈	5.6	鏡　　頭	400mm
曝光時間	1/400 秒	拍攝年月	2019.12.25
ISO感光度	200	拍攝地點	臺灣金門

拍攝

劉芷妘

戲棚下站久了就是你的

栗ㄌㄧˋ喉ㄏㄡˊ蜂ㄈㄥ虎ㄏㄨˇ

Merops philippinus

英文鳥名 Blue-tailed Bee-eater

別　　名

鳥類習性 栗喉蜂虎是一種羽毛顏色繽紛的夏候鳥，綠色戴一層薄黑色面具，有明顯的栗褐色喉嚨，亮藍色尾巴細長且有細針狀中央羽毛，優雅且擅長飛行，常見於飛行中或停在裸露枯枝或電話線上，栗喉蜂虎屬於食蟲性的鳥類，擅長直接捕食飛行中的昆蟲，如蜜蜂、蝴蝶、蜻蜓等，其捕食昆蟲的技巧高超，非常吸引人們的目光，每年 4 到 9 月約有 2000 隻到金門繁衍後代，秋冬則移到東南亞渡冬。

拍攝心得 夏日二度踏上金門追風，一清早不畏風雨前往青年農莊營巢地，恰逢正在配對挖土洞築巢的蜂虎會爭風吃醋互爭地盤鬥來鬥去，畫面拍起來相當有趣。

夏日精靈
Summer Bird

相　　機	Canon 6D II	曝光偏差	0
光　　圈	6.3	鏡　　頭	600mm
曝光時間	1/1250 秒	拍攝年月	2020.06
ISO感光度	1600	拍攝地點	臺灣金門

拍攝

張家脩

溫暖、簡單

黃頭鶺鴒

Motacilla citreola

英文鳥名　Citrine Wagtail

別　　名

鳥類習性　臺灣是過境、稀有，渡冬在印度、中國南方及東南亞，繁殖地在歐亞大陸。經常活動於草澤、水田及河岸，零星出現在平地至低海拔水域附近濕地、水田，行走在水田地面或浮水植物上覓食。

拍攝心得　喜歡在水田上覓食，剛開始會出現在遠方對岸田埂上觀察，然後慢慢地溜進水田中覓食。拍攝者只要躲在車內拍攝，或蹲低姿勢不走動等待，牠會越走越近到十幾公尺內，不過對快門聲敏感，很快就飛走。

圍黃圍巾的紳士
Gentleman in yellow scarf

相機	Canon 70D	曝光偏差	0
光圈	6.3	鏡頭	600mm
曝光時間	1/1250 秒	拍攝年月	2020.04
ISO感光度	640	拍攝地點	臺灣桃園

拍攝

朱朝儀

平安就是福

灰ㄏㄨㄟ叢ㄘㄨㄥˊ鴝ㄑㄩˊ

Saxicola ferreus

英文鳥名 Gray Bushchat

別　名 灰林鵖（雄）

鳥類習性 繁殖於喜馬拉雅山區至華中、華南、泰國北部及越南西北，度冬區在印度北部至緬甸及中南半島。以昆蟲等無脊椎動物為主食，兼少量野果及草籽，灰叢鴝在臺灣雖為稀有過境鳥，但在其正常分佈範圍內，數量相當普遍，保育等級屬一般類。

拍攝心得 在臺灣本島難得一見的過境稀有迷鳥，此次所拍攝為（雄）鳥，期待未來可拍攝到（雌）鳥。

難得一見
Rare

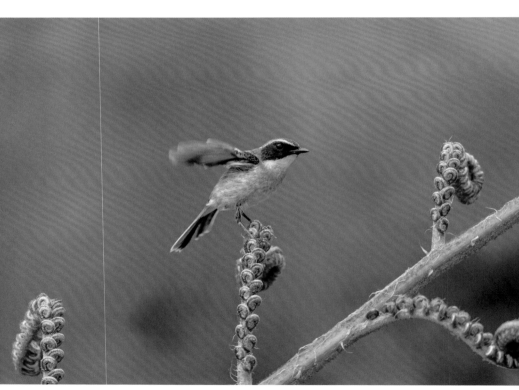

相　機	Canon 1DX2	曝光偏差	-1.33
光　圈	7.1	鏡　頭	800mm
曝光時間	1/640 秒	拍攝年月	2020.02.22
ISO感光度	400	拍攝地點	臺灣萬里

拍攝

朱朝儀

平安就是福

黃ㄏㄨㄤˊ眉ㄇㄟˊ鵐ㄨ

Emberiza Chrysophrys

英文鳥名 Yellow-browed Bunting

別　　名 金眉子

鳥類習性 繁殖於西伯利亞中部及東部，冬季遷移至中國中部及東南部度冬。臺灣出現於平原地區，一般單獨或小群活動，多數時間隱藏於地面灌叢或草叢中，於地面覓食，樹上休息，以雜草種子為主食或植物嫩芽、漿果等。保育等級上屬一般類。

拍攝心得 每年三、四月北返在金山一帶平原地區均有不同鵐科出現。

北返
North return

相　　機	Canon 1DX3	曝光偏差	-0.67
光　　圈	6.3	鏡　　頭	800mm
曝光時間	1/320 秒	拍攝年月	2020.04.28
ISO感光度	400	拍攝地點	臺灣金山

拍攝

李榮勳

藍ㄌㄢˊ腹ㄈㄨˋ藍ㄌㄢˊ磯ㄐㄧ鶇ㄉㄨㄥ

Monticola solitarius pandoo

英文鳥名 Blue Rock-thrush

別　　名 藍磯鶇（藍腹亞種）

鳥類習性 藍腹藍磯鶇在臺灣屬於迷鳥。雄鳥通體為深藍色。約 21 公分。雀形目、鶲科、磯鶇屬。棲息於中、低海拔的開闊裸露地區。常單獨或成對出現，喜選擇突出的山壁、電桿、屋頂或獨立的木樁頂端停棲。以甲蟲、蝗蟲、鱗翅目幼蟲及蜻蜓等昆蟲為主食。

拍攝心得 工作餘暇喜歡探索飛羽世界，記錄臺灣鳥類之美。

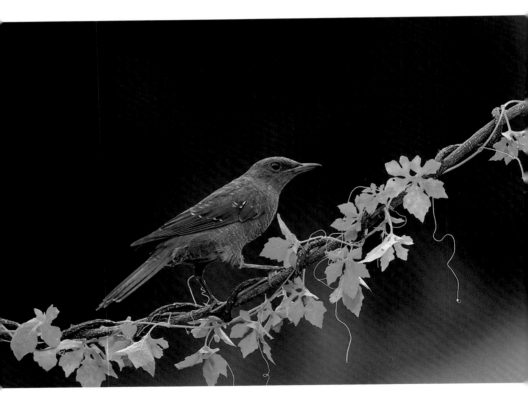

藍腹藍磯鶇
Blue Rock-thrush

相　　機	Canon 7D2	曝光偏差	+0.3
光　　圈	6.3	鏡　　頭	150~600mm
曝光時間	1/640 秒	拍攝年月	2018.11.28
ISO感光度	3200	拍攝地點	臺灣高雄

拍攝
林武輝

我的啟蒙老師是阮義忠，
精神導師是法國
亨利・卡蒂埃－布列松。

栗ㄌㄧˋ耳ㄦˇ鵐ㄨ

Emberiza fucata

英文鳥名 Chestnut-eared Bunting

別　　名 高粱頰兒、赤臉雀

鳥類習性 栗耳鵐（學名：Emberiza fucata）為鵐科鵐屬的鳥類，俗名高粱頰兒、赤臉雀。分布於俄羅斯、日本、朝鮮半島、緬甸、印度、臺灣以及中國大陸的從東北、經沿海至華南、海南、四川、貴州等地，多生活於喜棲於低山區或半山區的河谷沿岸草甸以及森林跡地形成的濕草甸或草甸加雜稀疏的灌叢。該物種的模式產地在西伯利亞。

栗耳鵐
Emberiza fucata

相　　機	Nikon D7100	曝光偏差	
光　　圈	7.1	鏡　　頭	150~500mm
曝光時間	1/3200 秒	拍攝年月	2019.03.26
ISO感光度	400	拍攝地點	臺灣大園

拍攝

李榮華

50 歲以前為別人而活，
50 歲以後為自己而活。

紅尾鶲

Muscicapa ferruginea

英文鳥名　Ferruginous Flycatcher

別　　名　紅褐鶲

鳥類習性　紅尾鶲為夏候鳥，常見於中、高海拔森林(例如：阿里山、溪頭…)。通常具有定點捕食的慣性，亦即常在枝頭或電線上等待飛蟲，伺機捕食後再飛回到枝頭原處，平時食物則以昆蟲、小型無脊椎動物等居多；此外於築巢時則以苔蘚、松蘿和蜘蛛網為材料。

拍攝心得　拍攝是日陰天偶雨，逐以溪頭林間紅樓小木屋為散景素材入鏡…昨夜若有夢，互古與誰說。

夢紅樓
Dream of the Red Chamber

相　機	Canon 1DX2	曝光偏差	0
光　圈	4.5	鏡　頭	600mm
曝光時間	1/80 秒	拍攝年月	2020.06
ISO感光度	1000	拍攝地點	南投縣溪頭紅樓

拍攝

陳逢春

選擇所愛，愛所選擇

棕面鶯

Abroscopus albogularis

英文鳥名 Rufous-faced Warbler

別　　名 棕臉鶲鶯

鳥類習性 其棕色的臉部和白色的腰部極顯著。築巢於樹洞或岩壁隙縫，以蘚苔、細草莖或羽毛為材。鳴聲清晰輕細如銀鈴聲，也因為鈴鈴的叫聲，所以被暱稱為【電鈴鳥】。

拍攝心得 體型小又好動，喜歡在竹林內築巢活動，除了難拍，還要忍受悶熱的竹林，跟凶狠的蚊子。

林中精靈

相　　機	Canon 1DX2	曝光偏差	0
光　　圈	6.3	鏡　　頭	600mm
曝光時間	1/800 秒	拍攝年月	2020.07.06
ISO感光度	2500	拍攝地點	臺灣

拍攝

廖建欽

Jerry Liao

戲棚下等久就是你的

黑ㄏㄟ冠ㄍㄨㄢˋ麻ㄇㄚˊ鷺ㄌㄨˋ

Gorsachius melanolophus

英文鳥名 Malayan Night Heron

別　　名 黑冠鳽、黑冠虎斑鳽

鳥類習性 黑冠麻鷺又名黑冠鳽或黑冠虎斑鳽，臺灣話俗稱山暗光，亦有地瓜鳥和大笨鳥、阿德學長的別稱，中等大小，分布在亞洲南部、東部和東南亞，在印度、中國華南、日本、臺灣和菲律賓等一帶繁殖。於臺灣都市綠地林蔭中偶會發現，通常不甚怕人，往往能在較近距離觀察。黑冠麻鷺站立時大約 47 公分高。棲息於森林裏並常夜間活動，遇警時會伸長脖子偽裝，在繁殖期入夜後會站在樹枝上向四方大聲起鬨。成鳥有黑冠、面孔和脖子為紅棕色，背部為黑暗的紅棕色，腹部有細條紋，翼黑。

母愛

Maternal love

相　　機	Canon 80D	曝光偏差	0
光　　圈	5.6	鏡　　頭	600mm
曝光時間	1/250 秒	拍攝年月	2020.06.13
ISO感光度	1000	拍攝地點	臺灣新竹

拍攝

鄧廣華

仙(ㄒㄧㄢ)八(ㄅㄚ)色(ㄙㄜˋ)鶇(ㄉㄨㄥ)

Pitta nympha

英文鳥名 Fairy Pitta

別　　名 八色鶇

鳥類習性 繁殖於臺灣、中國東部及東南部、韓國、日本，每年四月來臺求偶繁殖，至九月離開；越冬於中國南部、越南、波羅洲。

仙八色鶇
Fairy Pitta

相　　機	Canon 1DX	曝光偏差	-0.3
光　　圈	5.6	鏡　　頭	800mm
曝光時間	1/2000 秒	拍攝年月	2017.06.06
ISO感光度	1250	拍攝地點	臺灣宜蘭

拍攝

鄧廣華

白眉鶲

Ficedula zanthopygia

英文鳥名　Yellow-rumped Flycatcher

別　　名　白眉姬鶲

鳥類習性　繁殖於東北亞，冬季南遷至中國南方、中南半島；過境期單獨出現於離島、海岸及低海拔山區樹林地帶。

白眉鶲
Yellow-rumped Flycatcher

相　　機	Canon 1DX	曝光偏差	0
光　　圈	8	鏡　　頭	800mm
曝光時間	1/1000 秒	拍攝年月	2019.04.12
ISO感光度	1000	拍攝地點	臺灣東引

拍攝
張采瑜

藍孔雀

Pavo cristatus

英文鳥名 Indian Peafowl(Common Peafowl)

別　　名 印度孔雀

鳥類習性 一雄多雌制，常於晨昏時以小群方式循熟悉路徑，在低莖草地或農耕地以嫩芽、種籽、漿果、昆蟲...等為食。

拍攝心得 1999 年颱風吹壞金門畜產試驗所飼養藍孔雀的屋頂，14 隻藍孔雀趁機逃脫，在幾乎無天敵情況下，現金門全島都可見其蹤跡，如同環頸雉成為具金門特色的籠中逸鳥。

藍孔雀
Indian Peafowl

相　　機	Nikon D5	曝光偏差	0
光　　圈	4	鏡　　頭	500mm
曝光時間	1/1000 秒	拍攝年月	2020.06.21
ISO感光度	1800	拍攝地點	臺灣金門

拍攝

俞肇浩

Fish Yu

藍ㄌㄢˊ喉ㄏㄡˊ歌ㄍㄜ鴝ㄑㄩˊ

Luscinia svecica

英文鳥名 Bluethroat

別　　名 藍脖子雀

鳥類習性 此鳥喉上部白色，下喉中央有一栗紅色斑塊，斑下環藍色橫帶，帶下轉黑色是其特徵。性隱密怯生，多棲息於蘆葦或矮灌木低枝上，不時叢間急飛或地面短距奔跑，常停下抬頭直立尾羽上舉張開，多在地面覓食，以昆蟲為主。產地為歐洲北部，繁殖於歐亞大陸中北部至阿拉斯加，冬遷西南歐非洲北部至東南亞、臺灣等地。

拍攝心得 初見藍喉歌鴝時，深深被牠純真美麗的外表所吸引，可以拍到牠的我，讓我不虛行。

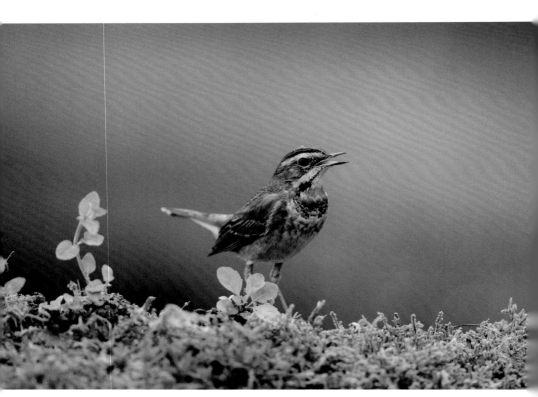

美麗的邂逅
Beautiful Encounter

相　　機	Canon DX2	曝光偏差	0
光　　圈	4	鏡　　頭	600mm
曝光時間	1/1250 秒	拍攝年月	2017.02.12
ISO感光度	4000	拍攝地點	臺灣田寮洋

拍攝

李振昌

河烏

Cinclus pallasii

英文鳥名　Brown Dipper

別　　名　褐河烏

鳥類習性　常出現於低至中海拔山區清澈溪流。河烏除了育雛期間都是獨來獨往的典型「獨行客」，每年冬末初春是河烏的繁殖季，此作品即是交配後雌雄留下來的身影！

拍攝心得　河烏的出現就是溪水品質的保證，河烏是反應溪流生態健康的指標物種之一。

河烏
Brown Dipper

相　　機	Nikon D5	曝光偏差	-0.3
光　　圈	8	鏡　　頭	600mm
曝光時間	1/1600 秒	拍攝年月	2019.12.11
ISO感光度	1270	拍攝地點	臺灣臺中

拍攝

林素梅

愛好拍鳥我是傻
纏纏綿綿到天涯

巴ㄅㄚ 鴨ㄧㄚ

Anas formosa

英文鳥名　Baikal Teal

別　　名　花臉鴨、眼鏡鴨

鳥類習性　巴鴨，在臺灣為冬候鳥，列為二級保育類！繁殖於西伯利亞中部及東部，越冬至華中、華南、韓國、日本…等地。雄鳥有非常漂亮的繁殖羽，頭部如國劇臉譜，臉有黃、綠色彎月形斑、間有黑、白細線，如太極圖樣般！身上有玫瑰粉胸部、長而下垂不同層次的褐色之肩羽、腹側灰色、雌鳥相對樸素褐色。

拍攝心得　在臺灣，這樣的故事還是頭一回！西伯利亞來的稀客 - 巴鴨，在青山鎮社區人工湖和黑天鵝、番鴨、綠頭鴨…共同生活四個多月。

有朋自遠方來
Friends come from far away

相　　機	Canon 5D4	曝光偏差	0
光　　圈	5.6	鏡　　頭	100-400mm
曝光時間	1/100 秒	拍攝年月	2020.03.19
ISO感光度	3200	拍攝地點	臺灣新北市

拍攝

林碧卿

Lin Pi Ching

拍鳥的日子

紅ㄏㄨㄥˊ燕ㄧㄢˋ鷗ㄡ

Sterna dougallii

英文鳥名 Roseate Tern

別　　名 粉紅燕鷗

鳥類習性 紅燕鷗在全球都有分布於海岸、礁岩、島嶼等地常有出現。飛行優雅以小魚為主食，鮮紅色的嘴和腳，部分個體的喙部尖端為淡淡的黑色，翅膀及背部為極淡的淺灰色，頭部上半至頸後為墨黑色，黑色的眼珠，幾乎接近白色的身體，顯得格外的凸出。

拍攝心得 要靜靜地等才有好的畫面。

紅燕鷗之爭

Fight between Roseate Tern

相　　機	Canon	曝光偏差	0
光　　圈	7.1	鏡　　頭	200-400mm
曝光時間	1/5000 秒	拍攝年月	2020.06
ISO感光度	800	拍攝地點	臺灣

拍攝

陳秀蘭

享受當下，攝影樂無窮

小ㄒㄧㄠˇ燕ㄧㄢˋ鷗ㄡ

Sterna albifrons

英文鳥名 Little Tern

別　　名 白額燕鷗

鳥類習性 留鳥、夏候鳥，不浮游於水面，僅投入水中覓食，出現於沿海，較喜愛平坦而視野廣闊的地方，諸如傍海的寬闊岩床、廣闊的礫灘或是穩靠的沙丘、沙灘等地，主要食物為魚類，海拔分布於 0 至 50 公尺。繁殖期時，雄鳥在空中進行求偶展示，並向雌鳥展示捕來的魚類。

拍攝心得 炎熱的夏天，日正當空，孵蛋是不能離開鳥蛋的，為了下一代，辛苦是必然的，這時愛侶會從遠處口含著水，以口接口方式送上水讓愛侶來補充水份，可見鳥類生態也是有智慧的。

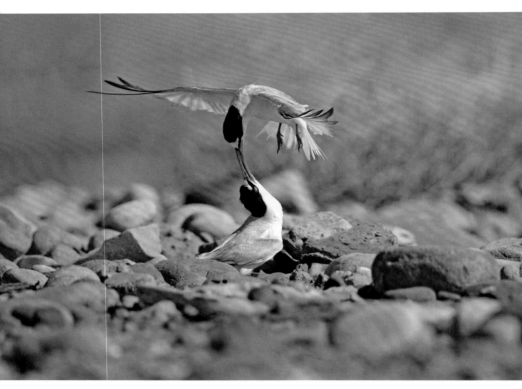

親親我的愛
kissing my love

相　　機	Canon 7D II	曝光偏差	0.33
光　　圈	6.3	鏡　　頭	300mm
曝光時間	1/3200 秒	拍攝年月	2016.07.14
ISO感光度	1000	拍攝地點	臺灣桃園

拍攝
陳瑞蒼
Bright Chen

生活從不缺少美，
只是缺少發現。

黑ㄏㄟ腹ㄈㄨˋ燕ㄧㄢˋ鷗ㄡ

Chlidonias hybrida

英文鳥名 Whiskered Tern

別　　名 鬚浮鷗

鳥類習性 每年 10、11 月會由東北亞經臺灣南下過冬，為冬候鳥；臺南北門潟湖每年 10 月會有數萬隻聚集，黃昏時群飛的場面“黑腹燕鷗映秋陽”已被譽為臺灣鳥類生態奇觀；次年 4-5 月會經臺灣陸續北返，易見於各大河口、魚塭，捕食魚蝦後喜站枝嬉戲。

拍攝心得 巧遇一大群黑腹燕鷗搶站竿頭互不相讓的熱鬧景象，顧不得大雨滂沱，也要留下精彩！“佳人孤站高處盼郎歸，風雨不移，回眸竟悄來”，看著畫面我是這樣想像的，你呢？

堅定不移
Unswerving

相　　機	Canon 1DX2	曝光偏差	0
光　　圈	4	鏡　　頭	600mm
曝光時間	1/1250 秒	拍攝年月	2020.05.24
ISO感光度	4000	拍攝地點	臺灣宜蘭

拍攝

李進興

Ghing-shing lee

自自然然拍野鳥

蒼ㄘㄤ燕ㄧㄢˋ鷗ㄡ

Sterna sumatrana

英文鳥名 Black-naped Tern

別　　名 黑枕燕鷗

鳥類習性 全身大致白色，嘴、腳黑色，黑色過眼線延伸至後頭。主要分布於熱帶太平洋、印度洋沿岸島嶼，在海上捕魚為食。臺灣本島較不普遍，但在澎湖地區為普遍夏候鳥，繁殖期為 5 ～ 9 月，通常直接下卵於岩礁上，每巢卵 1 ～ 2 個，卵為乳白色，上佈淺色與深色褐斑。

拍攝心得 數十公尺外的岩礁上發現數隻蒼燕鷗經常停棲，遠遠守候在草叢旁，以低角度連續拍攝蒼燕鷗活動狀況，回家檢視圖片發現蒼燕鷗以身體為岩石上一顆保護色很好的鳥蛋遮陰，而另一隻燕鷗則正降落準備回來換班。

蒼燕鷗
Black-naped Tern

相　　機	Canon 7D2	曝光偏差	-0.3
光　　圈	5.6	鏡　　頭	800mm
曝光時間	1/6400 秒	拍攝年月	2015.07.13
ISO感光度	800	拍攝地點	澎湖

拍攝

五股陳

花ㄏㄨㄚ 鳧ㄈㄨˊ
Tadorna tadorna

英文鳥名 Commom Shelduck

別　　名 翹鼻麻鴨

鳥類習性 分布於歐亞大陸及非洲北部。繁殖地包括歐洲西北部、土耳其、黑海北部，向東經過亞洲中部、蒙古、中國大陸北方，冬天往南方遷徙至非洲北部及亞洲中部及南部。在臺灣，花鳧為稀有過境鳥。花鳧棲息於海邊泥灘、河口、沼澤地帶。以無脊椎動物為主食，特別是小型的軟體動物及甲殼動物。雄鳥叫聲似哨音，雌鳥則是快速地呱呱叫。

拍攝心得 清晨漫色光風靜水停就等好畫面

水平心盪漾

相　　機	Nikon D300S	曝光偏差	-1
光　　圈	6.3	鏡　　頭	500mm
曝光時間	1/200 秒	拍攝年月	2014.12
ISO感光度	400	拍攝地點	新北市

拍攝

五股陳

冠ㄍㄨㄢ 鸊ㄆㄧˋ 鷉ㄊㄧ

Podiceps cristatus

英文鳥名 Great Crested Grebe

別　　名

鳥類習性 偏好長滿植物水流緩慢或是靜止的小型水域，如池塘、湖泊。冬季時會遷徙到海灣或是河口。以魚、昆蟲、甲殼類及軟體動物為食。成鳥會餵食雛鳥小魚及羽毛，成鳥自己也會吞食腹及脅部脫落的羽毛。羽毛在消化道中及其他物質混合，可能有清除腸道寄生蟲的功能。繁殖期 5 ～ 7 月，有獨特而複雜的求偶儀式。繁殖期時，雌雄都有黑色的冠羽及橘黑相間的耳後飾羽，求偶時牠們會豎起這一些鮮豔的羽毛，配對的冠口喜歡跳舞，啣著蘆葦之類的水草，逐漸游近彼此，之後胸靠胸、頭左右搖晃，將身體舉離水面。

拍攝心得 耐心等候總有驚喜。

春吶水舞

相　　機	Nikon D300S	曝光偏差	-1
光　　圈	6.3	鏡　　頭	500mm
曝光時間	1/600 秒	拍攝年月	2016.03
ISO感光度	400	拍攝地點	臺灣桃園

拍攝

陳聰隆

行善積德，好運連連

海ㄏㄞˇ秋ㄑㄧㄡ沙ㄕㄚ

Mergus serrator

英文鳥名 Red-breasted Merganser

別　　名 紅胸秋沙鴨

鳥類習性 海秋沙為秋沙屬，是鴨亞科的一屬，該屬下的鴨以魚為食。為稀有冬候鳥，喜歡在海灣、河口等地區活動，並以水生動、植物等為食。雖然秋沙鴨是海鴨，但大多是更喜歡棲居在河旁，只有紅胸秋沙鴨在海邊常見。秋沙鴨體型偏大，羽毛通常為黑、白、棕、綠色，冠毛蓬鬆，其喙長且窄，帶有鋸齒邊緣，方便捕魚。

靠岸

相　　機	Nikon D7200	曝光偏差	0
光　　圈	6.3	鏡　　頭	500mm
曝光時間	1/1600 秒	拍攝年月	2019.02.12
ISO感光度	400	拍攝地點	新北市貢寮

拍攝

羅德賢

飛羽給力，終生有趣

白腹鰹鳥

Sula leucogaster

英文鳥名　Brown Booby

別　　名　褐鰹鳥、棕色鰹鳥、海雞母

鳥類習性　大型的近岸海鳥，身體粗而壯，呈流線型，嘴大而尖，腳粗而短，趾間有蹼，善於游泳和潛水，喜食鰹魚和飛魚，主要棲息於海洋、島嶼上，飛翔能力極強，常結群結隊在海面上低飛，看到獵物時立即俯衝而下，是有名的捕魚高手，抓魚時會啣在空中然後鬆口放掉獵物，當掉下來時再順勢接住吞下，休息時則漂浮在海面上隨波逐流。

拍攝心得　事前要做足功課 (鳥況資訊、器材整備、天候、交通 .. 等)，現場光影和生態習性觀察，相機設定，構圖想定，耐心守候，眼明手快捕捉瞬間，尊重生命和大自然。

衝浪
Surfing

相　　機	Canon 1DX2	曝光偏差	-2/3
光　　圈	9	鏡　　頭	300mm
曝光時間	1/2500 秒	拍攝年月	2019.09.01
ISO感光度	800	拍攝地點	臺灣基隆海岸

拍攝
周文欽

能拍到是幸，
拍不到是命。

黑頸鷿鷉
Podiceps nigricollis

英文鳥名 Eared Grebe

別　　名

鳥類習性 黑頸鷿鷉的特徵是嘴尖，翅短而窄，尾退化，腿位於身體後方，並具有瓣蹼。終年生活在水中，美麗多見於沼澤、池塘以及湖泊或有覆蓋物的溪流。該物種的模式產地在德國中部。

拍攝心得 看圖片以為牠是在吃東西，但仔細一看，牠是在吃一條橡皮筋耶～第一次拍到黑頸鷿鷉的繁殖羽，相當的漂亮，很可惜的是拍攝後第三天卻被發現牠已死亡在現場，經在場鳥友通報有關單位帶回檢驗後，很意外的發現牠的胃裡面竟然都沒有食物，只有一堆人類丟棄的垃圾塞滿整個胃，看了令人震驚，原來牠的死是人類隨手丟的垃圾害死它的，環境的破壞是主因， 這件事值得我們來深思 !!

美麗的哀與愁
Beautiful sorrow

相機	Nikon D300S	曝光偏差	+1/3
光圈	4.5	鏡頭	600mm
曝光時間	1/800 秒	拍攝年月	2012.3
ISO感光度	400	拍攝地點	新北市

拍攝

林武輝

我的啟蒙老師是阮義忠，
精神導師是法國
亨利・卡蒂埃－布列松。

山ㄕㄢ鷸ㄩˋ

Scolopax rusticola

英文鳥名 Eurasian Woodcock

別　　名 丘鷸

鳥類習性 山鷸（學名：Scolopax rusticola）又名丘鷸，為鷸科丘鷸屬的鳥類，是一種中小型涉水禽鳥，分布於歐亞大陸溫帶和亞北極地區。該物種的模式產地在瑞典。

拍攝心得 攝影如同鳥兒駕馭乘風而去好不快活。

山鷸
Scolopax rusticola

相　　機	Nikon D7100	曝光偏差	
光　　圈	6.3	鏡　　頭	150~500mm
曝光時間	1/125 秒	拍攝年月	2020.02.23
ISO感光度	800	拍攝地點	南投溪頭

拍攝

林亮銘

笑笑看人生

彩ㄘㄞˇ鷸ㄩˋ

Rostrala benghalensis

英文鳥名 Greater Painted-Snipe

別　　名 土壟（ㄌㄨㄥ）鉤仔

鳥類習性 彩鷸為少數採一妻多夫制，由公鳥孵蛋、育雛。生長於水田、池畔，個性害羞。

拍攝心得 農地過度的開發，自然環境差，棲息地變少，美景難尋。

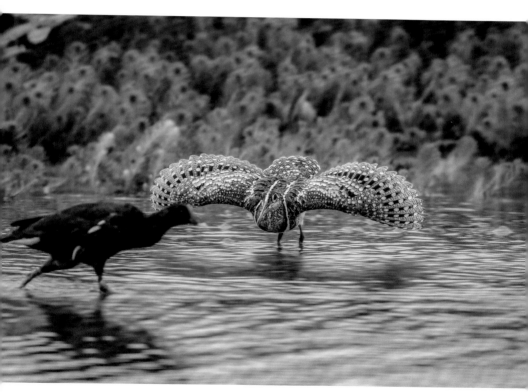

威嚇
Threat posture

相　　機	Canon 7D	曝光偏差	-0.33
光　　圈	5.6	鏡　　頭	500mm
曝光時間	1/400 秒	拍攝年月	2012.5.24
ISO感光度	200	拍攝地點	宜蘭

拍攝

伍靜惠

看似尋常最奇崛，
成如容易卻艱辛。
宋 王安石

鳳ㄈㄥˋ頭ㄊㄡˊ燕ㄧㄢˋ鷗ㄡ

Thalasseus bergii

英文鳥名 Great Crested Tern

別　　名 大鳳頭燕鷗

鳥類習性 燕鷗屬鳥類中體型較大的一種，公母外表毛色相同，自眼睛及其延伸線以上全為黑色，迎著風看起來就像是梳了龐克髮型一樣，非常可愛。主要以小型魚類為食物來源，繁殖期間，公鳥會咬魚獻給心儀的母鳥，互繞圈圈，模樣逗趣、可愛。

拍攝心得 豔陽下搭船至退潮後露出的沙洲上看一群有著龐克頭模樣的鳳頭燕鷗優雅穩重的飛行，公鳥咬魚給心儀的母鳥，互繞圈圈，模樣可愛逗趣，按下快門時不自覺會心一笑，表情豐富，令人愉快，忘了煩惱及憂愁。

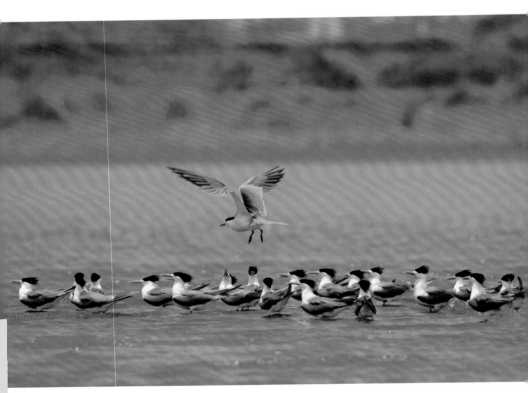

鳳頭燕鷗
Great Crested Tern

相機	Canon 7D II	曝光偏差	-1
光圈	6.3	鏡頭	400mm
曝光時間	1/2000 秒	拍攝年月	2019.05.13
ISO感光度	100	拍攝地點	高雄高屏溪出海

拍攝
譚凝慶

以不干擾為原則，
紀錄飛羽之美。

白ㄅㄞˊ腹ㄈㄨˋ秧ㄧㄤ雞ㄐㄧ
Amaurornis phoenicurus

英文鳥名 White-breasted Waterhen

別　　名 白胸苦惡鳥

鳥類習性 多生活在水岸、沼澤與池塘等潮濕地區。於草叢、樹叢或水中覓食，喜歡吃魚類、昆蟲與種子。

拍攝心得 親鳥為了撫育一群毛茸茸的雛鳥，領著牠們穿梭翠湖中的兩座小島間，來回往復辛勤覓食，可愛溫馨的畫面令我感動。

全家福
The whole family

相　　機	Nikon 7100	曝光偏差	0
光　　圈	7.1	鏡　　頭	55-300mm
曝光時間	1/1000 秒	拍攝年月	2020.05.16
ISO感光度	500	拍攝地點	臺灣國父紀念館

拍攝

徐新增

普通秧雞

(普 ㄆㄨˇ 通 ㄊㄨㄥ 秧 ㄧㄤ 雞 ㄐㄧ)

Rallus indicus

英文鳥名 Brown-cheeked Rail

別　　名 秋雞、水雞

鳥類習性 普通秧雞在中國東北、河北一帶繁殖，冬天遷至福建、廣東避寒；因此這隻出現在彰化是極為稀有的。牠的個性羞怯，大都隱身在沼澤或草叢中，覓食蚯蚓、昆蟲及植物嫩芽。3 月底拍攝於彰化芬園鄉，經養精蓄銳後，於 4 月初飛離臺灣。

普通秧雞
Rallus indicus

相　　機	Nikon D800	曝光偏差	0
光　　圈	4	鏡　　頭	600mm
曝光時間	1/1000 秒	拍攝年月	2017.03.23
ISO感光度	320	拍攝地點	彰化芬園

拍攝
周清祝

快樂地拍鳥

鸕ㄌㄨˊ鷀ㄘˊ
Phalacrocorax Carbo

英文鳥名 Great comorant

別　　名 普通鸕鷀

鳥類習性 分布於歐洲、亞洲、非洲、澳洲、及北美洲大西洋沿海，東亞族群越冬於中國南方，臺灣及東南亞，每年 10 月至隔年 4 月成群出現於河口，湖泊地帶游泳，潛水捕食魚蝦，常棲息岩石或樹枝上張翼晾翅，夜棲息前會聚集列隊飛回棲息地。

拍攝心得 虹膜碧綠色，上嘴黑色，下嘴灰白色，喉部黃色，嘴裂處黃色裸露區呈圓形，腳黑色。全身大致黑色具金屬光澤。

寶島臺灣的日光浴
Sunbathing on Treasure Island Taiwan

相　　機	Nikon D5	曝光偏差	0
光　　圈	4	鏡　　頭	600mm
曝光時間	1/320 秒	拍攝年月	2019.02.18
ISO感光度	100	拍攝地點	臺灣嘉義鰲鼓

拍攝

李鴻基

喜歡拍鳥，對畫質的要求超乎一般人的想像。

緋ㄈㄟ秧ㄧㄤ雞ㄐㄧ

Porzana fusca

英文鳥名 Ruddy-breasted Crake

別　　名 紅雞仔、紅胸田雞

鳥類習性 緋秧雞棲於海拔 800 公尺下之沼澤、淺湖、池塘及濕作地，在臺灣的繁殖期為 4 ～ 7 月。性隱密、羞怯，通常看到人就迅速躲藏，平時深居簡出，不易見到牠們廬山真面目。不善飛行，飛行時雙腳下垂。

緋秧雞育子
Ruddy-breasted Crake breeding

相　　機	Nikon D4	曝光偏差	0
光　　圈	7.1	鏡　　頭	400mm
曝光時間	1/400 秒	拍攝年月	2013.05.06
ISO感光度	500	拍攝地點	臺灣竹山

拍攝

王素滿

攝影是一種修煉，
學習與萬物和諧相處。

夜ㄧㄝˋ鷺ㄌㄨˋ

Nycticorax nycticorax

英文鳥名 Black-crowned Night-Heron

別　　名 暗光鳥

鳥類習性 夜鷺也可在日間覓食，但常受到其他鷺科鳥類的攻擊驅趕，所以多集中在夜間覓食，清晨與黃昏時很活躍。在獵食時靠目視，也會聽音辨位，常靜立水邊待獵物接近，或是慢步接近獵物加以捕食。

拍攝心得 放養虱目魚苗時節，夜鷺會在魚塭四周佇立等候，待魚苗搶食飼料時鎖定目標，一躍而下，濺起水花，是夜鷺難得在日間十分活躍的身姿。

鎖定
Lock on

相　　機	Nikon D500	曝光偏差	-2/3
光　　圈	11	鏡　　頭	150-600mm
曝光時間	1/2000 秒	拍攝年月	2019.10
ISO感光度	1600	拍攝地點	臺灣臺南

拍攝

林禎祺

觀察就是學習，
等待就是機會。

裏海燕鷗

Hydroprogne caspia

英文鳥名 Caspian Tern

別　　名 紅嘴巨鷗

鳥類習性

每當冬季，裏海燕鷗群翩翩的飛到臺灣西部沿海，尤其嘉義、臺南一帶，如鰲鼓、布袋、北門、將軍，常看到牠們群聚在沙洲排列整齊休息，偶然群起而飛、聲勢壯觀動人，更讓人見識到冬日飛羽之美。覓食時小群活動沿著溪口來回緩慢飛行，當發覺獵物時會定點快速俯衝捕食，美麗的衝姿、捕食後的相互追逐及粗啞的「喀啊」聲，增加不少生機盎然的美麗環境景觀。

拍攝心得

潮汐讓一大群裏海燕鷗與中杓鷸個別群聚在沙洲一隅休息、理羽，當車駛過驚動了群聚的裏海燕鷗的啟航，飛越中杓鷸族群，形成一幅裏海燕鷗遇見杓鷸的大自然美景。

遇見
Meet

相　　機	Nikon D850	曝光偏差	-1
光　　圈	7.1	鏡　　頭	500mm
曝光時間	1/4000 秒	拍攝年月	2020.01
ISO感光度	500	拍攝地點	臺灣臺南

拍攝

李榮進

尊重生命，愛護大自然。

綠ㄌㄩˋ簑ㄙㄨㄛ鷺ㄌㄨˋ

Butorides striata

英文鳥名 Striated Heron

別　　名 綠鷺

鳥類習性 喜棲平地至低海拔河流、池塘、濕地、紅樹林等隱密處。性羞怯孤僻，多於清晨或黃昏活動。主食魚類、兩棲類、昆蟲類等小型動物。告警時發出響亮{kweuk}爆破音，也作一連串{kee-kee-kee-kee}聲。參考：臺灣野鳥手繪圖鑑。

拍攝心得 先了解鳥的習性，加上耐心且安靜的等待，勤快便能有收穫。

綠簑鷺
Striated Heron

相　　機	Nikon D850	曝光偏差	0
光　　圈	4.5	鏡　　頭	Nikon640E
曝光時間	1/1000 秒	拍攝年月	2020.04
ISO感光度	200	拍攝地點	臺灣屏東大鵬灣

拍攝
孫業嶸
Sun yeh-Jung

水ㄕㄨㄟˇ雉ㄓˋ

Hydrophasianus chirurgus

英文鳥名 Pheasant-tailed Jacana

別　　名 葉行者

鳥類習性 水雉俗稱菱角鳥，因為在菱角池畔常常可以見到它的蹤影，故而得名。除了「菱角鳥」的稱號之外，水雉另有一個浪漫別名——「凌波仙子」。水雉是一妻多夫制，母鳥下蛋後就離開，另覓對象再下蛋，公鳥則將蛋放進幾片菱角葉聚集成的簡單鳥巢，自己守在巢邊孵蛋，只要一有其他鳥兒靠近，就算對方身形龐大，水雉爸爸仍會發狠猛追，將牠驅逐。水雉喜愛亞熱帶濕地環境，所以在南部的荷田或菱角池塘裡，較容易看到牠們的蹤影，牠們喜歡在長滿布袋蓮、浮水植物或菱田的池塘裡活動。

求偶舞
Courtship dance

相　　機	Canon 1DX	曝光偏差	0
光　　圈	9	鏡　　頭	600mm+1.4X
曝光時間	1/2000 秒	拍攝年月	2019.05.10
ISO感光度	2500	拍攝地點	臺灣宜蘭

拍攝

王慧玲

拍鳥就是我的「OFF」學

反(ㄈㄢˇ)嘴(ㄗㄨㄟˇ)鴴(ㄏㄥˊ)

Recurvirostra avosetta

英文鳥名 Pied Avocet

別　名 反嘴長腳鷸

鳥類習性 出現於濱海濕地如鹽田、草澤、湖泊或魚塭。在臺灣為罕見的冬候鳥。成群出現，常有百隻以上的大群聚集活動。通常以小型甲殼類及軟體動物為食，覓食時會以上翹的嘴於水中左右掃動。會在水面漂浮，鮮少站立於泥灘地上，飛行時會發出輕柔如笛音的「克律~克律~」聲。

拍攝心得 平日被工作壓得喘不過氣後，總愛星期六日早上短暫抽離現實。散步海邊或進入山林，聆聽鳥鳴，觀察並拍攝鳥的覓食、飛翔、或育雛，每當留下這瞬間的交流，都讓人開心不已，享受這片刻的喜悅。

隨浪飛翔
Fly with the Wave

相　機	SONY ILCE 9	曝光偏差	-0.7
光　圈	5.6	鏡　頭	400mm
曝光時間	1/1600 秒	拍攝年月	2019.08.17
ISO感光度	100	拍攝地點	臺灣桃園

拍攝

江進德

站在屬於自己角落
假裝是個過客

翻ㄈㄢ石ㄕˊ鷸ㄩˋ

Arenaria interpres

英文鳥名 Ruddy turnstone

別　　名

鳥類習性 成群出現沙洲、岩岸、沼澤等泥質灘地。覓食時，以上翹之嘴頂翻小石再啄食石下之物。翻石鷸是小型涉禽，嘴黑色、短而粗厚，用於翻開石塊找尋食物，腳橘紅色。繁殖羽：臉至頸白色、有黑色花紋，背面大致為橙紅色，有許多斑紋，腹面白色；非繁殖羽較樸素。全年可見，為留鳥、過境鳥。覓食時翻動石頭、貝殼和碎片來捕獲無脊椎動物的行為相當有趣。沿著海灘，埠和碼頭漫步。

北返盛裝

相　　機	Sony ILCE 6400	曝光偏差	
光　　圈	9	鏡　　頭	200-600mm
曝光時間	1/500 秒	拍攝年月	2020.04.05
ISO感光度	1600	拍攝地點	臺灣貢寮

拍攝

陳逸政

今日鳥類、明日人類

白ㄅㄞˊ琵ㄆㄧˊ鷺ㄌㄨˋ

Platalea leucorodia

英文鳥名 Eurasian Spoonbill

別　　名

鳥類習性 白琵鷺主要分佈於歐洲、非洲與亞洲，是分佈最廣的一種琵鷺。主要單獨或小群在河口、潮間帶、溼地以及魚塭等地帶以匙狀嘴啄在水中左右掃食，食物以魚蝦類以及甲殼類為主，在臺灣常混在黑面琵鷺群中，因數量稀少故較難以被觀察到。

拍攝心得 在臺灣白琵鷺的數量相對黑面琵鷺更為稀少，3 月份進行鳥調時，從上百隻黑面琵鷺群當中發現白琵鷺的蹤跡，並從中捕捉白琵鷺與黑面琵鷺的外觀差異。

白與黑
White & Black

相　　機	Canon 90D	曝光偏差	0
光　　圈	8	鏡　　頭	400mm
曝光時間	1/1000 秒	拍攝年月	2020.03
ISO感光度	500	拍攝地點	臺南市

拍攝

黃永豐

HUANG, YUNG-FENG

努力生態保育，
維護大自然。

紅領瓣足鷸

Phalaropus lobatus

英文鳥名 Red-necked Phalarope

別　名 紅領瓣蹼鷸

鳥類習性 屬於海洋性鳥類大部份群體會於海洋聚集，臺灣為普遍過境鳥。喜歡在內陸湖泊和海岸邊農田濕地、蓄水池沼澤和海上活動，經常停棲在海面、有時也會在高山湖泊出現，非繁殖期喜歡群聚溫馴不懼人易於親近覓食游水時會不斷改變方向。

拍攝心得 見牠嬌小活潑不停轉動，覓食模樣可愛，深深吸引拍攝動力。

水中精靈
Water Fairy

相機	Nikon D4	曝光偏差	0
光圈	7.1	鏡頭	150-600mm
曝光時間	1/8000 秒	拍攝年月	2018.10
ISO感光度	1800	拍攝地點	臺灣臺南

拍攝

呂秀濱

Brown Lu

用相機記錄賞鳥的樂趣

白ㄅㄞˊ眉ㄇㄟˊ鴨ㄧㄚ

Garganey

英文鳥名 Anas Querquedula

別　　名

鳥類習性 白眉鴨身長約 37-41 公分左右，在臺灣桃園海湖埤拍攝，所拍攝是公鳥其特徵頭至頸為栗紅色有細縱紋，白色眉斑延至頸後甚明顯，胸部褐色帶細縱紋，腹部白色、脅處帶細縱紋。冬候鳥，善於飛行，飛行時頸腳伸直，棲息於湖泊草澤河口草原與農耕地帶。

捕捉到那一霎那

相機	Sony a9	曝光偏差	0
光圈	4	鏡頭	600mm
曝光時間	1/4000 秒	拍攝年月	2020.03.20
ISO感光度	800	拍攝地點	桃園

拍攝

張慶維

用智慧尋找自己的人生

岩ㄧㄢˊ鷺ㄌㄨˋ

Egretta sacra

英文鳥名 Pacific Reef Heron

別　　名 黑鷺鷥

鳥類習性 岩鷺為中型鷺鷥，是典型的海岸鳥類，從北部的野柳岬至東北角海岸的岬灣奇巖，全身大致是黑色的鷺鷥，與海邊礁石的顏色非常相近，牠就是岩鷺，通常單獨或成對在海蝕平台或礁岩上覓食，飛行速度緩慢，常貼近海面飛行，領域性很強。

拍攝心得 漫步在海邊，忽然一對鷺鷥掠過海面，停在不遠處的岩礁上，立刻用鏡頭展開追逐拍攝，但是心裡一直想著為什麼是暗色的，剛開始以為是背光看不出顏色，定神一看，海藻是綠的ㄚ，牠又確實是鷺鷥，黑色的鷺鷥ㄟ。

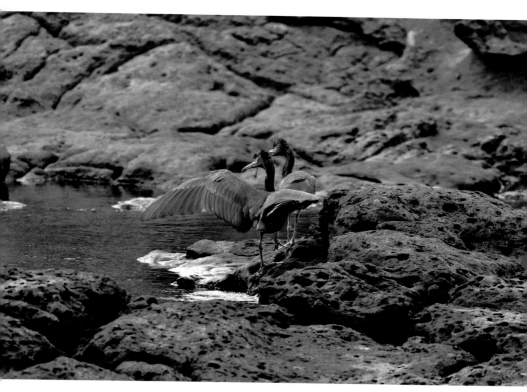

黑鷺鷥
Dark heron

相　　機	Nikon D5	曝光偏差	-1
光　　圈	6.3	鏡　　頭	600mm
曝光時間	1/800 秒	拍攝年月	2019.05.22
ISO感光度	200	拍攝地點	基隆和平島

拍攝

童俊良

一日一鳥語上班好療癒

蒼ㄘㄤ翡ㄈㄟˇ翠ㄘㄨㄟˋ

Halcyon smyrnensis

英文鳥名 White-throated Kingfisher

別　　名

鳥類習性 喜好單隻活動，不像其他翡翠科鳥類活動侷限溪流、湖泊等水域旁，活動範圍廣泛，亦喜棲息於平地、農耕地、樹林邊、草地、枝頭上，甚至聚落裡都可發現蹤跡，除魚、蝦、蟹類外、昆蟲、兩棲爬蟲等都是牠喜愛的食物。4、5 月繁殖求偶季節，於垂直土壁、土堤挖洞為巢，繁殖期警覺性很高。

拍攝心得 每年前往金門一至兩次觀鳥拍攝，於 2019 年一月在金門金沙浦邊偶遇拍攝到，當時開車行經此地小徑時，遠處溝渠邊黃黑色條紋水泥護欄上，像抹著一條藍色金屬般閃耀著光芒，眼睛一亮原來這就是我每次來到金門追尋 5 種翠鳥科之一的蒼翡翠，上天的眷顧，幸運地能靜觀拍攝。

跳耀黃的一抹靜藍

相　　機	Nikon D810	曝光偏差	0
光　　圈	6.3	鏡　　頭	600mm
曝光時間	1/1000 秒	拍攝年月	2019.01
ISO感光度	200	拍攝地點	金門

拍攝
黃進忠
IpotatoHuang

紅胸濱鷸
Calidris ruficollis

英文鳥名 Red-necked stint

別　　名 紅頸濱鷸、稈鷸

鳥類習性 遷移性物種。雖在臺灣屬一般類，並未列名受脅及保育鳥種，但因其棲息環境持續面臨土地開發案的重大潛在威脅，已被 IUCN 列為近危物種。喜成群活動，常與它種小型水鳥混群。在臺灣秋冬時期的沙灘、河口、水田、沼澤可見其蹤影，覓食時在泥灘快步行走，低頭以喙不斷啄食，攫取其間的蝦蟹、螺貝、沙蠶和昆蟲等食物。

拍攝心得 北返前的邂逅，既平凡又華麗。

飛越惡水
Flying over troubled waters

相機	Nikon D500	曝光偏差	+0.7
光圈	8	鏡頭	S156
曝光時間	1/1000 秒	拍攝年月	2020.04.25
ISO感光度	400	拍攝地點	高屏溪口

群英世界野鳥
番外篇

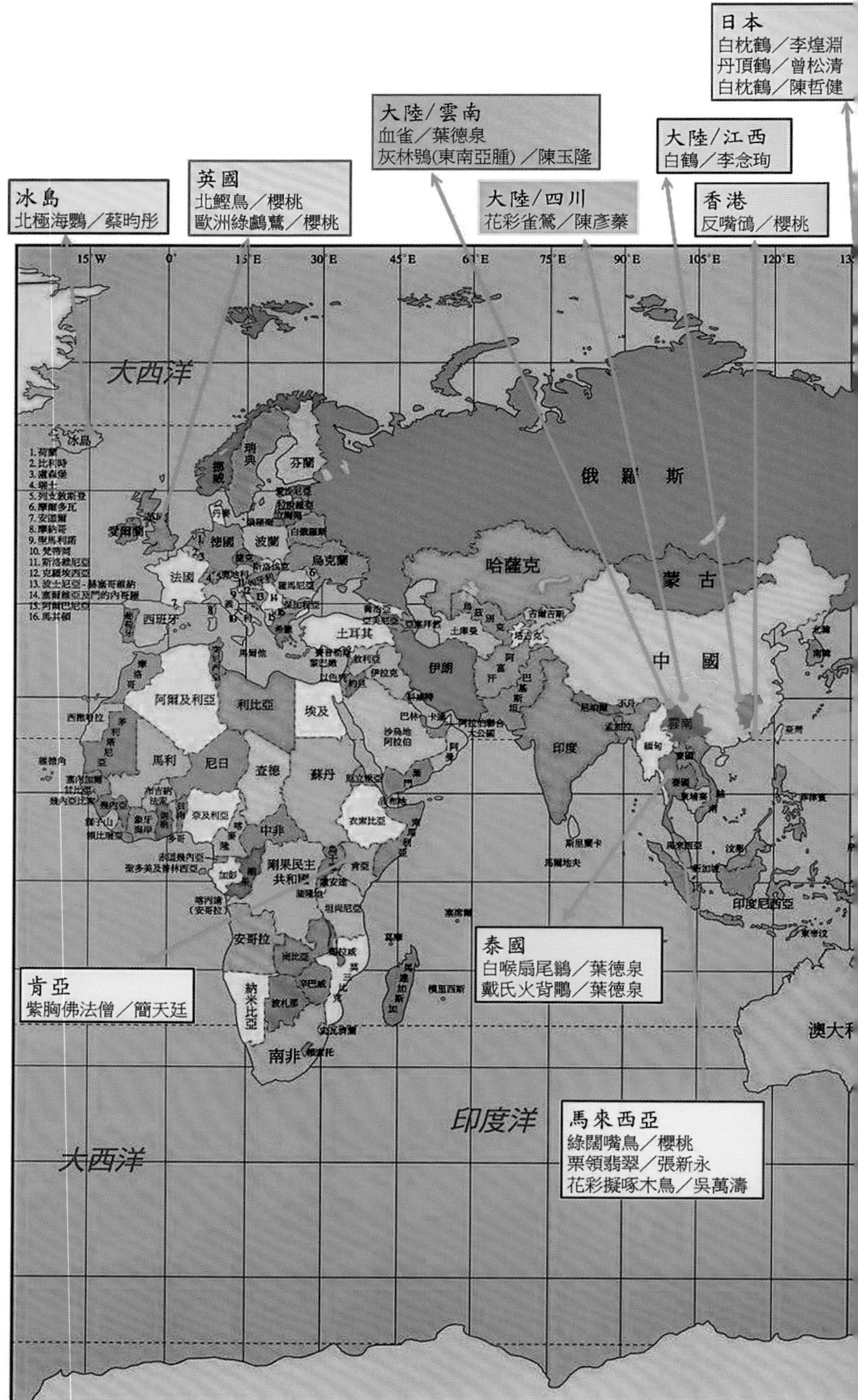

日本
白枕鶴／李煌淵
丹頂鶴／曾松清
白枕鶴／陳哲健
大陸/雲南
血雀／葉德泉
灰林鵖(東南亞腫)／陳玉隆
大陸/江西
白鶴／李念珣
英國
北鰹鳥／櫻桃
歐洲綠鷗鷲／櫻桃
大陸/四川
花彩雀鶯／陳彥蓁
香港
反嘴鴴／櫻桃
冰島
北極海鸚／蔡昀彤
大西洋
俄羅斯
哈薩克
蒙古
中國
印度
土耳其
伊朗
阿爾及利亞
利比亞
埃及
馬利
尼日
查德
蘇丹
剛果民主共和國
安哥拉
南非
印度洋
泰國
白喉扇尾鶲／葉德泉
戴氏火背鷴／葉德泉
肯亞
紫胸佛法僧／簡天廷
馬來西亞
綠闊嘴鳥／櫻桃
栗領翡翠／張新永
花彩擬啄木鳥／吳萬濤

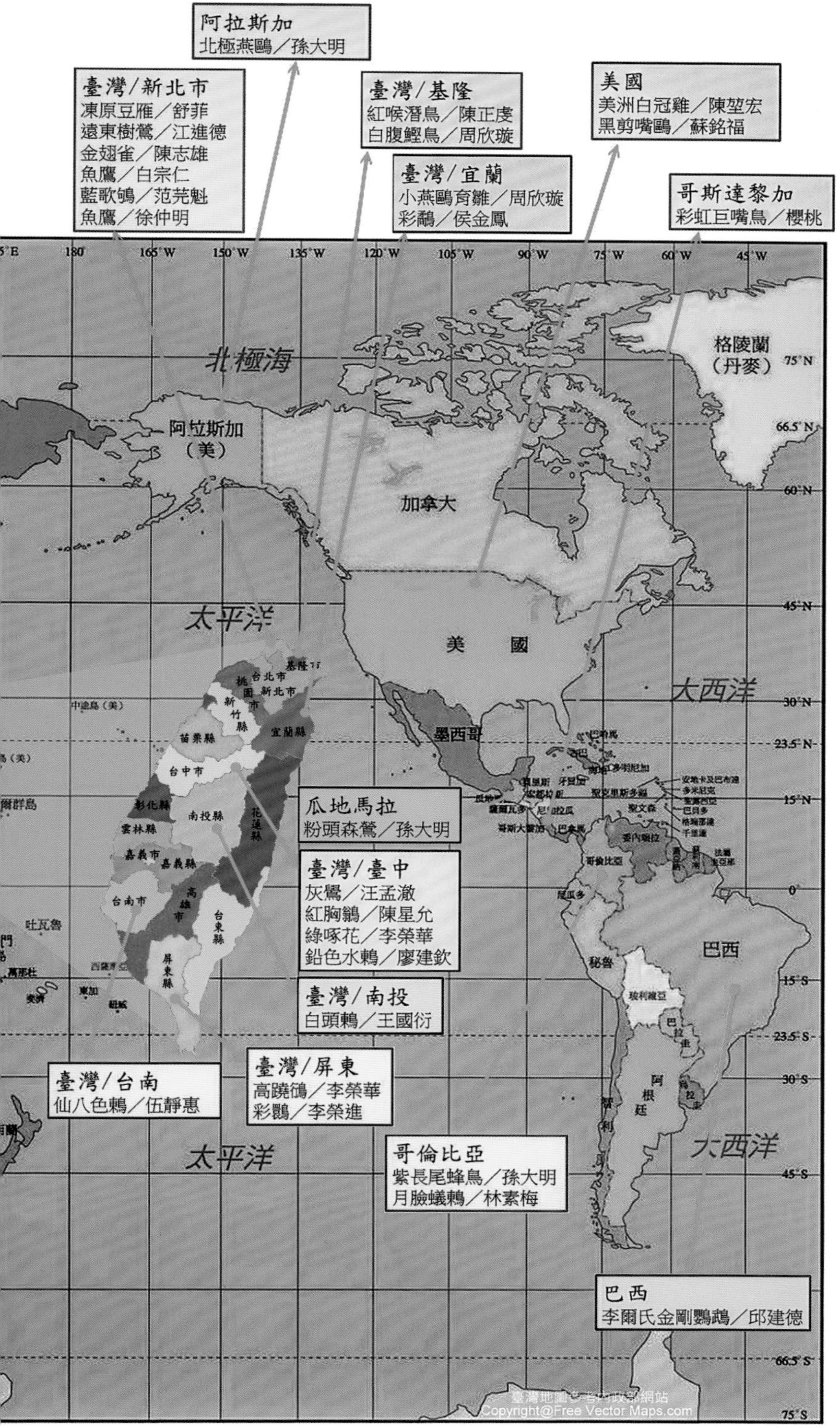

阿拉斯加
北極燕鷗／孫大明
臺灣／新北市
凍原豆雁／舒菲
遠東樹鶯／江進德
金翅雀／陳志雄
魚鷹／白宗仁
藍歌鴝／范芫魁
魚鷹／徐仲明
臺灣／基隆
紅喉潛鳥／陳正虔
白腹鰹鳥／周欣璇
臺灣／宜蘭
小燕鷗育雛／周欣璇
彩鷸／侯金鳳
美國
美洲白冠雞／陳堃宏
黑剪嘴鷗／蘇銘福
哥斯達黎加
彩虹巨嘴鳥／櫻桃
北極海
阿拉斯加
（美）
加拿大
格陵蘭
（丹麥）
太平洋
美國
大西洋
墨西哥
巴西
秘魯
玻利維亞
阿根廷
智利
瓜地馬拉
粉頭森鶯／孫大明
臺灣／臺中
灰鷺／汪孟潡
紅胸鶲／陳星允
綠啄花／李榮華
鉛色水鶇／廖建欽
臺灣／南投
白頭鶇／王國衍
臺灣／台南
仙八色鶇／伍靜惠
臺灣／屏東
高蹺鴴／李榮華
彩鸝／李榮進
太平洋
哥倫比亞
紫長尾蜂鳥／孫大明
月臉蟻鶇／林素梅
大西洋
巴西
李爾氏金剛鸚鵡／邱建德
臺灣地圖參考內政部網站
Copyright@Free Vector Maps.com

拍攝

櫻桃

cherry

如果我不是在拍鳥，
就是在拍鳥的路上。

彩ㄘㄞˇ虹ㄏㄨㄥˊ巨ㄐㄩˋ嘴ㄗㄨㄟˇ鳥ㄋㄧㄠˇ

Ramphastos sulfuratus

英文鳥名　Rainbow-billed Toucan

別　　名　厚嘴巨嘴鳥或厚嘴鵎鵼

鳥類習性　彩虹巨嘴鳥是一種羽色鮮艷的巨嘴鳥，也是貝里斯的國鳥，主要分布於墨西哥南部至巴拿馬一帶的中美地峽，拉丁美洲熱帶地區，在亞馬孫河下游最豐富，約 5 屬 37 種。中型攀禽，外形略似犀鳥，喙極大，但重量較輕，邊緣有鋸齒，多具鮮艷彩色花飾。羽色鮮艷，以黑色為主，成小群活動，雜食性，但主食漿果。

拍攝心得　這是我在哥斯達黎加拍到的五種巨嘴鳥之一，也是自認在哥國拍的巨嘴鳥最美的一種。牠非常大，又飛得很近，實在退無可退，真恨自己帶的焦段太長。

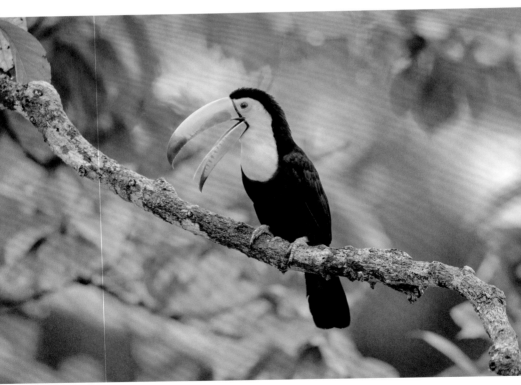

美麗的彩虹巨嘴鳥
Beautiful Rainbow-Billed Toucan

相　機	Canon 1D Mark IV	曝光偏差	-0.3
光　圈	4	鏡　頭	500mm
曝光時間	1/1250 秒	拍攝年月	2019.11.10
ISO感光度	3200	拍攝地點	哥斯達黎加

拍攝

櫻桃

cherry

如果我不是在拍鳥，
就是在拍鳥的路上。

綠闊嘴鳥

Calyptomena viridis

英文鳥名 Green broadbill

別　　名

鳥類習性 綠闊嘴鳥，保護狀況被評為近危。是闊嘴鳥科綠闊嘴鳥屬的一種，分布於緬甸、汶萊（已絕滅）、新加坡（已絕滅）、泰國、印度尼西亞和馬來西亞。全球活動範圍約為 2,910,000 平方公里。綠闊嘴鳥的平均體重約為 54.2 克。棲息地包括種植園、亞熱帶或熱帶的濕潤低地林、沼澤林和濕潤山地林。

拍攝心得 綠闊嘴鳥向來神秘和隱密，難以窺探到，這次很幸運拍到牠。

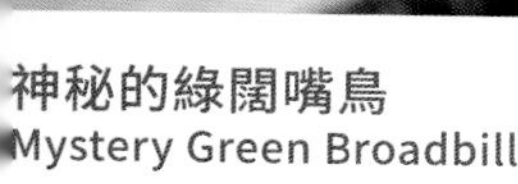

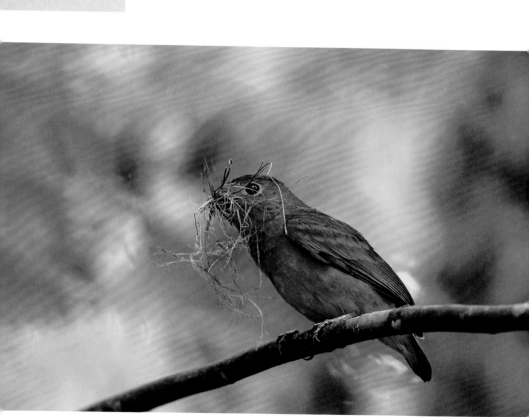

神秘的綠闊嘴鳥
Mystery Green Broadbill

相機	Canon 1D Mark IV	曝光偏差	-0.3
光圈	4	鏡頭	500mm
曝光時間	1/160 秒	拍攝年月	2018.02.25
ISO感光度	6400	拍攝地點	馬來西亞

紫長尾蜂鳥

Aglaiocercus coelestis

拍攝

孫大明
Tom Sun
天賜良緣

英文鳥名 Violet-tailed Sylph Hummingbird

別　　名

鳥類習性 此種蜂鳥為當地特有物種。體長 10 ～ 18 公分，雄鳥較雌鳥稍大。棲息於海拔 900 公尺至 3,000 公尺的熱帶和亞熱帶潮濕森林、灌叢、花園及造林地，有時會和其他蜂鳥混群於樹冠上層活動。於森林邊緣及開闊環境覓食，具固定的覓食領域及巡迴路線；定點振翅或停棲於枝條上吸食花蜜或捕食昆蟲，俯衝捕食小型昆蟲時，速度可達 50 ～ 75 公里／小時。

拍攝心得 紫長尾蜂鳥非常飄逸的快速穿梭於灌林叢中，忽然神來之筆在我面前停了下來，轉頭望了我一眼，真是有緣千里來相會， 按下快門後就消失得無影無蹤。

尊封爵士
Officer and a Gentleman

相　　機	Nikon D5	曝光偏差	-0.33
光　　圈	5.6	鏡　　頭	500mm
曝光時間	1/640 秒	拍攝年月	2019.10.30
ISO感光度	3200	拍攝地點	哥倫比亞

拍攝

孫大明

Tom Sun

永不輕言放棄

粉ㄈㄣˇ頭ㄊㄡˊ森ㄙㄣ鶯ㄧㄥ

Ergaticus versicolor

英文鳥名 Pink-headed Warbler

別　　名

鳥類習性 世界自然保護聯盟(IUCN)，紅色名錄保護級別：易危物種。頭尾全長僅 13 公分，色彩特別美麗。全身艷粉紅色至玫瑰紅色，頭部卻是淡粉色，是最可愛的三種紅色森鶯之一。身形有著冷粉紅色兜帽，身體其餘部分微紅色。在瓜地馬拉平地沒有合適牠們的棲息地，而是生長在 1,850 至 3,350 公尺的高海拔區域。在松樹大草原和松橡樹林中可見，同時覓食於中低層的叢林。 歌聲迅速多變，伴隨著帶有顫抖的尾音。

拍攝心得 高山上雲霧縹緲之間，驟然開朗，驚見粉頭森鶯枝頭上昂首闊步，俏皮且輕盈的漫步在鋼索上。

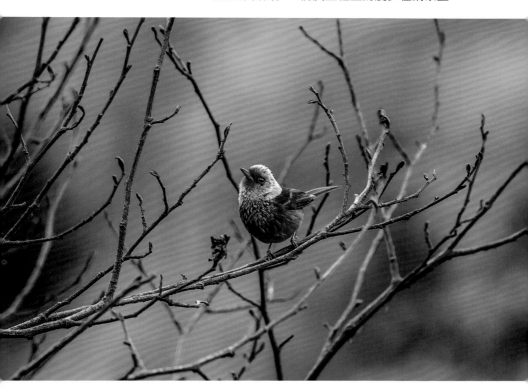

鴻運當頭囍開紅盤

Belle of the Ball

相　　機	Nikon D850	曝光偏差	0
光　　圈	5	鏡　　頭	300mm
曝光時間	1/500 秒	拍攝年月	2018.06.06
ISO感光度	320	拍攝地點	瓜地馬拉

拍攝

葉德泉

當沒有藉口拍不好相片的那刻，就是拍得出好相片的開始。

白ㄅㄞˊ喉ㄏㄡˊ扇ㄕㄢˋ尾ㄨㄟˇ鶲ㄨㄥ

Rhipidura Albicollis

英文鳥名 White-throated Fantail

別　　名 白喉扇尾鶲

鳥類習性 主要棲息於海拔 1200-2800 米的常綠和落葉闊葉林、針葉林、針闊葉混交林和山邊林緣灌叢與竹林中，尤其喜歡溪流與溝谷沿岸的森林和灌叢。性活潑，行動敏捷，常在樹冠側枝上跳躍覓食也從棲息的棲木上飛到空中捕食昆蟲。尾常豎起或左右展開呈扇形，並有節奏的上下或左右擺動，同時邊跳邊發出單調而拖長的 " 吱、吱 ......" 聲，有時還伴隨著不時地轉動身體，每跳一次都展開一次尾羽 ，同時身體作 90-180 度的轉身，行為極為有趣。

拍攝心得 很活潑很難追的上的小傢伙尤其還要低角度，幾度想放棄但又一直誘惑我。

火力全開

相　　機	Nikon D850	曝光偏差	0
光　　圈	5.6	鏡　　頭	600mm
曝光時間	1/800 秒	拍攝年月	2019.02.21
ISO感光度	500	拍攝地點	泰國

拍攝

葉德泉

當沒有藉口拍不好相片的那刻，就是拍得出好相片的開始。

戴ㄉㄞˋ式ㄕˋ火ㄏㄨㄛˇ背ㄅㄟˋ鷴ㄒㄧㄢˊ

Lophura Diardi

英文鳥名　Siamese Fireback

別　　名

鳥類習性　淩晨或傍晚最為活躍，中午活動較差，晚上多棲息於樹上。活動時常常昂首闊步，行動機警，受驚後迅速奔跑，羽冠聳立，尾羽微展，待跑到一定距離後再機警地觀察動向，有時走走停停，四外觀望。性機警，膽小怕人，受驚時多由山下往山上奔跑。一般很少起飛，緊急時亦急飛上樹。通常在亮天後即從夜棲樹上飛到地面活動。食飽後通常原地站立休息或理羽，偶爾也有飛到樹上休息的。通常僅在有危險時雄鳥會發出“pi-you”警戒聲。雜食性，主要以植物幼芽、各種水果和漿果的果實、塊根和種子為食。也吃昆蟲、甲蟲、螞蟻、蝸牛、蚯蚓和小陸蟹等動物性食物。

氣宇軒昂

相　　機	Nikon D850	曝光偏差	0
光　　圈	4	鏡　　頭	600mm
曝光時間	1/800 秒	拍攝年月	2019.02.22
ISO感光度	1600	拍攝地點	泰國

拍攝

葉德泉

當沒有藉口拍不好相片的那刻，就是拍得出好相片的開始。

血(ㄒㄧㄝˋ)雀(ㄑㄩㄝˋ)

Carpodacus Sipahi

英文鳥名 Scarlet Finch

別　　名

鳥類習性 留鳥，性好群居，常由 5-6 只個體組成小群，也見單個活動者。性膽怯，善藏匿，也到林緣和林下灌木上活動和覓食，很少下到地上。頻繁地在樹冠間飛翔，飛行迅速有力。飛翔速度較快。叫聲是壹種宏亮悦耳的“too-eee”或“pleeau”聲，以及壹種“kwee-i-iu”或“chew-we-auh”聲。其歌聲是壹種清晰柔合的“par-ree-reeeeeee”旋律。食性屬於雜食性的，食物中植物、動物均有，主要以松樹和其他樹木種子、草子包括球果、漿果、植物種子和各種昆蟲及其幼蟲。

形影不離
Inseparable

相　　機	Nikon D850	曝光偏差	0
光　　圈	4	鏡　　頭	600mm
曝光時間	1/2000 秒	拍攝年月	2017.12.29
ISO感光度	6400	拍攝地點	中國雲南

拍攝
邱建德
攝影樂活人生

李爾氏金剛鸚鵡
Anodorhynchus leari

英文鳥名 Indigo Macaw

別　　名 藍金剛鸚鵡

鳥類習性 又稱靛藍金剛鸚鵡或李爾氏金剛鸚鵡，是一種大型的全藍巴西鸚鵡，體長 70~75 公分，重約 950 克，雌雄相似，羽毛大多是鈷藍色的，頭部、頸部、胸部和腹部呈藍綠色。尾巴和翅膀的下面是黑色的。預估全球僅剩千餘隻，該物種目前被列為瀕危物種（CITES I），目前已知主要分佈在巴西的巴伊亞州乾旱內陸的岩壁。主要以棕櫚樹（Syagrus coronata）的堅果為食，食用許多其他樹木和灌木的種子和果實。大多數的壽命約在 30 至 50 歲之間。

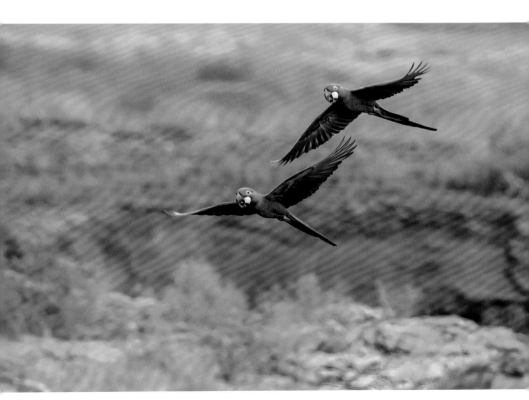

比翼雙飛
Fly together

相　　機	Sony	曝光偏差	+1
光　　圈	9	鏡　　頭	200-600mm+1.4x
曝光時間	1/1000 秒	拍攝年月	2019.11
ISO感光度	2000	拍攝地點	巴西

拍攝

陳彥蓁

不畏遙遠，完成夢想。

花ㄏㄨㄚ彩ㄘㄞˇ雀ㄑㄩㄝˋ鶯ㄧㄥ

Lophobasileus sophiae

英文鳥名 White-browed Tit-warbler

別　　名

鳥類習性 花彩雀鶯是屬於：長尾山雀科鳳頭雀鶯屬。體小(10 厘米)的毛茸茸偏紫色嘴喙的雀鶯。頂冠棕色，眉紋白。雄鳥：頭頂中央向後頸栗紅色，前額及兩側乳黃色，背及兩肩稍沾沙色的灰色，腰及尾上覆羽呈帶有紫色的輝藍色。眉紋淡黃色，自嘴喙起一道黑褐色斑紋，通過眼睛直到耳羽上方。翼羽沙褐色，飛羽的外邊緣灰藍色。頰栗色，胸及頸側，兩脅呈帶栗色的輝藍色。腹部乳黃色，尾下覆羽栗色。

拍攝心得 冒著高原反應風險，只為一睹風采。

最美的雀鶯

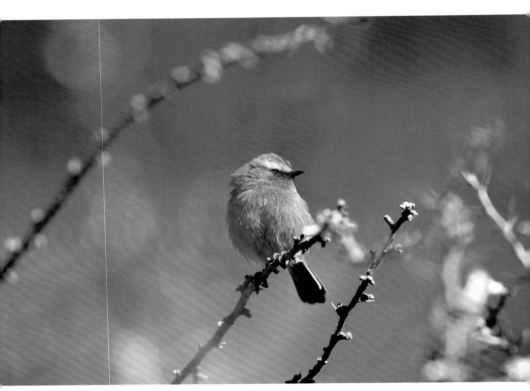

相　　機	Nikon D850	曝光偏差	-1/3
光　　圈	5.6	鏡　　頭	500mm
曝光時間	1/800 秒	拍攝年月	2019.11.06
ISO感光度	250	拍攝地點	大陸四川

拍攝

吳萬濤

紀錄野鳥生態之美
自得其樂。

花彩擬啄木鳥

Psilopogon rafflesii

英文鳥名 Megalaima rafflesii

別　　名

鳥類習性 頭頂及枕鮮紅色，藍色的眉眼線，黑眼皮的條紋頰橙黃色，下喉兩側各據一朱紅色斑羽，上體草綠色，胸、腹等下體黃綠色，嘴角褐色或角綠色，先端近黑色，腳和趾灰綠色或黃綠色，爪黑色。棲息於海拔 2000m 以下的中低山地、丘陵、溝谷和山腳平原地帶的常綠闊葉林中，也出現於林緣邊喬木樹上。是罕見稀有且瀕臨滅絕的鳥類。

拍攝心得 記錄到稀有珍貴的花彩擬啄木鳥真的是寶。

婆羅洲之寶
Treasre of Borneo

相　　機	Nikon	曝光偏差	0.33
光　　圈	7.1	鏡　　頭	600mm
曝光時間	1/30 秒	拍攝年月	2019.05.25
ISO感光度	500	拍攝地點	馬來西亞

拍攝

林素梅

愛好拍鳥我是傻，
纏纏綿綿到天涯。

月ㄩㄝˋ臉ㄌㄧㄢˇ蟻ㄧˇ鶇ㄉㄨㄥ

Grallaricula lineifrons

英文鳥名 Crescent-faced Antpitta

別　　名

鳥類習性 月臉蟻鶇，列＜世界自然保護聯盟＞（IUCN）ver 3.1：2009 年鳥類紅色名錄近危。分布於南美洲，包括哥倫比亞、厄瓜多爾、秘魯、巴西、阿根廷等地……多於地面，常出現螞蟻行軍的隊伍，故名，但很少吃蟻，主要食昆蟲、蜘蛛、蛙…翅膀短圓、頭和眼睛較大。

小精靈
Elf

相　　機	Sony A9	曝光偏差	0
光　　圈	4	鏡　　頭	600mm
曝光時間	1/200 秒	拍攝年月	2020.02.29
ISO感光度	1600	拍攝地點	哥倫比亞

拍攝
簡天廷
Terry Chien
拍鳥也要護鳥

紫ㄗˇ胸ㄒㄩㄥ佛ㄈㄛˊ法ㄈㄚˇ僧ㄙㄥ

Coracias caudatus

英文鳥名 Lilac-breasted Roller

別　　名 燕尼佛法僧

鳥類習性 它們廣泛分布在撒哈拉以南非洲及阿拉伯半島南部，喜歡廣闊的林地及大草原。是肉食鳥類，主食是各種昆蟲、蠕蟲、小型兩棲爬行類、小型囓齒類等。會選擇天然的樹洞或者其他鳥類（喜鵲等）廢棄的舊巢，並會對巢穴有著較強的保護意識，甚至會跟其他靠近巢穴的大鳥進行戰鬥。繁殖期會產2~4 枚卵，並由雙親輪流孵化，共同撫育幼鳥。記錄到稀有珍貴的花彩擬啄木鳥真的是寶。

拍攝心得 第一次看到佛法僧鳥，而且是在離開非洲的最後時刻拍得，殊實可貴。

俏麗和尚
Pretty monk

相　　機	Nikon D500	曝光偏差	
光　　圈	5.6	鏡　　頭	
曝光時間	1/200 秒	拍攝年月	2018.07.22
ISO感光度	400	拍攝地點	肯亞

拍攝

櫻桃

cherry

如果我不是在拍鳥，
就是在拍鳥的路上。

北鰹鳥

Morus bassanus

英文鳥名 Northern Gannet

別　　名 北方塘鵝

鳥類習性 北鰹鳥（又名北方塘鵝）可以以 96 公里每小時的速度，從 45 米的高空以流線型的身姿，一頭扎進海水裡捕魚，甚至在海水裡，它們依然可以往深處繼續游 6 米。北鰹鳥是北大西洋最大的海鳥。成年的北方塘鵝身長大約一米，雙翅張開後長可達 1.7 至 1.9 米，是北大西洋最大的海鳥。

拍攝心得 這是船拍。一時之間天空烏壓壓一片罩滿北鰹鳥，像下水餃………，帶去的相機鏡頭拍攝的廣角不夠，一鏡最多只能拍到幾隻鳥，情急之下，拿出手機拍攝，沒想到成像意外的好。

空降部隊

Airborne forces

相　機	HTC_U-3u 手機	曝光偏差	
光　圈		鏡　頭	
曝光時間		拍攝年月	2018.06.17
ISO感光度		拍攝地點	英國

拍攝

櫻桃

cherry

舞蝶迷香徑，
翩翩逐晚風。

歐ㄡ洲ㄓㄡ綠ㄌㄩˋ眼ㄧㄢˇ鸕ㄌㄨˊ鷀ㄘˊ

Phalacrocorax aristotelis

英文鳥名 European Shag

別　　名 綠鸕鷀

鳥類習性 歐洲綠鸕鷀，又名綠鸕鷀，是一種鸕鷀。牠們在歐洲西部及南部、亞洲西南部及非洲北部的石岸孵蛋。除了居住在最北部的以外，牠們主要在繁殖季節遷徙。

拍攝心得 在海邊，一對對的水鳥相依相偎，歐洲綠鸕鷀也不例外，一隻在做巢窩，準備生養下一代，一隻去銜巢材回來給親愛的鋪柔軟舒適的席夢思。牠來來回回好幾趟，這次牠帶回來一束野花，準備慶祝新屋落成，這是屬於牠們的情人節！

1 2
3 4

情人節
Valentine's Day

相　　機	Canon 1DX II	曝光偏差	+1/3
光　　圈	5.6	鏡　　頭	100-400mm
曝光時間	1/250 秒	拍攝年月	2018.06.10
ISO感光度	640	拍攝地點	英國

拍攝

櫻桃

cherry

如果我不是在拍鳥，
就是在拍鳥的路上。

反ㄈㄢˇ嘴ㄗㄨㄟˇ鴴ㄏㄥˊ

Recurvirostra avosetta

英文鳥名 Pied Avocet

別　　名 反嘴長腳鷸

鳥類習性 反嘴鴴分布在歐洲，西亞和中亞的溫帶地區。是一種遷徙的物種，大部分冬季遷徙至非洲或亞洲南部。部分冬季停留在分布地區最溫暖的區域。反嘴鴴是一種白色涉水禽，有大塊黑色斑塊。成鳥有白色羽毛除了黑色的頭部和翅膀以及背部的黑色斑塊。它們有長且上翹的嘴和細長藍色的腿。

拍攝心得 這是我第一次到香港拍鳥的紀錄，很有紀念性。

只取一瓢飲

Food seeking

相　　機	Canon 7D II	曝光偏差	0
光　　圈	4.5	鏡　　頭	400mm
曝光時間	1/2500 秒	拍攝年月	2016.01.06
ISO感光度	250	拍攝地點	香港

拍攝

李煌淵

仙鶴呈祥

白ㄅㄞˊ枕ㄓㄣˇ鶴ㄏㄜˋ

Antigone vipio

英文鳥名 White-naped Crane

別　　名 紅面鶴

鳥類習性 白枕鶴體形與丹頂鶴相似，略小於丹頂鶴，而大於白頭鶴。上體為石板灰色。尾羽為暗灰色，末端具有寬闊的黑色橫斑。取食時主要用喙啄食，或用喙先撥開表層土壤，然後啄食埋藏在下面的種子和根莖，邊走邊啄食。

拍攝心得 日本鹿兒島近年來每年大約有近萬隻的白頭鶴、二千隻的白枕鶴聚集在出水市。原本此地就是各種鶴科的渡冬區，二戰後數量因戰事銳減，政府及民間共同出面、合力保護列為保育類動物的鶴類，透過劃置臨時渡冬棲地與避免「誤食」農作物且安排固定餵食等的管理後，年復一年鶴群穩定成長，集結成世界上密度最高的鶴類渡冬地。

白枕鶴
White-naped Crane

相　　機	Canon 1DX	曝光偏差	0
光　　圈	5.6	鏡　　頭	600mm
曝光時間	1/400 秒	拍攝年月	2019.12.03
ISO感光度	400	拍攝地點	日本鹿兒島

拍攝

蔡昀彤

快樂～是人生中
最為偉大的事業

北極海鸚

Fratercula arctica

英文鳥名 Sea Parrot

別　　名 Puffin

鳥類習性 北極海鸚為海鸚屬鳥類，是遠洋海鳥，分布在北大西洋，會淺入水中覓食，吃魚類及浮游動物，並會以細小的海魚來餵飼雛鳥。牠們會一大群的在懸崖或島嶼上繁殖，並在石縫間或泥土中築巢，雄性北極海鸚會負責築巢，並忠於該位點。海鸚的夫妻關係是長期的，雌鳥只會生一顆蛋，由雙親一同孵化及餵養雛鳥。雛鳥出生後前幾年會在海上生活，到五歲才會回到其繁殖地。

拍攝心得 為鳥拍攝為鳥忙。

老婆，妳等我回來

Darling, wait till I come back

相　　機	Canon 7D II	曝光偏差	0
光　　圈	5.6	鏡　　頭	100-400mm
曝光時間	1/1000 秒	拍攝年月	2017.06.19
ISO感光度	1600	拍攝地點	冰島

拍攝

孫大明

Tom Sun

心想事成

北ㄅㄟˇ極ㄐㄧˊ燕ㄧㄢˋ鷗ㄡ

Sterna paradisaea

英文鳥名 Artic Tern

別　　名 極地燕鷗

鳥類習性 北極燕鷗是候鳥，每年從其北部的繁殖區南遷至南極洲附近的海洋，之後再北遷回繁殖區，這是已知的動物中遷徙路線最長的，令人刮目相看。

拍攝心得 地球的暖化使位於美國阿拉斯加的哥倫比亞冰河向後退縮的速度加快，留下了完美北極燕鷗的築巢繁殖機會。一隻雛鳥剛剛爬出巢穴外蹣跚前進，跨出了牠這一生中最重要的幾步路，慈母捕魚回來親切的在巢外餵食，雛鳥吃下了巢外最新鮮的冷水海鮮。等了一個下午目睹雛鳥出巢，緩緩前進探索這個嶄新的世界，前方在冰河長年擠壓的亂石中間竟然長出漂亮的新生命植物及綻放出豔麗的花朵。

北極外送

Arctic Love Express

相　　機	Nikon D5	曝光偏差	-0.3
光　　圈	8	鏡　　頭	600mm
曝光時間	1/500 秒	拍攝年月	2019.06.24
ISO感光度	320	拍攝地點	美國阿拉斯加

拍攝

張新永

快門攝手

栗ㄌㄧˋ領ㄌㄧㄥˇ翡ㄈㄟˇ翠ㄘㄨㄟˋ

Actenoides concretus

英文鳥名 Chestnut-collared Kingfisher

別　　名

鳥類習性 主要分布在東南亞大陸地區，及蘇門答臘島、加利曼丹島、太平洋諸島。身長 24 公分，佛法僧目、翠鳥科、翡翠屬的一種鳥。生活於 800-1700 米森林和近水處，築巢於地面或河岸打洞、也會利用樹洞，主要以小型昆蟲、無脊椎動物、蛙、蟋蟀、小蛇、蟋蟀、小魚…為食。4-6 月繁殖於馬來西亞。

豔遇
Aventure

相　　機	Canon 1DX II	曝光偏差	0
光　　圈	5.6	鏡　　頭	600mm
曝光時間	1/8 秒	拍攝年月	2019.03.05
ISO感光度	1600	拍攝地點	馬來西亞

拍攝

蘇銘福

黑ㄏㄟ剪ㄐㄧㄢˇ嘴ㄗㄨㄟˇ鷗ㄡ

Rynchops niger

英文鳥名 Black Skimmer

別　　名

鳥類習性 黑剪嘴鷗是世界上唯一下嘴比上嘴長的鳥種。覓食的時候，用下喙像犁田一般，淺淺地掠過水面。遇到小魚時，頭會向內彎曲，立即合嘴捕食，此時兩翅膀猶如鯨魚尾巴。

拍攝心得 常常看到黑剪嘴鷗，三五成群遠處滑水而過，難得見到如此近距離 撈到小魚 實屬不易。

捕魚
Fishing

相　　機	Nikon D5	曝光偏差	0
光　　圈	2.8	鏡　　頭	70-200mm
曝光時間	1/1250 秒	拍攝年月	2020.07
ISO感光度	400	拍攝地點	美國

拍攝

李念珣

Abby

有願則花開

白ㄅㄞˊ鶴ㄏㄜˋ

Leucogeranus leucogeranus

英文鳥名 Siberian White Crane

別　　名 西伯利亞白鶴、雪鶴

鳥類習性 「白鶴」是目前全地球「極危」的鶴種，目前為數兩千至三千隻，人類有在努力保育，卻仍在持續遞減之中。凡是國際自然保護聯盟列名「極危」的物種，表示有一半的機會將在十年之內從地球上完全消失。在濕地繁殖及過冬，在那裡，牠們會吃水生植物的根部及莖部，也會取食少量蚌、魚、螺等。等待鶴跳躍……每一種鶴，都是獨一無二的存在。

拍攝心得 在鄱陽湖，是中國的一處淡水湖，目前為中國第一大湖泊。一望無際過去在地理課本內，今因鳥親臨現場。鳥很遠，期待飛近些，也是等了又等。滄海一粟在鄱陽湖，感覺自己渺小無比。

跳躍的白鶴
Jumping White Crane

相　　機	Canon 1DX II	曝光偏差	0
光　　圈	5.6	鏡　　頭	600mm+1.4x
曝光時間	1/2500 秒	拍攝年月	2019.11
ISO感光度	640	拍攝地點	江西

拍攝

曾松清

丹ㄉㄢ頂ㄉㄧㄥˇ鶴ㄏㄜˋ

Grus Japonensis

英文鳥名 Red-crowned Crae

別　　名

鳥類習性 丹頂鶴是優雅和炫耀的舞蹈，深受人們的喜愛。北海道的音羽橋下有溫泉使河水在冰凍的冬天暖流。丹頂鶴晚上會在此休息抗凍。當白天太陽昇起時，陽光、水氣和丹頂鶴造成夢幻奇景。

夢幻丹頂鶴

相　　機	Nikon D5	曝光偏差	0.3
光　　圈	5.6	鏡　　頭	600mm
曝光時間	1/2000 秒	拍攝年月	2020.02.26
ISO感光度	2500	拍攝地點	日本北海道

拍攝

陳哲健

Jerjiann Chen

腳踏實地 Veritas

白ㄅㄞˊ枕ㄓㄣˇ鶴ㄏㄜˋ

Antigone vipio

英文鳥名 White-naped Crane

別　　名

鳥類習性 是鶴科赤頸鶴屬的成員之一，身高大約 130 厘米，體重大約 5.6 公斤。牠們的腳是粉紅色的，頸部條灰白兩間，前灰後白，面部紅色。現時野生白枕鶴只剩下 4,900 至 5,400 隻。白枕鶴主要於蒙古東北部、中國東北部，以及俄羅斯東南部一帶繁殖。白枕鶴的越冬地在朝鮮，日本南部，中國中部，東部和長江中下游地區。

家族練飛

Family Flying

相　　機	Nikon D5	曝光偏差	0
光　　圈	13	鏡　　頭	600mm
曝光時間	1/1600 秒	拍攝年月	2019.12
ISO感光度	640	拍攝地點	日本鹿兒島出水市

拍攝

陳堃宏

在你心中保有靈性，並與他人分享你的人性。

美洲白冠雞
Fulica americana

英文鳥名　American Coot

別　　名　美洲白冠水雞

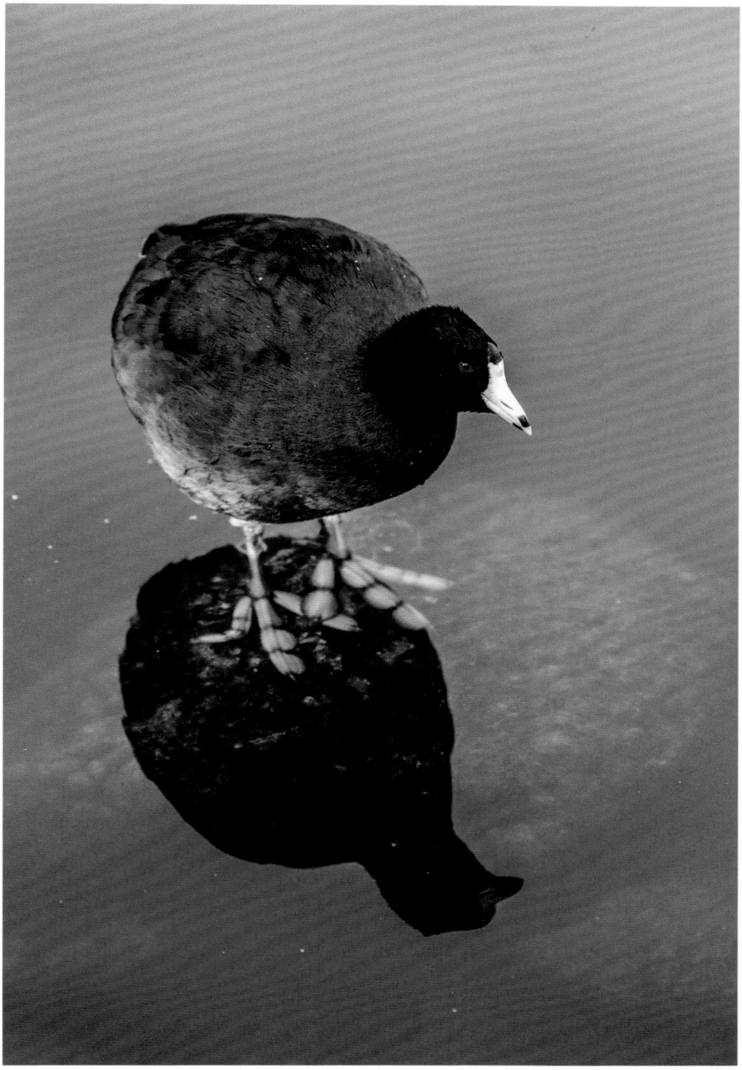

鳥類習性

美洲白冠雞（Fulica mericana，英文名 merican Coot）與臺灣常見的白冠雞（Fulica tra，英文名 Eurasian oot，又名白骨頂）都是秧雞科的鳥類，美洲白冠雞的白冠上方，有個灰色或暗褐紅色的點，接近嘴尖地方則有一圈斑環，其他地區的白冠雞則無此斑點，這是美洲白冠雞跟歐洲、亞洲的白冠雞最明顯的差異。為什麼能游能潛的美洲白冠雞，會被稱為雞而非水鴨？是因為牠的嘴喙形狀，像雞一樣是尖的，不是寬且扁平的鴨子嘴喙。此外，白冠雞的爪趾間沒有鴨子的蹼，但是趾爪間有葉狀「瓣蹼」，有助於在水面浮游和潛水。

顧影自憐
ool coot

相　　機	Canon 5D III	曝光偏差	0
光　　圈	5	鏡　　頭	100-400mm
曝光時間	1/250 秒	拍攝年月	2015.11.12
ISO感光度	800	拍攝地點	美國舊金山

拍攝
陳玉隆

灰林鴞

Strix aluco

英文鳥名 Tawny Owl

別　　名

鳥類習性 灰林鴞是林鴞屬的一種中型貓頭鷹，普遍分布在歐亞大陸的林地。下身淡色及有深色的條紋，上身呈褐色或灰色，已知 11 個亞種中有幾種不同的色型。一般會在樹孔中築巢，並會保護鳥蛋及雛鳥。灰林鴞不遷徙，有高度的區域性，雛鳥若離開父母後若不能找到領土就要面對捱餓的可能。 灰林鴞是夜間活動的猛禽，主要獵食齧齒目動物。

拍攝心得 這隻灰林鴞幼鳥在天氣好，背景優，鳥乖，好拍。可以低快門，低 iso，近距離拍它真的很幸運。

灰林鴞
Tawny Owl

相　　機	Canon 1DX II	曝光偏差	0
光　　圈	4	鏡　　頭	600mm
曝光時間	1/100 秒	拍攝年月	2020.01.10
ISO感光度	800	拍攝地點	中國雲南

拍攝
汪孟澈

莫問前途如何，
但求落幕無悔。

灰鷽

Pyrrhula erythaca

英文鳥名 Gray-headed Bullfinch

別　　名 褐灰雀

鳥類習性 灰鷽是在高山上比較常見的高山小鳥，通常成群結隊出現，喜歡吃草籽之類的食物，特色眼睛週遭有三角型的斑紋像眼罩，非常可愛，叫聲也細細很好聽～翅膀的紋路經由太陽反射會比較清晰，會帶有一點黑藍色，非常好看，居住多半在高海拔地區，相似種是褐鷽。

拍攝心得 喜歡一個人得空去大雪山 50K 走走，縱使沒有鳥可以拍，也讓心情愉快，配上一碗泡麵享受，還記得那天坐在路邊享用我的午餐，牠就突然從旁邊的平台跳出來，讓我只能默默放下我手裡午餐，摸起相機，記錄下牠那嬌小又圓滾滾的倩影了～謝謝陪我度過美好一天。

心花朵朵開
You made my day

相　　機	Canon 7D II	曝光偏差	0
光　　圈	5.6	鏡　　頭	400mm
曝光時間	1/1000 秒	拍攝年月	2018.05.12
ISO感光度	1600	拍攝地點	臺中

拍攝

王國衍

Alif Wang

紀錄拍攝鳥類，不驚嚇，不干擾牠們的生活作息。

白頭鶇

Turdus niveiceps

英文鳥名 Taiwan Thrush

別　　名 島鶇

鳥類習性 多見於棲息在海拔 1000 ～ 3000 米的山區闊葉林以及覓食於森林中上層部分，以昆蟲和植物的果實為食物。在臺灣的繁殖期為五至六月。蛋呈橢圓形，綠白色。冬季時可能與其他種鶇混群。下降到山麓甚至低地。雄鳥很引人注目，黑色身體，有橙色的腹部和雪白的頭，雌鳥較偏褐色頭部是褐白斑駁的。雄鳥會在樹冠鳴唱出悅耳的口哨聲。

拍攝心得 曾經前往大雪山找尋多次，都空手而回。牠們活潑可愛又好動，能夠拍出一張滿意的照片，也就心滿意足了。

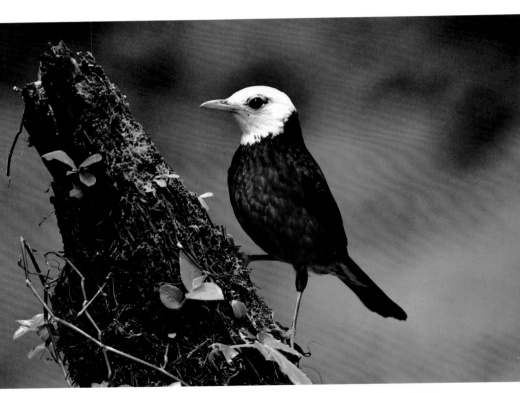

專注
Concentration

相　　機	Nikon D500	曝光偏差	0
光　　圈	6	鏡　　頭	60-600mm
曝光時間	1/500 秒	拍攝年月	2020.06.07
ISO感光度	4000	拍攝地點	臺灣南投

拍攝

李榮華

50 歲以前為別人而活，
50 歲以後為自己而活。

綠(ㄌㄩˋ)啄(ㄓㄨㄛˊ)花(ㄏㄨㄚ)

Dicaeum minullum

英文鳥名 Plain Flowerpecker

別　　名 純色啄花鳥

鳥類習性 綠啄花為臺灣特有亞種，也是目前臺灣鳥類中體型最小者，身長約為 7 ～ 9 公分，分布於海拔 300 ～ 1500 公尺間林間中，常成群或單獨活動於闊葉林寄生性植物上覓食或開花朵的樹上尋覓小蟲，是桑寄生植物的傳粉者。亦因其排遺中的植物種子會黏附在其他植物上而萌芽成另一株寄生植物。 綠啄花與桑寄生科植物具互利共生的關係，鳴叫聲為吱 . 吱 . 吱。

拍攝心得 每一次按下快門的記錄皆是怦然悸動，身心靈自在的休閒，無須匹比簡單就好。

綠啄花
Plain Flowerpecker

相　　機	Canon 1DX II	曝光偏差	0
光　　圈	6.3	鏡　　頭	600mm
曝光時間	1/1250 秒	拍攝年月	2020.02
ISO感光度	800	拍攝地點	臺灣臺中市

拍攝

廖建欽

Jerry Liao

戲棚下等久就是你的

鉛色水鶇

ㄑㄧㄢ ㄙㄜˋ ㄕㄨㄟˇ ㄉㄨㄥ

Phoenicurus fuliginosus

英文鳥名 Plumbeous Redstart

別　　名 紅尾水鴝

鳥類習性 是山區溪流最常見的鳥種之一。具強烈領域性，會驅趕其他入侵個體或其他溪鳥。常停棲於溪中石頭上，會不停上下擺動尾羽，有時會下壓尾羽呈扇形。不時抬頭搜尋空中飛蟲，一發現即起飛攻擊，再飛回原處。

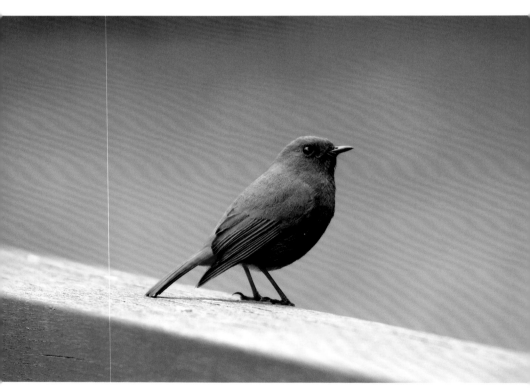

華麗登場
Gorgeous debut

相　　機	Canon 550D	曝光偏差	0
光　　圈	6.3	鏡　　頭	150-600mm
曝光時間	1/60 秒	拍攝年月	2018.01.27
ISO感光度	200	拍攝地點	臺灣臺中

拍攝

陳星允

Ajax

跟著爸爸拍鳥去，
到處尋鳥不寂寞。

紅ㄏㄨㄥˊ胸ㄒㄩㄥ鶲ㄨㄥ

Ficedula parva

英文鳥名 Red-breasted Flycatcher

別　　名 紅胸姬鶲、紅喉鶲（舊名）

鳥類習性 紅胸鶲常出現於闊葉林，棲息在樹林冠木叢、草叢地帶或附近之林緣地帶，以單獨活動為主，公鳥喉部到胸部有明顯的大紅塊，母鳥則是白色的。屬於稀有冬候鳥，三月時，會北返西伯利亞繁殖。曾經於：金門、馬祖東引地區、桃園許厝港、臺中都會公園、高雄楠梓。

拍攝心得 剛到時，等了十多分鐘鳥就來了，也來了很久，很乖，只要不有大的動作，牠就不會跑掉。這次的拍攝，很順利，且拍得很過癮，希望牠下一次再來，我可以把牠拍得更好。

那是什麼
What is that

相　　機	Nikon D5600	曝光偏差	0
光　　圈	6.3	鏡　　頭	150-600mm
曝光時間	1/640 秒	拍攝年月	2019.11.17
ISO感光度	800	拍攝地點	臺灣臺中

拍攝

伍靜惠

看似尋常最奇崛，
成如容易卻艱辛。
宋 王安石

仙ㄒㄧㄢ八ㄅㄚ色ㄙㄜˋ鶇ㄉㄨㄥ

Pitta nympha

英文鳥名　Fairy Pitta

別　　名　仙八色鶇

鳥類習性　八色鳥常單獨或成對地生活在茂密的林木低地、竹林，喜歡在靠近溪的樹叢居住。以蚯蚓、昆蟲、蝸牛、蠕蟲等為食。生性聰明、警戒心強，築巢時以細枯枝及苔蘚為材料。餵食雛鳥時不會一下子就直接到雛鳥身邊會繞好一段路才會將食物送進雛鳥面前放進雛鳥的嘴中，由雌、雄親鳥共同照顧育雛。

拍攝心得　今年八色鳥來臺南六甲繁殖，有幸加入志工行列，2 個多月裡披星戴月，風雨無阻前往關心八色鳥，在全體志工及純樸的當地人協助之下有幸完整紀錄及觀察到辛勤的親鳥成功撫育了四隻小八色，小八色們羽翼漸豐準備跟著親鳥飛回原棲地，內心的感動難以言喻。

仙八色鶇
Pitta nympha

相機	Canon 5D III	曝光偏差	-1
光圈	6.3	鏡頭	150-600mm
曝光時間	1/160 秒	拍攝年月	2020.07.17
ISO感光度	1250	拍攝地點	臺灣六甲

拍攝

陳志雄

生命要賦予成長始能不朽

金翅雀

Carduelis sinica

英文鳥名 Oriental Greenfinch

別　　名

鳥類習性 金翅雀是體形較小的雀形目鳥類，體長在 12 厘米左右，雙翅的飛羽黑褐色，但基部有明顯的亮黃色斑塊，所謂「金翅」指的就是這一部分的羽毛顏色。金翅雀的食物以植物性食物為主，主要是各種草本植物的種子，偶爾取食農作物和昆蟲。

拍攝心得 這張金翅雀是我的第三拍，在金山的這一拍中滿滿的來了二十多隻，很興奮也很感恩，至少不是在鳥籠裡。

金色旋風
The Golden Whirlwind

相　機	Nikon D850	曝光偏差	0.33
光　圈	5.6	鏡　頭	200-500mm
曝光時間	1/250 秒	拍攝年月	2019.12.08
ISO感光度	360	拍攝地點	新北市金山

拍攝

江進德

遠ㄩㄢˇ東ㄉㄨㄥ樹ㄕㄨˋ鶯ㄧㄥ

Horornis borealis

英文鳥名 Manchurian bush-warbler

別　　名

鳥類習性 通常單獨出現平地至低海拔灌木林。

遠東樹鶯

相　　機	Sony I1ce-6400	曝光偏差	
光　　圈	6.3	鏡　　頭	200-600mm
曝光時間	1/250 秒	拍攝年月	2020.04
ISO感光度	6400	拍攝地點	金山

拍攝
范芫魁
Kevin Fan

藍歌鴝
ㄌㄢˊ ㄍㄜ ㄑㄩˊ

Larvivora cyane

英文鳥名 Siberian Blue Robin

別　　名 藍靛槓、小瑠璃

鳥類習性 藍歌鴝雄鳥背面藍色，腹面白色，雄性的羽色非常吸睛，雌性則顯得樸素，雌雄二者的顏色差異極大。通常出現於平地至低海拔之樹林地帶。停棲時，姿態較水平，不似其他鶇科鳥類挺直。分布範圍：繁殖於東北亞；冬季遷移至印度、中國南方、東南亞及大巽他群島，臺灣僅為其遷移路途的中繼站。

拍攝心得 臺灣只是藍歌鴝每年春、秋遷徙的中途休息站，並非牠們旅途的目的地，所以每次被發現到離開的期間都只有短短幾天，等牠休息夠了就又會匆匆上路，所以想要在臺灣拍到藍歌鴝真的是需要天時地利人和才行，一得到消息就要趕緊把握，如果機會錯過了可能就要再等好幾年。

藍歌鴝
Siberian Blue Robin

相　　機	Nikon D850	曝光偏差	-0.67
光　　圈	5.6	鏡　　頭	600mm
曝光時間	1/60 秒	拍攝年月	2020.04.25
ISO感光度	2800	拍攝地點	野柳

拍攝

舒菲

Sophie

拍鳥是我最終的選擇

凍ㄉㄨㄥˋ原ㄩㄢˊ豆ㄉㄡˋ雁ㄧㄢˋ

Anser serrirostris

英文鳥名 Tundra Bean-Goose

別　　名 大雁

鳥類習性 凍原豆雁是來渡冬的稀有鳥類，體型較大，以家族型態生活於開闊的沼澤、水田，採食青草及秧苗等植物，也會吃少量的軟體動物～性羞怯但機警～覓食時常見引頸警戒。

拍攝心得 在金山濕地，突然看見牠倆身影～按耐住狂喜的心，將牠們記錄了下來。

如影隨形

Flying with you

相　　機	Canon 7D II	曝光偏差	0
光　　圈	8	鏡　　頭	400mm
曝光時間	1/1600 秒	拍攝年月	2017.11.02
ISO感光度	800	拍攝地點	臺灣金山濕地

拍攝

侯金鳳

Kim

手把青秧插滿田，
低頭便見水中天，
心地清淨方為道，
退步原來是向前。

彩ㄘㄞˇ鷸ㄩˋ

Rostratula benghalensis

英文鳥名 Greater Painted-snipe

別　　名 土礱鉤仔，玉鷸

鳥類習性 彩鷸棲息於水田、池塘、河邊等潮濕地區，在臺灣的繁殖為 4-7 月，牠每窩生蛋約 3-5 枚，屬於一妻多夫的鳥類，雌鳥負責下蛋，育雛餵養由雄鳥負責。

拍攝心得 一般鳥類是母鳥羽色略淡，公鳥羽毛鮮豔以便吸引母鳥交配，彩鷸剛好相反，彩鷸是母系社會的鳥類，有鳥中「武則天」之稱，母鳥下蛋後，孵蛋、餵養雛鳥都是公鳥一手包辦，所以公鳥可以說是新好男人

親子圖
Paternity map

相　　機	Canon 1DX II	曝光偏差	0
光　　圈	9	鏡　　頭	400mm
曝光時間	1/1000 秒	拍攝年月	2020.08.27
ISO感光度	400	拍攝地點	臺灣宜蘭

拍攝

李榮華

50 歲以前為別人而活，
50 歲以後為自己而活。

高ㄍㄠ蹺ㄑㄧㄠ鴴ㄏㄥˊ

Himantopus himantopus

英文鳥名 Black-winged Stilt

別　　名 黑翅長腳鷸、紅腿娘子

鳥類習性 成對或小族群現蹤於濱海濕地如水田、草澤、湖泊、溝渠、魚塭或河口等地。覓食通常以魚類、小型無脊椎動物、甲殼類或蝌蚪為食；飛行時或遇到天敵、其他大型鳥禽靠近具威脅性時會發出刺耳帶金屬音的「ke~ke~~」聲。

拍攝心得 秋晨，水田如鏡，休耕生息，隨著旭日東昇，一如浮水印。紅藻，漸次一抹嫣紅，讓人怦然悸動。如是，為你而來 ...

嫣紅
Bright red

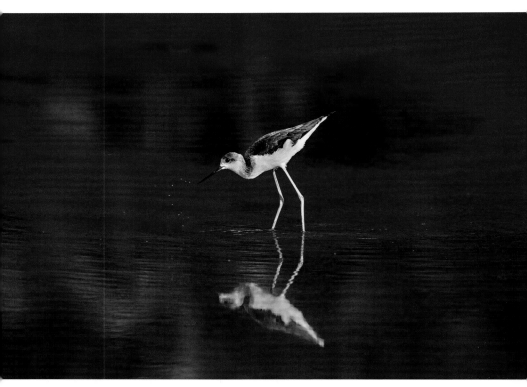

相　　機	Canon 1DX II	曝光偏差	0
光　　圈	6.3	鏡　　頭	600mm
曝光時間	1/2500 秒	拍攝年月	2020.08
ISO感光度	1000	拍攝地點	臺灣屏東縣

拍攝

周欣璇

追逐著夢想挑戰極限

白腹鰹鳥

Sula leucogaster

英文鳥名 Brown Booby

別　　名 褐鰹鳥、棕色鰹鳥、海雞母

鳥類習性 描述：體長 73cm 頭頸、胸部、背面及尾一致的深褐色。遷徙：白腹鰹鳥在臺灣是普遍的留鳥，大多數成鳥集體留棲於繁殖地附近的海域，但未成鳥及少數成鳥個體則會漂泊致遠方的海域。繁衍：臺灣早期在蘭嶼曾有繁衍紀錄，但近年已完全消失，在繁殖地以懸崖營巢，一窩兩枚蛋！

拍攝心得 翱翔在藍天與大海的白腹鰹鳥，讓人羨慕牠的自在與遼闊，跟隨著牠的羽翼，航向無盡天涯。

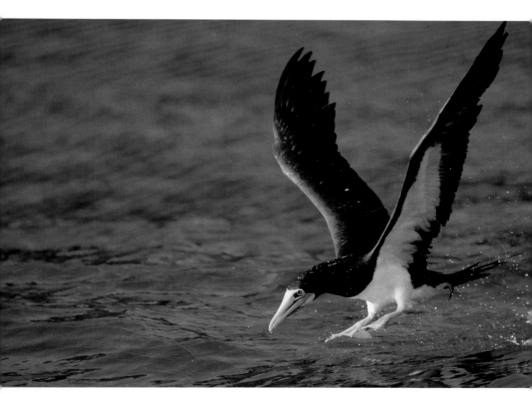

藍色的夢
Blue Dream

相　　機	Canon 1DX II	曝光偏差	0
光　　圈	8	鏡　　頭	100-400mm+1.4x
曝光時間	1250 秒	拍攝年月	2020.09.04
ISO感光度	800	拍攝地點	基隆嶼

拍攝

周欣璇

愛

小燕鷗育雛

Sternula albifrons

英文鳥名 Little Tern

別　　名 白額燕鷗、丁香鳥

鳥類習性 小燕鷗身長 28 公分；翼展僅 53 公分，小巧體型是小燕鷗一大特徵。夏羽嘴黃色，先端為黑色，腳微局黃色額為白色，故在中國稱為（白額燕鷗）又因小燕鷗喜食丁香魚，澎湖漁民又稱牠為（丁香鳥）小燕鷗腿短短的腳掌小小的　腳趾間有蹼，但從不在水面浮遊。

拍攝心得 萬物皆有靈性，即便是剛破殼當天尚未知行走的雛鳥既能以靈性來追隨迎接親鳥的到來，讓人深深震撼！驚嘆！

天使的羽翼
Angel Wings

相　　機	Canon 1DX I	曝光偏差	0
光　　圈	7.1	鏡　　頭	600mm
曝光時間	1/200 秒	拍攝年月	2020.06.26
ISO感光度	100	拍攝地點	臺灣宜蘭

拍攝

徐仲明

走路要找難路走，
挑擔要揀重擔挑。

魚ㄩˊ鷹ㄧ

Pandion haliaetus

英文鳥名 Osprey

別　　名 鶚，雎鳩

鳥類習性 大型猛禽，翼型極為狹長，滑翔時雙翼曲折而弓成M字型；尾短。背面暗褐色，頭頂白色，黑色寬帶從眼先延伸至頸後；翼下覆羽與腹部形成白色三角形區域，胸部有深色粗紋形成的環狀帶。趾掌有棘狀突起；鼻孔細長，進入水中時可以緊閉。以魚類為主食，常於水面上空飛翔尋找獵物，待發現獵物後便俯衝以趾爪捕抓，偶而會全身衝入水中再飛起，抓到獵物後會攜至固定高處或灘上進食。詩經・周南・關雎》：「關關雎鳩，在河之洲。」其中「雎鳩」即可能為魚鷹。

拍攝心得 起早，扛砲，蹲帳，苦熬；展翅，俯衝，美照，傻笑。

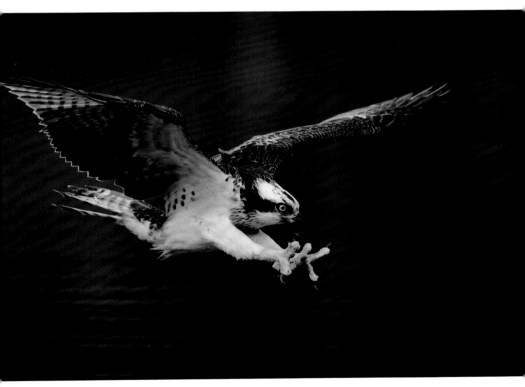

關關雎鳩，在河之洲
By riverside are cooing,A pair of turtledoves.

相　　機	Nikon D850	曝光偏差	0
光　　圈	4	鏡　　頭	600mm
曝光時間	1/2500 秒	拍攝年月	2020.01
ISO感光度	1000	拍攝地點	新北

拍攝

陳正虔

就愛山水愛大海，
學會賞鳥不寂寞。

紅喉潛鳥

Gavia stellata

英文鳥名 Red-throated Loon

別　　名

鳥類習性 紅喉潛鳥是分布最廣的一種潛鳥，也是潛鳥科最小的成員。在臺灣為迷鳥。主要繁殖於歐亞大陸和加拿大的北極地區，在海岸和大湖地帶過冬，例如中國東部。牠們主要在淡水繁殖，但也在海中覓食。

拍攝心得 106 年的春天，到臺北出差的機會，幸逢基隆大武崙來了位北極嬌客『紅喉潛鳥』，搭火車到久違的基隆港，隨即搭上小黃，直奔大武崙沙灘；到達時已經圍起隔離線，並有數十位鳥友已在等待中。待我架好相機，這位嬌客剛剛睡醒了，望著大海，不一會兒，便奔入大海，填肚子去了；多麼幸運的一天。

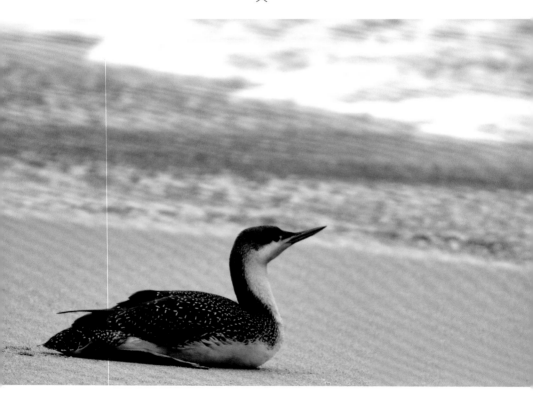

我迷路了，我想家
Homesick

相　　機	Nikon D500	曝光偏差	0
光　　圈	7.1	鏡　　頭	150-600mm
曝光時間	1/200 秒	拍攝年月	2017.02.13
ISO感光度	800	拍攝地點	臺灣基隆

拍攝

白宗仁

魚鷹

Pandion haliaetus

英文鳥名 Osprey

別　　名 鶚、雎鳩

鳥類習性 魚鷹（英文名 Osprey）是猛禽，鷹科鶚屬，在臺灣是不普遍的冬候鳥。在臺度冬期間，可以看到牠們振翅梭巡寬闊水域，偶爾會空中定點，發現魚近水面，立即俯衝而下濺起水花，剎那間抓起魚騰空而去，粗壯的腳與爪有利於抓大隻的魚。

拍攝心得 魚鷹衝水速度很快，尤其是在最後接近水面前，雙爪伸出只一剎那瞬間，要捕捉到精彩畫面，要靠一些運氣，多次等待機會，終於拍到稍好照片。

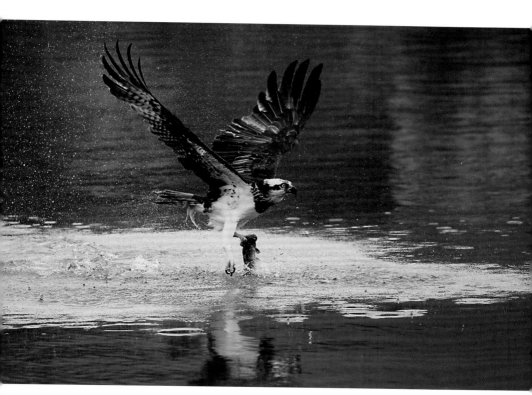

俯衝抓魚
Swoop to catch fish

相　　機	Canon 5D Mark IV	曝光偏差	0
光　　圈	6.3	鏡　　頭	100-400mm
曝光時間	1/3200 秒	拍攝年月	2019.03.12
ISO感光度	2000	拍攝地點	臺灣新北

拍攝
李榮進

尊重生命，愛護大自然。

彩ㄘㄞˇ鷸ㄒㄩˋ

Plegadis falcinellus

英文鳥名 Glossy Ibis

別　　名

鳥類習性 常見於淡水湖邊、河邊、濕草地、水稻田等 ... 以昆蟲水生動物、兩棲類為食，偶而會將嘴探入水中覓食。鳥的羽毛在太陽光的照射下有金屬光澤的美麗煥彩而得名。

彩鷸

相　　機	Nikon D850	曝光偏差	0
光　　圈	5.6	鏡　　頭	Nikon 640E
曝光時間	1/1250 秒	拍攝年月	2020.08
ISO感光度	200	拍攝地點	臺灣屏東

歷屆群英活動精彩回顧

(右二)新竹縣長 / 邱鏡淳
(右一)新竹縣文化局長 / 張宜真

2020 年（中正紀念堂二、三展廳）群英攝影聯展

（上圖）文化部前副主委洪慶峰蒞臨（右：白衣）
（下圖）台北鳥會冠三期資深大師蒞臨；北鳥前理事長劉新白（左二：紫衣者）；北鳥前理事長王新任（淺藍襯衫者）；群英鳥類辨識委員陳順章（右二：軍綠衣）

2020 年（中正紀念堂二、三展廳）群英攝影聯展

（上圖）台南生態保育學會組長兼副總幹事黃永豐（右：綠衣）
（下圖）高雄 50 美術館館長郭鴻盛蒞臨

2020年（中正紀念堂二、三展廳）群英攝影聯展

（上圖）北鳥冠三期暨群英鳥類辨識委員陳順章導覽
（下圖）新竹縣攝影學會前理事長張德貴導覽

2020 年（中正紀念堂二、三展廳）群英攝影聯展

（上圖）日本媒體（左 2、右 1）蒞臨

2020 年（中正紀念堂二、三展廳）群英攝影聯展

（上圖）衛福部國健署前署長邱淑媞（右）蒞臨
（下圖）資深鳥類攝影大師陳承光導覽

2020 年（中正紀念堂二、三展廳）群英攝影聯展

2020 年（中正紀念堂二、三展廳）群英攝影聯展

2020 年（中正紀念堂二、三展廳）群英攝影聯展

2020 年（中正紀念堂二、三展廳）群英攝影聯展

2020 年（中正紀念堂二、三展廳）群英攝影聯展

志工
VOLUNTEER

2020 年（中正紀念堂二、三展廳）群英攝影聯展

2020 年（中正紀念堂二、三展廳）群英攝影聯展

2020 年（蘆洲國民運動中心）群英攝影聯展

Bougainvillea
海外鸟类生态摄影
CHINA OVERSEAS BIRDS ECOLOGY
PHOTOGRAPHY ASSOCIATION
深圳飞羽

Finca Alejandría
"El Paraíso de los Colibríes"
AVISTAMIENTO DE AVES
ASADOS ARGENTINOS
INFORMES: 313 725 0463 - 310 466 0478

2019 年群英 36 人遠征日本鹿兒島

2019 年遠征北京、俄羅斯、貝加爾湖

2020 年遠征泰國

2019 年群英飛羽世界野鳥攝影專輯出版

2018 年群英聯展（蘆洲）

2018 年群英聯展（蘆洲）

2018 年群英鳥類講座（蘆洲）

2018 年群英鳥類講座（蘆洲）

2018 年省政資料館群英聯展開幕式 / 邂逅猛禽講座

2018 年遠征內蒙

2018 年遠征東北黑龍江（札龍 + 大慶）

2018 年遠征英國

2016 年至 2018 年遠征雲南百花嶺

2017 年遠征江西南昌鄱陽湖、婺源、河南

2018 年群英聯展（新竹縣文化局美術館）

2018 年群英聯展（新竹縣文化局美術館）

2018 年群英聯展（新竹縣文化局美術館）

2018 年群英聯展（新竹縣文化局美術館）

2018 年群英聯展（新竹縣文化局美術館）

下圖（左一）著藍白上衣貴賓為新竹縣長／邱鏡淳；（左三）著橘紅洋裝貴賓為新竹文化局長／張宜真

2018 年群英聯展（新竹縣文化局美術館）

2017 年群英聯展（蘆洲國民運動中心）

2017 年遠征越南

2016年至2019年拍遍馬來西亞（東馬西馬蘭卡威）

2016年至2019年拍遍馬來西亞(東馬西馬蘭卡威)

2016年至2019年拍遍馬來西亞(東馬西馬蘭卡威)

2017 年外拍追焦攝影活動（臺灣）

2016 年 3 月群英舉辦影片剪輯免費課程

2016 年至香港與群英海外鳥友相聚外拍活動

2016 年至新加坡與群英海外鳥友相聚外拍活動

2016 年 2 月群英首創臺灣鳥界第一大春酒聯誼

2016 年 2 月群英首創臺灣鳥界第一大春酒聯誼

群英飛羽 世界野鳥攝影專輯 II

Wild Birds Worldwide 2021 A Collection from Elite Family

國家圖書館出版品預行編目 (CIP) 資料

群英飛羽：世界野鳥攝影專輯 .II = Wild birds worldwide 2021 a collection from Elite Family/ 周雲卿總編輯 . -- 臺北市：中華民國雜誌事業協會；高雄市：群英飛羽鳥類攝影團隊, 2021.03
面； 公分
ISBN 978-957-98055-3-7(精裝)

1. 攝影集 2. 動物攝影 3. 鳥類

957.4 110001347

發　　行 / 中華民國雜誌事業協會
總 編 輯 / 周雲卿
出　　版 / 中華民國雜誌事業協會；群英飛羽鳥類攝影團隊
地　　址 / (80049) 高雄市新興區中正四路 53 號 7 樓之 2
電　　話 / 02-2393-4684
印　　刷 / 磐古印刷科技股份有限公司
出版日期 / 2021 年 3 月
I S B N / 978-957-98055-3-7
定　　價 / 850 元

謝 誌

出版這本《2021 年版群英飛羽世界野鳥攝影專輯 II》感謝群英鳥類辨識委員張俊德獨立製作常見的野外普鳥簡易辨識單元，以及鳥類辨識委員范芫魁校正鳥種學名，及汪孟澈的鼎力相助校對，並感謝劉芷妘、陳碧玉、王林生校對內容錯漏字。

本專輯臺灣篇與海外篇均為未來 2022 年群英世界野鳥攝影聯展之展圖。由於展場的展牆面積有限，但群英人提供世界各國精彩的鳥圖非常踴躍，因此 2021 版多出「番外篇」單元，這個神秘的單元大約有 45 張圖，只出版、不參展。

非常感謝群英聯展出版部的菁英，共同協助出版、佈卸展、勘查展場等的瑣事，感謝李煌淵、張家脩、涂英明、孫大明、陳聰隆、五股陳、游竹木、張重傑、陳慧珠、吳恆翔、陳志雄。

感謝蘆洲國民運動中心主委李政哲及執行長胡俊蓉的場地協助。

群英飛羽鳥類攝影聯展部暨出版部總召周雲卿在此向志工及贊助人致上十二萬分的謝忱。

群英飛羽鳥類攝影聯展部暨出版部總召

周雲卿 致敬

陳正虔／紅喉潛鳥